Le Livre de Poche Jeunesse

Le roman des filles

Nathalie Somers

Après un début de vie professionnelle dans l'ingénierie, Nathalie Somers s'est reconvertie dans l'enseignement. Professeur des écoles à mi-temps, elle profite de son temps libre pour écrire des contes et des histoires pour la jeunesse.

Du même auteur

- Le roman des filles -Tome 1 - Confidences, SMS et prince charmant !
- Le roman des filles -Tome 2 - Amour, avalanches, et trahisons !
- Le roman des filles -Tome 3 - Amitié, Shakespeare et jalousie !
- Le malicieux journal des sœurs Mouche au collège de Castelroc - Tome 1 - L'arrivée
- Le malicieux journal des sœurs Mouche au collège de Castelroc - Tome 2 - Tous pour Mouche !

NATHALIE SOMERS

Le roman des filles

Grandes vacances, peines de cœur et Irish love !

Tome 4

À mon Irish love.

Prologue

Son cœur cognait à grands coups sourds dans sa poitrine. Il lui semblait qu'elle courait depuis des heures. Cette forêt n'en finissait pas, mais elle n'osait pas se retourner. *Ils* ne devaient pas être loin derrière. Elle dérapa et se rattrapa in extremis à la branche basse d'un arbre. Elle ne voyait rien ! Si seulement la lune pouvait crever les nuages ! Si seulement cette maudite pluie pouvait cesser ! Si seulement… Il y avait tant de choses qu'elle aurait voulu changer, tant d'erreurs à rattraper, tant de stupidités à éviter ! Ses mèches se prirent soudain dans les ronces acérées d'un buisson. Sous l'effet de la douleur, elle laissa échapper un cri. Incapable de faire un pas de plus, elle recula pour se dégager. À cause du martellement des trombes d'eau, il lui était impossible de distinguer la progression de ses poursuivants. S'exhortant au calme, elle se dit que la réciproque était forcément vraie. Mais elle perdit vite patience en réalisant que plus elle tentait de se dégager, plus sa chevelure se mêlait aux rameaux épineux. Excédée, elle tira violemment et se mordit la lèvre pour ne pas hurler à nouveau. Malgré la souffrance, elle se sentit soulagée : elle avait peut-être perdu quelques cheveux dans le duel, mais au moins elle était libre. Sans compter que cette pause involontaire lui avait permis de jeter un coup d'œil par-dessus son épaule et que, malgré la quasi-obscurité qui régnait, elle pensait bien *les* avoir semés. Elle refoula cependant le soulagement qui commençait à l'envahir : elle était loin d'être sauvée ! Le souffle court, elle regarda autour d'elle, essayant de percer l'épais rideau de pluie qui l'entourait. Au-delà de un mètre, la forêt se noyait dans la nuit. Dans quelle direction se diriger pour en sortir ? Alors qu'elle se sentait gagnée par le découragement, il lui sembla distinguer un bruit de moteur. Oui, c'était bien ça ! Il se rapprochait, maintenant. Elle devait donc être tout près de la route. Son hypothèse se confirma quand elle aperçut la lueur de phares à travers une rangée d'arbres. Le véhicule approchait, mais si elle se dépêchait elle était sûre d'arriver à temps. Oubliant sa fatigue, elle s'élança en avant. Tout en courant, elle se mit à appeler à l'aide, certaine cependant qu'on ne l'entendrait pas, toujours à cause de cette fichue pluie. Encore un mètre et elle atteindrait la chaussée ! C'est alors que sa sandale glissa sur le talus en pente légère. Incapable de retrouver son équilibre, elle s'affala de tout son long.

Elle tenta à plusieurs reprises de se relever, mais l'herbe détrempée était une véritable patinoire pour ses semelles lisses. Au prix d'un ultime effort, elle se redressa à moitié quand la voiture arriva à sa hauteur. Elle levait déjà un bras pour tenter de faire signe à ses sauveteurs inespérés, quand elle remarqua soudain la forme bien particulière des phares. Aussitôt, elle s'aplatit sur le sol. Le véhicule passa à vive allure sans que personne ne la voie. Mais *elle* l'avait reconnu ! C'était le *leur*, assurément, et sans ses fan-tas-ti-ques sandales elle se serait jetée comme une idiote dans leurs bras ! À cette idée, son cœur se mit à battre à un rythme effréné. Paralysée par une peur rétroactive, elle resta de longues minutes allongée sur le ventre. Elle pensait ne plus jamais trouver la force de se relever, quand elle prit conscience qu'un objet dur lui rentrait dans la cuisse. Son téléphone portable ! Dans un sursaut d'énergie, elle se traîna jusqu'au tronc d'un arbre pour s'y adosser avant de le sortir de sa poche. Incroyable ! elle parvenait même à capter un réseau dans ce trou perdu ! Elle se mit à taper fiévreusement sur quelques touches puis attendit impatiemment que la liaison s'établisse. Une première sonnerie retentit à son oreille, une deuxième, puis une troisième avant que son amie décroche. Le soulagement l'envahit lorsqu'elle entendit sa voix. Elle était sauvée ! Elle était sauvée ! Elle était… Un petit bip pathétique se fit entendre. L'instant d'après, l'écran s'éteignait.

— Ce n'est pas possible ! J'ai rechargé la batterie hier !

Poussant un cri de frustration, elle tambourina furieusement sur le sol avant de céder au découragement. Elle n'avait aucune idée de l'endroit où elle se trouvait, mais ce dont elle était sûre, c'est qu'elle était à des kilomètres de toute vie civilisée. Et les seules personnes qui avaient une chance de la retrouver ne lui réserveraient certainement pas un sort très enviable. Cette fois, elle ne put retenir ses larmes. Le sort s'acharnait contre elle. Il n'y avait plus d'espoir…

ON Y EST PRESQUE !

1

Tu crois que ça va marcher ?

Mardi 4 juillet, 14 h 20

Maëlle, assise sur une chaise en bois sculptée, pianotait avec nervosité sur le bureau en sapin verni qui occupait un angle de la chambre de son amie Lily. Dans le coin opposé, Mélisande, étendue sur le couvre-lit en patchwork cousu main, mordillait délicatement ses ongles tout en se désolant de voir les ravages que, malgré ses précautions, elle était en train de faire subir à la manucure impeccable qu'elle s'était offerte la veille. La propriétaire des lieux, recroquevillée sur son pouf fétiche, tortillait la trompe d'un vieil éléphant en peluche qui traînait depuis ses plus tendres années dans un endroit ou l'autre de la pièce. Seule la longue jeune fille brune affalée sur le tapis multicolore qui ornait le sol paraissait étrangement sereine au milieu de cette atmosphère qui transpirait le stress. Allongée sur le dos, en appui sur ses deux coudes, une jambe pliée et l'autre croisée par-dessus, elle tranchait par la nonchalance avec laquelle elle mastiquait son chewing-gum.

— Dis, tu crois que ça va marcher ? demanda Lily d'un ton inquiet en fixant la blondinette du quatuor.

— Bien sûr que ça va marcher, rétorqua Maëlle avec une assurance qu'elle était loin d'éprouver.

— Ah vraiment ? Tu en es certaine ? insista Mélisande.

— Puisque je vous le dis !

— Alors, dans ce cas, explique-nous pourquoi tu confonds le bureau de Lily avec un piano à queue ? À t'entendre, on jurerait que tu nous joues la *Marche turque* de Beethoven !

— De Mozart. La *Marche turque* de Mozart, pas de Beethoven, corrigea Lily instinctivement, et si elle arrivait à la jouer d'une seule main, même ce cher Wolfgang lui tirerait sa révérence.

— C'est bon, s'impatienta l'impétueuse Mélisande, c'était juste une image !

— Et c'est vrai que question image, tu t'y connais, fit ironiquement remarquer Maëlle.

— Tout à fait, reconnut Mélisande, et quand je te dis que ton top irait merveilleusement bien avec le slim que tu portais hier soir, tu sais que tu peux me faire confiance. Tandis que lorsque tu nous promets un plan *fa-bu-leux* pour nos prochaines vacances, le résultat tarde à arriver.

Voyant que l'interpellée, piquée, allait réagir vivement, Lily intervint précipitamment :

— Ce n'est pas de sa faute. Son idée est effectivement géniale, mais tout ne dépend pas d'elle. Il faut faire preuve d'un peu de patience. Ça ne devrait plus tarder maintenant.

— Ah, la patience ! lança Chiara avec grandiloquence, notre grande qualité à toutes !...

Mélisande se redressa et lui jeta un regard courroucé :

— C'est censé être un compliment ?

— Qualité ou défaut, dans un cas comme dans l'autre, je nous mets toutes dans le même sac.

Mélisande se rejeta en arrière en fronçant son petit nez délicat.

— C'est bien ce que je pensais, c'est tout sauf un compliment !

Alors que Maëlle commençait à pouffer, le téléphone du rez-de-chaussée de la maison se mit à sonner. Aussitôt trois des filles se figèrent, tandis que la quatrième continuait de mâcher avec indifférence son chewing-gum.

Cette fois, ce fut Maëlle qui interrogea Lily :

— Tu penses que c'est elle ?

Son amie, qui avait bondi de son pouf pour entrouvrir la porte, ne répondit pas tout de suite. Quand sa mère décrocha enfin et qu'elle l'entendit répondre : *Hello Maureen ! How are you ?*, elle repoussa brusquement le battant et s'y appuya en murmurant :

— C'est elle !

— Pourquoi tu as refermé la porte ? s'écria Maëlle. On n'entend plus rien.

— Je préfère ne pas savoir, chuchota-t-elle. Enfin, pas en essayant de deviner. Si je me trompe, vous m'en voudrez à mort !

— Mais non, la rassura gentiment Mélisande, tu sais bien qu'on ne t'en voudra jamais.

Puis, lançant un coup d'œil acéré à la sportive du groupe, qui s'était levée, elle poursuivit sur un ton doux-amer :

— À Maëlle pour ses plans foireux, là, en revanche, c'est fortement envisageable !

— Plans foireux ? s'indigna cette dernière. Mes plans ne sont *jamais* foireux !

— Ah oui ? Et le jour où tu t'es vantée d'avoir des places pour une soirée géniale organisée par l'équipe de basket de Villeurbanne ? Tu appelles ça comment ?

— Je… heu…

Chiara s'en mêla :

— Elle a un peu raison quand même, tu m'avais assuré que je pouvais y aller franco côté talons car pour une fois j'étais sûre de trouver toute une flopée de cavaliers à ma hauteur…

— … et lorsque nous sommes arrivées, continua Lily en faisant de visibles efforts pour ne pas éclater de rire, le plus grand de ces fabuleux athlètes lui passait aisément sous le bras !

Alors que les deux autres se mettaient à pouffer à ce souvenir, Maëlle se rebiffa :

— Vous êtes injustes ! Ce n'est quand même pas de ma faute si personne ne m'avait prévenue qu'il s'agissait des équipes de minimes et de benjamins !

— Admettons, fit Mélisande étrangement conciliante.

Mais l'instant d'après, haussant un sourcil, elle réattaquait :

— Et la fois où vous vous êtes fait choper en train de faire le mur ? Tu appelles ça comment ?

— De quoi tu parles exactement ? demanda la jeune athlète d'un ton suspicieux.

— Ne me dis pas que tu as oublié la nuit où vous vous êtes fait surprendre par tes parents alors que vous veniez de sortir par la fenêtre de ta chambre !

— Non, je n'ai pas oublié, mais je me demande bien comment toi, qui n'étais pas là, tu peux t'en souvenir[1] !

Maëlle lança un regard incendiaire en direction de Chiara et Lily, qui semblaient soudain trouver leurs orteils absolument passionnants.

— Joker ! lança Mélisande en faisant un clin d'œil aux deux autres filles, qui ne purent retenir leur fou rire plus longtemps.

Vexée, Maëlle cherchait désespérément une bonne réplique quand, fort à propos, des coups frappés à la porte lui évitèrent de répondre.

Aussitôt les rires cessèrent. Lily, la main sur la poignée, respira à fond et, après un dernier regard aux trois autres filles, ouvrit lentement le battant. Mme Berry se tenait sur le seuil, un large sourire aux lèvres.

---

1. Voir *Le Roman des filles : Confidences, SMS et prince charmant !*

— Alors ? lui demanda sa fille.

— Alors, *Ireland is waiting for you !* lui répondit-elle.

Des hurlements de joie résonnèrent dans la pièce et, comme toutes se mettaient à parler à la fois, il fallut quelques instants avant de connaître le détail des arrangements trouvés avec Mrs Aylward, chez qui Mme Berry avait travaillé comme jeune fille au pair dans sa jeunesse.

Quand un semblant de calme fut revenu, cette dernière expliqua :

— Maureen Aylward a demandé à ses connaissances qui tenaient un *bed and breakfast* si elles avaient encore des places disponibles, mais tout était complet, et de toute façon, les tarifs à Dublin sont absolument exorbitants…

— Mais alors… intervint Lily.

— Alors, si tu me laisses finir, tu apprendras qu'elle met deux chambres de sa maison à votre entière disposition ! Depuis qu'elle a perdu son mari et que ses enfants sont partis, sa grande maison est vide, et elle s'est dit qu'elle serait ravie de vous rendre service.

Se tournant vers Chiara, elle poursuivit :

— Elle ne veut absolument aucun dédommagement financier. Vous n'aurez qu'à vous occuper de vos repas.

Comprenant le message qu'elle essayait de lui faire passer, Chiara, qui était désormais assise en tailleur, lui rappela :

— Il reste le billet d'avion à payer. Et même si ce n'était pas le cas, je ne veux pas laisser mon grand-père tout seul. Il va encore plus avoir besoin d'aide cet été. Je devrais d'ailleurs déjà être en Provence si mon père n'avait pas exigé que je reste à Lyon début juillet pour réviser.

Par égard pour Mme Berry, elle avait choisi des termes posés pour lui répondre, mais à son expression il était clair que cette situation la mettait en rage.

— Je comprends, fit la mère de Lily d'une voix douce.

Chiara n'osa pas lui demander si elle parlait de la position de son père ou de la sienne.

— Vous a-t-elle donné des dates ? demanda Maëlle, qui avait déjà le cerveau en ébullition.

— Aucune, vous avez carte blanche !

— *Great !* Ce sera beaucoup plus facile de trouver un vol.

Mme Berry répondit encore à quelques-unes de leurs questions avant de les quitter en disant :

— Vous verrez, l'Irlande est un pays magnifique, et Dublin une ville superbe. Je garde de mon année là-bas un excellent souvenir. Je suis sûre que vous allez passer des vacances que vous ne serez pas près d'oublier !

Juste avant qu'elle ne referme la porte, Lily se jeta à son cou pour l'embrasser sur la joue.

— Merci, maman ! Tu es une mère parfaite, tu sais !

— Détrompe-toi, ma chérie, répliqua cette dernière avec un air exagérément désolé, je suis terriblement jalouse : si je pouvais me débarrasser de ton père et de tes frères, c'est moi qui prendrais l'avion !

Puis, comme sa fille se mettait à rire, elle lui fit un clin d'œil et s'éloigna.

— Tu as une de ces chances ! s'exclama Maëlle, ce n'est pas ma mère qui sortirait des vannes comme ça ! Elle passe la moitié de son temps à me dire ce que je dois faire, et ne pas faire, et l'autre moitié à vérifier que je m'exécute. Ce qu'elle peut me fatiguer par moments !

— C'est parce qu'elle s'inquiète pour toi, la défendit Lily. C'est quand même bien d'avoir une mère présente à la maison.

— Parle pour toi. La mienne, elle est *beaucoup* trop présente !

— Et la mienne, complètement absente, lança Mélisande d'un ton désinvolte.

— Non, corrigea Chiara, c'est la mienne qui est complètement absente.

Il y eut un court silence, chacune se rappelant combien Chiara, orpheline depuis sa plus tendre enfance, avait cruellement été privée d'amour maternel. Puis Maëlle déclara en fixant Mélisande :

— Y a pas à dire, être idiote à ce point-là, c'est un don.

Son amie la fusilla du regard. Elle était en colère, très en colère. Et ce d'autant plus qu'elle était furieuse contre elle-même. Mais ça, elle n'était pas prête à l'admettre ! Rejetant ses épais cheveux en arrière, elle articula froidement :

— Tu ne comprends rien. Mais je vais quand même te dire une chose : parfois, je préférerais être à la place de Chiara.

Sa remarque causa un nouveau choc à ses amies. Lily décida d'intervenir avant que le malaise n'empire.

— Et si on parlait plutôt de tout ce qu'on doit préparer ? suggéra-t-elle. Il faut qu'on se dépêche, on n'a plus beaucoup de temps. Maëlle, penses-tu que tu pourrais chercher les dates de vols disponibles pour Dublin ?

Son amie, soulagée que l'on change de sujet, sortit son téléphone portable ultraperformant de sa poche et lança :

— *No problem.* Je m'y mets tout de suite.

Dès qu'elle la vit se mettre à pianoter sur les touches, Lily se tourna vers sa gauche pour demander :

— Et toi, Mélisande, si tu allais questionner ma mère pour connaître toutes les boutiques à ne surtout pas rater en ville ?

Une étincelle s'alluma dans les yeux verts de la jeune fille, qui, heureuse de s'en tirer à si bon compte, acquiesça avec soulagement.

— Super ! Chiara, viens, on va aller surfer sur Internet pour découvrir toutes les choses qu'il y a à voir à Dublin et dans les alentours. On n'ira que sur des sites en anglais, comme ça, ajouta-t-elle avec un sourire complice à l'intention de son amie, tu pourras dire à ton père que tu as bossé.

Faisant contre mauvaise fortune bon cœur, Chiara déplia sa longue silhouette et prit la main que lui tendait Lily pour se relever. Quelle que soit sa frustration, elle savait que son amie attentionnée faisait tout ce qui était en son pouvoir pour lui remonter le moral.

Comme les trois jeunes filles s'apprêtaient à sortir de la chambre, Maëlle releva le nez de son mobile pour lancer innocemment :

— Alors, mon plan, toujours aussi foireux ?

Imperturbable, Mélisande coula son regard émeraude vers Maëlle.

— Un plan foireux ? s'étonna-t-elle. Qui a parlé de plan foireux ?

Et sous le regard mi-amusé, mi-sidéré de ses amies, elle franchit d'un pas royal le seuil de la chambre.

2

Bloquée à Lyon

Samedi 8 juillet, 11 h 30

— Non, tu n'iras pas au mas *Lou Tranquillou* avant la fin de la semaine prochaine ! On en a déjà discuté je ne sais combien de fois et je ne vais pas revenir sur cette décision. Je t'ai acheté des livres pour préparer l'entrée en terminale, j'aimerais que tu les utilises.

— Mais enfin ! On vient de finir les cours ! J'ai besoin d'un break !

— Vu ce que tu as fait pendant l'année scolaire, j'estime que tu l'as déjà eu ton break. C'était même un long break de dix mois !

Outrée mais désespérant de réussir à convaincre son père que malgré ses résultats peu brillants elle avait travaillé (ou tout du moins essayé), elle changea d'angle son attaque :

— Tu sais combien Papé doit se sentir seul sans Mamée ! Je dois *absolument* y aller ! Comment veux-tu qu'il s'en sorte entre la cueillette des abricots et la vente de l'huile d'olive ? Et cette année plus que jamais ! Pourquoi faut-il justement que pour la première fois tu me l'interdises ?

— Cette année, au cas où tu l'aurais oublié, il y a le bac qui t'attend.

— Le bac, il n'y a pas que ça dans la vie !

— Quand on est sur le point d'entrer en terminale, il ne devrait pourtant y avoir que ça !

— Ouais ben, c'est bon ! Je le décrocherai ce fichu bac ! Tu as déjà oublié comme j'ai assuré en français ? 18 à l'oral ! tu te rends compte ! Tu pourrais au moins me faire confiance !

— Oui, et dix de moins à l'écrit ! Tu te rends compte ? répliqua son père avec ironie avant d'ajouter : Alors pour la confiance, tu repasseras !

— Ça va ! s'emporta Chiara, tu n'es jamais content ! j'ai même des points d'avance.

— Écoute, ça suffit ! J'ai du travail et j'aimerais que toi aussi tu ailles réviser !

Les joues enflammées, la jeune fille fit volte-face et partit en hurlant :

— Si tu crois que c'est comme ça que tu vas me forcer à bosser, tu ferais mieux de retourner en fac, cursus Psychologie de l'adolescent !

Une fois dans sa chambre, Chiara ne décoléra pas. Cette idée complètement bizarre de son père de la bloquer à Lyon lui faisait friser l'hystérie. Cela n'avait aucun sens ! C'est vrai, elle avait l'habitude qu'il soit obtus et borné, mais à ce point-là, jamais ! Pourquoi n'existait-il pas un bureau où les enfants pouvaient se rendre pour demander à changer de parents ?

Tournant en rond comme un fauve en cage, elle pensa à ses amies, qui s'amusaient comme des folles en préparant leur voyage en Irlande. La coupe était amère. Pourquoi fallait-il que sa vie ne soit qu'une succession de souffrances et de frustrations ? Mais un jour, elle se le promettait, tout ça changerait. Son année de théâtre et la représentation de la semaine précédente lui avaient énormément appris, et malgré le brouillard qui l'entourait elle savait que viendraient d'autres matins. Des matins nouveaux, ensoleillés, propices… des matins exaltants !

En attendant, cependant, elle était coincée dans ce trois pièces-cuisine. Coincée, mais pas coupée du monde, réalisa-t-elle soudain. Si elle-même n'avait pas trouvé les arguments convaincants pour faire changer d'avis son père, elle connaissait deux personnes susceptibles de prendre la relève. Avec un sourire, elle sortit son téléphone de la poche de son pantalon. Quelques minutes plus tard, elle appuyait pour la deuxième fois sur la petite touche « fin d'appel ». Son sourire s'était évanoui et un air de profonde incompréhension était peint sur son visage sensible. Dans l'ordre, elle avait joint Valérie, en déplacement à Port-au-Prince avec une ONG, puis son grand père en Provence. À sa grande consternation, l'un comme l'autre lui avait tenu un discours semblable à celui de son père. Chiara se laissa tomber sur son lit. Elle avait joué ce qu'elle croyait être ses cartes maîtresses et elle avait perdu.

Ite missa est, comme le leur répétait son professeur de latin. Il n'y avait plus rien à faire : elle devait se résoudre à passer les vacances les plus pourries de son existence…

Samedi 8 juillet, 14 h 30

Le petit bijou technologique qui servait de portable à Mélisande de Saint-Sevrin se mit à vibrer. D'une main habile, elle ouvrit l'étui de cuir brodé et fit glisser son doigt sur l'écran tactile. La réponse au Texto qu'elle avait envoyé hier à sa mère s'afficha aussitôt : « OK ». Difficile de faire plus court. La jeune fille haussa les épaules d'un air blasé et tenta de se convaincre que cela n'avait pas d'importance, que ce qui comptait, c'était que ces deux petites lettres lui permettraient de passer des vacances fabuleuses en compagnie de ses amies. Elle n'était jamais allée en Irlande, ses parents préférant toujours les pays exotiques où le soleil ne défaillait jamais. Quand Maëlle avait suggéré cette destination, elle n'avait d'ailleurs pas vraiment été enchantée. Elle aussi avait un faible pour les plages de sable blanc. Les premières images qui lui étaient venues à l'esprit n'avaient rien de très excitant : que pouvait-il y avoir d'intéressant dans un pays où il pleuvait tout le temps et où les trois quarts de la population avaient les cheveux couleur poil de carotte ? Bien sûr, quand elle avait partagé son point de vue, ses amies avaient poussé des hauts cris ! Lily l'avait ensuite traînée devant l'ordinateur pour lui faire voir des paysages superbes. Sauf que Mélisande, elle, était bien plus rat des villes que rat des champs. Elle essayait sans grand succès de cacher son ennui, quand soudain Lily avait cliqué sur une page « Culture et histoire ». Et là, tout avait changé. Sur l'écran, des bijoux celtiques aux lignes travaillées étaient apparus. Mélisande avait été immédiatement séduite. Ce patrimoine joaillier représentait une formidable source d'inspiration pour ses créations. De fil en aiguille, elle s'était plongée dans les légendes et la culture celtes, découvrant des histoires fascinantes et bouleversantes. Que n'allait-elle pas découvrir d'autre sur place ? Alors oui, tout autant que ses amies, elle avait désormais hâte d'y être !

— Tu me passes ton blush ?

Mélisande fit pivoter son fauteuil pour lancer un regard agacé à sa sœur :

— Quand est-ce que tu vas comprendre que tu es censée frapper avant d'entrer ?

D'un geste désinvolte de la main, Pauline lui fit comprendre que ce genre de convention n'était pas pour elle.

— Il te reste du « rosée étoilée » ?

— Tu en as acheté en même temps que moi, tu n'as qu'à prendre le tien.

— M'en reste plus, marmonna la cadette en se dirigeant vers la salle de bains.

— Stop ! s'écria celle-ci, c'est ton problème, pas le mien ! Et d'abord, comment as-tu pu le terminer aussi vite ?

— Je fais des expériences, déclara Pauline d'un air hautain. Tout le monde ne peut pas avoir comme toi la science du maquillage innée !

Mélisande arqua ses sourcils impeccablement épilés et demeura inflexible.

— Ça reste ton problème. Et puis, il va bien falloir que tu t'habitues à te débrouiller toute seule, parce que je pars en Irlande au mois d'août.

Les magnifiques yeux pers de sa cadette s'agrandirent.

— En août ? Tu vas quand même pas me laisser toute seule avec les parents pendant les vacances ?

— Je crois bien que si ! Je viens juste d'avoir l'accord de Son Altesse.

Pauline, comprenant parfaitement l'allusion, fit la moue.

— Tu parles, grommela-t-elle, elle devait être trop contente de se débarrasser de toi ! Une de moins ! le rêve !

Mélisande ne releva pas la remarque débordante d'amertume de sa sœur et essaya de la consoler.

— Allez, j'ai entendu papa parler des Seychelles cette année, ce n'est pas le bagne.

Pauline ricana :

— Puisque c'est si bien, t'as qu'à venir !

— À ton âge, j'y étais ! Enfin, peut-être pas là-bas exactement mais dans un endroit similaire certainement !

La cadette joignit ses mains en prière et supplia :

— S'il te plaît, ne me laisse pas ! Je les ai entendus se disputer l'autre jour encore. Ces vacances, ça va être l'enfer !

Mélisande leva les yeux au ciel et s'énerva :

— Si tu cherches à me faire changer d'avis, ce qui est de toute manière une cause perdue d'avance, tu devrais au moins inventer des arguments plus crédibles : depuis que je vis ici, je ne les ai *jamais* entendus élever la voix.

— Justement, tu ne vis plus assez ici : tu es tout le temps partie chez l'une ou chez l'autre de tes amies. Tu ne vois et n'entends plus rien !

L'aînée des deux sœurs soupira.

— Il faut toujours que tu exagères…

— Et toi, tu ne veux rien comprendre !

Puis elle larmoya :

— Par pitiéééééé, ne m'abandonne pas !

Mais Mélisande resta inflexible.

— Ne te fatigue pas, je te dis…

Pauline, comprenant l'inutilité de ses efforts, se redressa brusquement et croisa les bras sur sa poitrine en disant :

— Très bien, j'ai reçu le message cinq sur cinq, merci bien. Et puisque c'est comme ça, je me débrouillerai autrement.

Mélisande sentit un frisson la parcourir. Elle n'aimait pas, non, pas du tout, quand sa sœur employait ce ton-là. Généralement, cela signifiait que les catastrophes n'étaient pas loin.

— Qu'est-ce que tu veux dire par là ? demanda-t-elle, vaguement inquiète.

Pauline eut un sourire sibyllin.

— Oh, mais absolument rien du tout, ma chère sœur… du moins rien qui te concerne puisque tu ne seras pas là !

Et avec un petit salut moqueur, elle quitta la chambre d'un pas léger.

3

Cher Adrien…

Samedi 8 juillet, 15 h 15

Maëlle entendit une voiture se garer dans la cour. 15 h 15. Ils étaient en avance, mais c'était eux, assurément. Qui d'autre que son père pouvait arriver à une heure aussi… symétrique ? Il y avait de la précision militaire dans l'air ! Avec un sourire mi-ironique, mi-admiratif, elle alla ouvrir la porte d'entrée.

— Bonjour, ma chérie, dit sa mère en sortant de la voiture, tout s'est bien passé ?

— Évidemment, maman. Que veux-tu qu'il se passe de mal ? J'ai dormi chez Lily hier soir et je suis rentrée en début d'après-midi comme prévu.

— Tant mieux, je suis toujours un peu inquiète de te savoir seule.

— Maman, j'ai dix-sept ans. Je pense que je peux rester une heure ou deux sans surveillance, répliqua Maëlle exaspérée.

— Oui, bien sûr, bien sûr, mais…

— Et vous ? Comment c'était l'Italie ? coupa la jeune fille pour éviter d'avoir à réentendre une fois encore la liste des dangers encourus par une pauvre demoiselle esseulée.

— On dit « Comment était-ce », corrigea son père. Dire que tu viens de passer ton bac de français ! Je ne suis pas étonné que tu aies eu des notes aussi médiocres.

Maëlle poussa un bruyant soupir et, à dessein, elle rétorqua sur un ton provocant :

— On s'en tape du français. Pour devenir spationaute, faut être bonne en maths, en sciences et en sport. Et là, y a pas de 'blème !

Le colonel frémit sous l'affront. Les lèvres contractées, signe évident que la discussion allait tourner au vinaigre, il s'apprêtait à contre-attaquer quand Mme Tadier plaida :

— Oh, s'il vous plaît ! On vient juste de se retrouver. Ne pouvez-vous pas m'accorder quelques secondes d'harmonie familiale ?

Sensible à la contrariété de son épouse, le militaire prit sur lui et réussit à ignorer la provocation de sa fille. Après un court silence, il parvint même à répondre à la question que celle-ci avait posée un peu plus tôt.

— L'Italie était très bien. Le séjour un peu court, mais ce n'était pas un voyage d'agrément, nous le savions.

— Au fait, puisqu'on parle voyages, j'ai une excellente nouvelle.

Un léger sourire effleura les lèvres du colonel. Il avait apprécié le changement de ton de sa fille. Cette dernière, en effet, consciente des efforts consentis, avait décidé de saisir la main tendue et, en guise de calumet de la paix, offrait une syntaxe parfaite et un vocabulaire choisi !

— Ah, très bien, ma chérie, de quoi s'agit-il ? demanda Mme Tadier soulagée.

— Finalement, on a laissé tomber l'Angleterre, annonça Maëlle tout excitée, mais on a encore mieux : nous allons en Irlande. Tout est organisé ! Il ne vous reste plus qu'à acheter le billet d'avion que j'ai trouvé sur Internet ! Mais il ne faut pas traîner, ce sera vite complet.

— C'est un miracle alors ! commenta son père tout en déchargeant la voiture, je croyais que justement tout était déjà complet !

Maëlle se mit à rire.

— Il faut dire que nous avons été pistonnées !

— Ah oui ? Avec quel organisme comptez-vous donc partir ? Je veux avoir des références et des recommandations.

— Oh, papa ! tu ne vas pas devenir pire que maman !…

— Merci, ma chérie !

La jeune fille fit une grimace et déclara :

— Je vais tout vous expliquer et vous verrez qu'il n'y a aucun souci à se faire.

Accompagnant ses parents à l'intérieur de la maison, elle leur relata les derniers rebondissements de l'affaire. Quand elle eut fini, son père posa sur le carrelage les sacs qu'il portait et dit d'un ton sec :

— Attends deux minutes. Si je comprends bien ce que tu nous racontes, il n'est plus vraiment question de voyage linguistique.

— De mon côté, fit sa mère, je dois admettre que je ne serai guère tranquille de te savoir sans encadrement dans un pays étranger.

— Là n'est pas la question, remarqua son époux, si tu veux qu'elle aille un jour explorer les étoiles, il faut bien qu'elle commence à voler de ses propres ailes !

La mère de Maëlle n'osa pas lui avouer qu'elle n'avait jamais souhaité que sa fille unique aille se promener dans l'espace.

— Mais enfin ! s'exclama Maëlle avec impatience, on va forcément parler anglais puisqu'on sera en Irlande. Et puis tout est organisé, je vous l'ai déjà dit. On part fin juillet et on rentre le 30 août.

M. Tadier fronça les sourcils avant de répliquer froidement :

— Et nous, nous n'avons plus qu'à ouvrir le porte-monnaie pour financer tes vacances.

— Mais vous étiez d'accord !

— Pour un stage linguistique, pas pour que tu ailles t'amuser tous frais payés avec tes copines, et a fortiori sans même nous en demander l'autorisation auparavant. J'ai cette attitude en horreur, tu le sais très bien !

— Ça veut dire quoi, ça ?

— Ça veut dire non. Je veux que tu travailles ton anglais, et puisqu'à l'évidence tu n'as pas été capable de t'en occuper toi-même, je chercherai un professeur pour te donner des cours.

Le sang de Maëlle ne fit qu'un tour. Du petit discours de son père, elle n'avait retenu que les premiers mots.

— *Non ?* hurla-t-elle, ça veut dire *non* ? J'y crois pas ! Mes amies vont partir et moi je vais rester ici ? Jamais ! Et puisque tu ne comprends rien à rien, ne t'étonne pas si un matin vous ne me trouvez plus dans ma chambre !

— Maëlle ! supplia sa mère, ne dis pas des choses comme ça.

Mais la jeune fille l'ignora et, comme une furie, quitta la maison en claquant la porte.

Samedi 8 juillet, 17 h 50

Il faisait un temps splendide. Soleil torride, ciel grec, brise légère, on ne pouvait vraiment pas reprocher quoi que ce soit à ce début de mois de juillet. Installée sur la chaise longue du jardin à l'ombre du grand cerisier, Lily écoutait les tourterelles roucouler avec enthousiasme en l'honneur de ce magnifique après-midi. Une pointe de jalousie la traversa lorsqu'elle constata que les oiseaux perchés sur les solives du pignon de la maison semblaient tous aller deux par deux. Indifférents à sa solitude, ils se frottaient cou contre cou et se becquetaient sans aucune pudeur.

— Vous ne pouvez pas aller faire ça ailleurs ? leur cria-t-elle soudain, exaspérée.

— Tu m'appelles ? demanda en réponse la voix de sa mère à travers la porte-fenêtre ouverte.

Lily rougit, honteuse de s'être laissée ainsi aller. S'en prendre à d'innocents volatiles ! C'était la meilleure ! Si une de ses amies l'apprenait un jour, nul doute que cela lui vaudrait un couplet sur les dangers de sortir avec un garçon comme Adrien. Après le risque (élevé mais jusque-là non avéré) de voir son cœur brisé, elle la préviendrait contre celui d'avoir le cerveau fêlé !

Elle se dépêcha donc de lancer à sa mère :

— Non, je disais juste : « Qu'elles sont belles, ces fleurs ! » La silhouette de Mme Berry apparut sur le seuil.

— Oui, c'est vrai, approuva-t-elle en toute innocence. Tu verras, en Irlande, il y en a partout : dans les villes aussi bien que dans les villages.

Sur ces paroles, elle retourna à l'intérieur préparer le repas. Lily soupira et redressa le bloc de papier à lettres qu'elle avait posé sur ses genoux. Repliant les jambes, elle se remit à écrire. Deux mots plus tard, elle s'arrêtait une nouvelle fois. Depuis le départ d'Adrien pour l'Afrique, c'était sa quatrième lettre. Elle lui écrivait un peu tous les jours mais s'obligeait à n'envoyer ses missives que tous les trois jours. Elle ne voulait pas qu'il se sente étouffé. Elle sentait bien qu'elle ne le comprenait que très partiellement. Ses réactions parfois la surprenaient et la déstabilisaient. Mais elle l'aimait tellement qu'elle était prête à supporter ses sautes d'humeur. Et puis, elle était pleine d'espoir : plus elle en apprenait sur son milieu familial et son enfance difficile, plus elle se sentait proche de lui. S'ils continuaient ainsi, leur amour se consoliderait forcément.

— Quand même, murmura-t-elle, j'aimerais bien qu'il m'écrive au moins une fois.

Car à ce jour, elle n'avait toujours reçu aucune réponse à ses trois premiers courriers. Alors, pour se rassurer, elle se répétait que le chantier sur lequel travaillait le père d'Adrien était situé en pleine brousse, sans moyens de communication. Mais une inquiétude sourde la taraudait. Et s'il l'avait oubliée ? Loin des yeux, loin du cœur, disait-on. Et si c'était vrai ? Lily secoua ses courtes boucles châtaines pour chasser les pensées préoccupantes qui l'assaillaient.

Allons, elle ne devait pas imaginer le pire. Adrien n'avait pas revu son père depuis des années. Il était normal qu'il soit complètement absorbé par cette relation pour le moment.

— Pour le moment, OK, dit-elle à mi-voix en se ressaisissant, mais pourvu que ce « moment » ne dure pas trop longtemps…

4

Espoir et désespoir

Samedi 8 juillet, 18 h 30

— Allô, Maëlle ? C'est moi !

— Ah, salut Mélisande.

— Dis donc, j'ai un scoop. Et comme tu es la seule susceptible d'être intéressée, c'est toi que j'appelle.

— Ah. C'est vrai que présenté comme ça, ça semble logique.

— N'est-ce pas ?

Sans remarquer le manque d'enthousiasme de son amie, Mélisande continua sur sa lancée :

— Figure-toi que j'étais en train de surfer sur le Net quand soudain… j'ai découvert que les bijoux irlandais ne dataient pas tous de l'ère celtique.

— Ah, oui, c'est vraiment intéressant. Merci d'avoir pensé à moi pour l'info.

— Oh, je sens comme une pointe d'ironie dans ta voix… Mais bon, je continue quand même parce qu'il faut bien que j'en parle à quelqu'un.

— Merci, c'est bon de se sentir irremplaçable.

— Oh, et voilà un brin de sarcasme ! commenta légèrement Mélisande, heureusement que je ne suis pas susceptible, moi ! Enfin, comme je sais que tu vas apprécier ma nouvelle et que je suis très gentille, je passe outre tes humeurs.

Maëlle leva les yeux au ciel. Ce qu'elle savait, elle, c'est que la magnanimité de Mélisande cachait surtout une envie folle de partager sa découverte.

— Vous êtes trop bonne, Votre Grandeur, minauda-t-elle avant d'ajouter : Allez vas-y, je suis tout ouïe !

Sans se faire prier, son interlocutrice se lança :

— Je suis tombée sur une photo de l'équipe de rugby ! Houlalalala…

Elle fit une courte pause avant de continuer avec un soupir d'aise :

— Pfff ! Tu sais qu'ils sont loin d'être tous poil de carotte en Irlande ? Et toi qui aimes les sportifs et la testostérone, il y a de quoi faire. Je suis sûre qu'ils vont te faire oublier Maxime en un clin d'œil ! Tiens, si tu te branches sur MSN, je t'envoie le lien tout de suite.

Maëlle soupira à son tour, mais pour des raisons bien différentes de celles de son amie.

— Écoute, là, tout de suite, je suis assez loin de mon ordi. Et à vrai dire, assez loin de l'Irlande et de ses rugbymans.

En quelques mots acerbes, elle lui raconta ce qui s'était passé.

— … Alors j'ai pété un câble et je suis partie. Je suis en train d'errer dans Lyon, mais je ne suis pas sûre d'avoir envie de rentrer chez moi !

Malgré la terrible nouvelle, Mélisande ne perdit pas son calme.

— Écoute, il n'est pas question qu'on parte sans toi. Si ce n'est que ça le problème, on va trouver une solution.

Elle réfléchit un instant et suggéra légèrement :

— Puisqu'il veut que tu prennes des cours, tu n'as qu'à lui dire que tu en prends !

— Comment ça ? interrogea Maëlle.

— Eh bien, tu lui dis une chose, de préférence celle qu'il veut entendre, et tu en fais une autre. Comme ça, tout le monde est content.

— OK. Tu veux que je lui mente.

— Rhâ ! Quel vilain mot !

— Laisse tomber, avec mon père, ce ne sera de toute façon pas un problème de vocabulaire. Toute information sera passée au scanner et triplement contrôlée. Surtout maintenant qu'il a la puce à l'oreille.

— Ah oui ? fit Mélisande avec un étonnement sincère.

Depuis sa petite enfance, ses parents à elle ne s'étaient jamais donné la peine de vérifier quoi que ce soit.

— Oui, tu peux me croire ! On ne leurre pas si facilement le colonel Tadier… Ce qui me rend malade surtout, c'est qu'il va falloir que j'annonce ça à Lily. Quand je pense que sa mère s'est coupée en quatre pour nous trouver une solution !

À l'autre bout des ondes, il y eut un silence, puis d'une voix mystérieuse Mélisande conseilla :

— Attends un peu avant de bouleverser notre Lily. Il y a peut-être une solution…

Dimanche 9 juillet, 14 h 30

Lorsque Lily l'avait appelée pour lui proposer d'aller se balader rue de la République, Chiara avait accepté avec joie. Le temps était magnifique depuis plusieurs jours, et l'idée d'aller déguster une glace en faisant du lèche-vitrines avait tout de séduisant. C'est donc armée d'un cornet débordant de boules chocolat, vanille et calisson (pour lui rappeler sa Provence) que l'impétueuse brune déambulait sur les pavés de la rue piétonne en compagnie de son amie préférée.

Prenant soin d'éviter toute allusion à son voyage en Irlande, cette dernière lui confiait ses inquiétudes concernant Adrien.

— Écoute, lui répondit Chiara, je ne veux pas être méchante, mais tu sais bien comment il est. On le connaît depuis la sixième tout de même.

Lily eut un mouvement de frustration.

— Pourquoi ne veux-tu pas accepter qu'il ait changé ?

— Tu connais le proverbe aussi bien que moi : *Chassez le naturel, il revient au galop !*

— Mais c'est terrible de dire ça ! Cela signifierait que l'on est prisonnier toute sa vie de quelques traits de caractère que l'on a hérités à sa naissance. Je suis sûre que rien n'est figé. L'influence et l'amour des gens qui nous entourent, notre propre désir d'évoluer, les événements de la vie, tout compte. Regarde Mélisande !

— Ben justement ! Tu trouves qu'elle a beaucoup changé, toi ? Que je sache, c'est toujours une accro du shopping qui a une désagréable tendance à se prendre pour le nombril de l'univers.

— Nombril de l'univers qui a accepté de passer plusieurs heures à suivre ton père quand tu te posais mille questions à son sujet[1], qui s'est battue comme un lion pour nous trouver un fabuleux chalet pour que nous partions au ski ensemble[2] et qui est toujours prête à mettre la main à la poche quand c'est nécessaire.

— Tu parles, elle est tellement riche que cela ne lui coûte rien !

— Je connais un tas de gens riches qui ne sont pas aussi généreux.

— Ah oui, qui ça ?

Lily eut un instant d'hésitation avant de tenter piteusement :

— Picsou ?

Chiara éclata de rire.

— OK, même si ta dernière réponse est refusée à l'unanimité par le jury, j'accepte tes autres arguments. C'est vrai qu'elle fait des efforts. Parfois.

---

1. Voir *Le Roman des filles : Confidences, SMS et prince charmant !*

2. Voir *Le Roman des filles : Amour, avalanches et trahisons !*

— Et puis qui voudrait qu'elle change complètement ?

Foudroyant des yeux son amie qui levait le doigt, Lily poursuivit :

— Et je t'interdis de dire « moi ! ».

Chiara rit à nouveau et elle donna un grand coup de langue à sa glace.

— Bon, finit-elle par reconnaître, on va donc supposer que le courrier ne fonctionne pas entre le fin fond de la brousse et Lyon.

Lily lécha à son tour son sorbet framboise et lui fit un sourire.

— Voilà, fit-elle, comme ça, c'est beaucoup mieux. Il faut toujours laisser aux gens le bénéfice du doute.

Elles se dirigeaient vers une fontaine à quelques mètres de là pour s'installer plus confortablement quand Chiara s'écria soudain :

— Tiens, regarde donc qui va là !

Désignant un garçon qui sortait d'un immeuble, elle appela :

— Florian ! Houhou !

L'interpellé se retourna et leur fit signe à son tour avant de les rejoindre.

— Salut, dit-il en leur faisant la bise.

— Salut, répondirent-elles.

Puis Lily demanda :

— Qu'est-ce que tu fais ici ? T'es toujours pas parti en vacances ?

— J'habite là, répondit Florian en désignant la porte cochère. Et quant à mes vacances, ben, cette année, heu… je ne pars que les quinze derniers jours d'août.

— Le temps va te paraître long ! s'exclama Lily, toujours compatissante.

— Non, non, répondit-il, un peu embarassé. J'ai quelque chose de prévu.

— Ah oui ? quoi donc ? fit Chiara curieuse.

— Oh, rien de très intéressant… Et vous ?

Les filles n'insistèrent pas et elles lui racontèrent en quelques mots leurs projets. Lily s'étonnait encore de lui parler avec tant de décontraction. Dire que quelques mois plus tôt elle ne pouvait pas lui dire bonjour sans que son cœur batte sur un rythme de rumba !

Ils bavardèrent quelques minutes, puis, comme c'était souvent le cas avec le timide Florian, il y eut un silence. Passant la main dans ses cheveux pour essayer de trouver une chose à dire, il déclara soudain :

— C'est chouette de savoir qu'Adrien s'éclate là-bas.

Lily sursauta :

— Comment ça ? T'as eu des nouvelles ?

— Ben oui. Une carte hier.

— Oh ! oh ! murmura Chiara, autant pour les problèmes de la poste africaine…

Remarquant alors l'air étrange de Lily, le garçon comprit qu'il venait de gaffer.

— Ah, il s'éclate… oui, c'est bien, chuchota la jeune fille.

— Heu, elle a mis longtemps pour arriver, heu… la carte, je veux dire, bredouilla-t-il en remontant ses lunettes sur son nez. Il t'a écrit aussi, c'est sûr, ça ne va pas tarder…

— Oui, ça ne va pas tarder, c'est sûr, répéta doucement Lily.

Son visage s'alluma tout d'un coup et elle s'exclama :

— Je peux la voir, cette carte ?

Florian rougit brusquement.

— Heu, ben non, tu vois, je l'ai pas sur moi.

— Mais tu habites là, insista-t-elle, allons-y !

— Chez moi ? Heu non, c'est pas possible, il y a des invités.

— Alors tu n'as qu'à aller la chercher ! S'il te plaît, je n'ai pas de nouvelles de lui, je voudrais juste voir ce qu'il t'écrit pour être certaine qu'il va bien.

— Fais moi confiance, il va très bien.

Mais quand Lily plongea ses grands yeux bruns dans les siens et prit son air le plus suppliant, il sut qu'il craquerait. Bien qu'il soit profondément convaincu de faire une bêtise, elle semblait si vulnérable qu'il aurait été incapable de lui refuser quoi que ce soit.

— OK, OK, j'y vais.

Quelques minutes plus tard, il était de retour, un soleil de feu se couchant sur la savane africaine entre les mains. Il semblait encore plus mal à l'aise.

— Je ne sais pas si…

Mais Chiara n'attendit pas qu'il ait fini. Estimant que les atermoiements avaient assez duré pour quelques mots griffonnés au dos d'une simple carte, elle la saisit d'un geste vif et la tendit à Lily. Celle-ci la retourna et commença à lire.

Salut Flo,

Ici, c'est incroyable. Mon père bosse beaucoup mais on arrive à parler un peu. Le we dernier il m'a même emmené faire un safari. Tu vois ce soleil ? ça fait rêver, non ? Eh bien, je peux te dire qu'il a moins d'éclat que la fille du garde-chasse qui nous a accompagnés ! Tu devrais venir faire un tour, vieux, il y a du gibier de choix par ici ! :)

Et c'était signé : Adrien

5

Trop, c'est trop !

Lundi 10 juillet, 16 h 15

Le café des Anges étant le lieu préféré de rencontre des filles, Mélisande l'avait naturellement choisi pour y convier Lily et Maëlle pour leur faire part de ses réflexions. Attablées à la terrasse et protégées du soleil par un grand parasol, les trois amies sirotaient un smoothie glacé.

— Bon, qu'est-ce que tu voulais nous dire ? demanda Maëlle d'une voix maussade.

La jeune athlète n'avait toujours pas annoncé sa mauvaise nouvelle à Lily. Elle comptait le faire lors de ce rendez-vous, mais elle s'était tue en apercevant la mine défaite de son amie. Cette dernière, allez savoir pourquoi, ne semblait guère en meilleure forme qu'elle. Seule Mélisande pétillait comme une bulle de champagne. Un sourire éclatant aux lèvres, elle se fit d'ailleurs un plaisir de répondre à la question qu'on venait de lui poser.

— Eh bien, puisque ton père t'interdit d'aller en Irlande…

— Quoi ? la coupa Lily en ouvrant de grands yeux.

— Mélisande ! s'étrangla Maëlle en fusillant son amie du regard.

Elle était furieuse ! Dire qu'elle avait préparé ses phrases pour présenter les choses en douceur !

Mais Mélisande les ignora superbement l'une comme l'autre et poursuivit sur sa lancée :

— … si tu ne prends pas de cours d'anglais, j'ai trouvé la solution : tu dois en prendre !

— Non, sans blague ?

— Et j'ai trouvé comment, continua-t-elle comme si Maëlle n'avait rien dit. Cela s'appelle English for Foreigners Academy. C'est certainement moins drôle que la Star Academy, mais ça plaira beaucoup plus à ton père.

Elle s'arrêta alors, satisfaite de voir que deux paires d'yeux interrogateurs étaient fixées sur elle et que les bouches, enfin, restaient closes. Elle profita de cet avantage pour sortir de son nouveau sac à main une brochure dudit institut. Elle la déplia et leur fit admirer les photos d'un imposant bâtiment en pierre grise et de plusieurs groupes d'élèves au travail.

Sans laisser à ses amies le temps de lire les petits textes expliquant le fonctionnement de l'établissement, elle reprit son cours magistral :

— J'ai imprimé ça hier soir. C'est une école à Dublin spécialisée pour les étrangers qui veulent apprendre l'anglais. Bien sûr, on ne l'avait pas trouvée dans nos recherches précédentes, puisqu'elle n'offre ni le transport ni le logement. Mais maintenant que nous disposons de l'un et bientôt de l'autre, il n'y a plus de problème.

— Et est-ce qu'ils ont… commença Maëlle presque timidement, de peur d'espérer trop tôt.

— … des places disponibles ? Oui, bien sûr, sinon je ne vous en aurais pas parlé ! Je les ai appelés ce matin pour m'en assurer et, histoire de ne pas prendre de risques, j'ai fait une préinscription. Ils nous attendent *on Monday 31st of July, at 9 a.m.* Les cours finissent à midi, ce qui nous laisse tous nos après-midis libres. Ils ont d'excellentes références, dont un partenariat avec l'université de Cambridge. J'ose donc espérer que M. le colonel Tadier ne trouvera rien à redire.

Estimant avoir donné toutes les informations dont elle disposait, elle but une gorgée de son smoothie et se laissa aller en arrière, jambes croisées et un coude en appui sur le dossier de sa chaise. Elle incarnait l'image même de l'autosatisfaction, mais, pour une fois, cela ne dérangea pas Maëlle. Se saisissant de la documentation, cette dernière s'exclama :

— C'est trop énorme ! C'est exactement ce qu'il me fallait !

La jeune fille morne et déprimée qui avait passé le seuil du café des Anges quelques minutes auparavant avait disparu. Maëlle la fonceuse était de retour.

— Et si on m'expliquait ? interrogea à ce moment-là une voix douce.

Se souvenant soudain que Lily n'était au courant de rien, Maëlle lui raconta ce qui s'était passé au retour de ses parents.

— Mais bon, conclut-elle, maintenant c'est du passé tout ça !

— Grâce à qui ? lança la jolie rousse, d'un air faussement ingénu.

— Grâce à l'immense, la magnifique, la transcendante Mélisande de Saint-Sevrin, sans qui le monde aurait tant de mal à tourner rond !

— Heu, là, je ne sais pas si on ne frôle pas un peu l'hyperbole…

— Mais non, mais non, au contraire ! Je suis très en dessous de la réalité ! fit Maëlle, pince-sans-rire, avant d'ajouter plus sérieusement : Sans blague, tu me sauves la vie ! Je l'ai échappé belle !

Se tournant vers Lily, elle fut surprise de constater son manque de réaction. Au lieu de se réjouir de ce que la catastrophe soit évitée, elle semblait toujours aussi morose, comme si elle était sur une autre planète.

— Bon, maintenant à toi. Dis-nous ce qui ne va pas. Et inutile de prétendre que tout va bien, on dirait que tu viens d'enterrer toute ta famille.

— Tu exagères, protesta Lily.

— OK, je le reconnais. Alors disons seulement la moitié de ta famille.

Lily ne nia pas plus longtemps. D'une voix éteinte, elle narra à son tour sa rencontre avec Florian et sur quoi elle avait débouché. Et quand elle eut fini, elle éclata en sanglots.

— Ah non ! c'est pas vrai ! s'indigna Maëlle.

— Bon, je ne te dirai pas qu'on t'avait prévenue, soupira Mélisande, mais quand même, si tu nous avais écoutées…

— Oh, s'il vous plaît, supplia Lily, il n'y a aucune preuve. C'est juste une carte. Vous savez bien qu'Adrien parle sans réfléchir. Si une fille est jolie, il le dit, c'est tout !

— Oui, et tu y crois tellement toi-même que tu répands en ce moment toutes les larmes de ton corps.

Lily se moucha et corrigea :

— Non, c'est juste que je ne comprends pas pourquoi il écrit à Florian et pas à moi. Je lui ai envoyé déjà quatre lettres, et toujours aucune réponse. Il doit y avoir un problème !

— Ouais. Supposons. En attendant, on déteste te voir ainsi. Alors tu vas nous promettre une chose qui a tout de raisonnable : tant que tu n'auras pas reçu de lettre d'Adrien, tu ne lui écris plus.

— Exactement, approuva Mélisande, c'est ce qu'il faut faire. Sinon, tu vas te ridiculiser complètement.

Lily haussa les épaules. Se ridiculiser n'était pas le problème. Elle voulait juste *savoir* !

Comprenant que son argument n'avait pas fait mouche, Mélisande eut soudain un éclair de génie.

— Et puis à trop lui envoyer de courrier, tu vas l'étouffer. Fais la mystérieuse, laisse-toi désirer, et tu verras, il reviendra en courant !

Cette fois, Lily fut ébranlée. Elle avait déjà eu à plusieurs reprises le sentiment qu'elle devait laisser plus d'espace à Adrien. Peut-être que si elle arrêtait de lui écrire, il lui répondrait enfin ?

— D'accord, murmura-t-elle finalement, je vais essayer.

— Ah non ! contesta Maëlle, essayer, ce n'est pas suffisant. Je te connais, ce soir, tu vas reprendre la plume. Il faut nous jurer de ne plus lui écrire tant qu'il ne t'aura pas répondu.

— Elle a raison, appuya Mélisande, il faut jurer !

Lily les regarda. Elles étaient aussi déterminées l'une que l'autre. Que pouvait-elle faire face à ces deux forces de la nature pour une fois unies ?

La mort dans l'âme, elle jura.

Lundi 10 juillet, 19 h 05

Chiara mettait la table dans la cuisine quand la sonnette de l'entrée retentit. Son père alla ouvrir la porte. Malgré le volume de la radio, elle comprit, en l'entendant parler avec le visiteur, qu'il ne s'agissait pas d'un voisin venu emprunter des œufs.

— Chiara, ajoute un couvert, cria M. Palermo, puis viens, quelqu'un veut te parler.

Un instant plus tard, la jeune fille sortait de la cuisine pour se rendre au salon. Arrivée sur le seuil, elle s'y arrêta net, bouche bée.

— Bonsoir, ma girelle.

— Papé ! s'exclama la jeune fille, que fais-tu là ?

Elle n'arrivait pas à y croire. Son grand-père ne quittait quasiment jamais le mas *Lou Tranquillou*. D'abord parce qu'il y avait toujours du travail, ensuite parce qu'il avait horreur de quitter sa Provence. Même quand elle était petite et que sa grand-mère venait la voir, il restait chez lui.

— Je vous laisse, déclara M. Palermo, c'est mieux que vous soyez tous les deux.

Et il sortit de la pièce. Comme une automate, Chiara alla s'asseoir sur le canapé près de son grand-père. Elle devinait qu'il avait une nouvelle à lui annoncer et elle pressentait qu'elle n'allait pas l'apprécier.

— Est-ce que tu vas bien ? demanda-t-elle, inquiète.

— Oui, oui, tout va très bien, ne t'en fais pas.

Sa petite-fille l'examina d'un œil attentif et finit par le croire. Bien sûr, il avait un peu maigri, mais sans son épouse aux fourneaux, c'était à prévoir. Il paraissait aussi plus âgé et plus fatigué, mais là encore, cela n'était guère surprenant après le choc qu'il venait de subir. Il gardait cependant le regard vif et paraissait tout à fait sincère.

— Mais alors, que fais-tu là ?

Son grand-père lui sourit et lui prit la main.

— J'ai pris une décision Chiara, j'y pensais depuis quelque temps déjà, mais je ne voulais pas t'en parler avant d'en être sûr.

Avant même que Chiara puisse imaginer quoi que ce soit, il annonça :

— J'ai vendu l'exploitation.

— Tu as vendu le mas *Lou Tranquillou* ?! s'exclama-t-elle, horrifiée.

Le mas *Lou Tranquillou*, c'était ses racines, ses souvenirs d'enfance, la terre sur laquelle elle avait fait ses premiers pas !

— Non, non, rassure-toi ! J'ai gardé la maison et le terrain qui l'entoure, mais j'ai vendu les champs d'oliviers et les abricotiers. Je deviens trop vieux, et sans ta grand-mère je n'ai plus le cœur à l'ouvrage. Je me dis aussi que si nous avions pris cette décision plus tôt, elle aurait été moins fatiguée, et qui sait…

— Non, Papé ! ne dis pas ça ! Le docteur a dit que c'était à cause de cette mauvaise bronchite qu'elle était partie. Tu ne dois pas culpabiliser !

— Tu as raison, ma girelle, tu as raison, ça ne sert à rien de ressasser des idées noires.

Il lui adressa un pauvre sourire et ajouta :

— Tu lui ressembles, tu sais, je suis certain qu'elle m'aurait tenu les mêmes propos.

Chiara sentit les larmes lui monter aux yeux. Sa grand-mère lui manquait tant ! Même si elle ne la voyait que pendant les vacances, elles s'appelaient souvent et la vieille dame était toujours disponible pour lui prêter une oreille attentive. Son décès avait laissé dans sa vie un vide béant qu'il faudrait bien des jours pour combler. Ne voulant pas pleurer devant son grand-père, elle déclara :

— Tu as bien fait. Il est temps pour toi de te reposer. Quand je viendrai la semaine prochaine, nous irons nous promener dans la garrigue, et lorsque nous rentrerons je te préparerai une pissaladière comme tu les aimes.

Le vieil homme la fixa un instant avant de répondre :

— Non, ma girelle, tu ne viendras pas cet été. Ma sœur m'a invité à passer quelque temps chez elle en Bretagne. Ça fait une éternité qu'on ne s'est pas vus et j'ai dit oui. J'ai fait une pause sur le trajet, mais dès demain je reprends la route. Cela te fera du bien à toi aussi, de ne pas revenir au mas *Lou Tranquillou* cet été. Il y a encore trop de souvenirs. Tu as besoin de changer d'air.

Chiara hocha la tête sans rien dire. Depuis qu'elle était née, ce serait le premier été qu'elle ne passerait pas en Provence. Il y avait de quoi se sentir un peu déboussolée.

— Tu sais, chuchota-t-elle enfin, je crois que j'aurai toujours trop de souvenirs…

— Tu verras, avec le temps, tu t'en construiras d'autres, et les anciens prendront moins de place.

Chiara eut une moue sceptique. Elle ne croyait pas trop à cette théorie. C'était des mots qu'on disait pour consoler et qu'on faisait semblant de croire pour ne pas blesser. Elle essaya de chasser les larmes qui revenaient à l'assaut.

— C'est pour ça que je n'avais pas le droit de venir te voir, hein ?

— Oui, on voulait te protéger tant que tout n'était pas réglé. Encore maintenant il y a beaucoup de choses à mettre en ordre, mais le notaire peut s'en occuper seul.

Le grand-père serra la main de sa petite-fille, qu'il tenait entre les siennes et conclut :

— Profite de cet été de liberté ! Profites-en et saisis toutes les occasions qui se présenteront.

Chiara eut un sourire contraint. Oui, elle était libre. Mais libre de quoi ? Sans argent, sans projet, les occasions ne seraient pas nombreuses…

6

Aide-toi et le ciel t'aidera !

Mardi 11 juillet, 11 h 20

— Toc, toc, je peux entrer ?

Mélisande soupira et fit pivoter son fauteuil.

— Pourquoi tu demandes puisque tu te trouves déjà au milieu de la pièce ?

— Par politesse bien sûr ! s'offusqua Pauline. Depuis le temps que tu me rabâches que je dois frapper avant d'entrer !

— Sauf que là, tu n'as pas frappé et tu es déjà entrée. Tu es censée obtenir mon accord *avant* de franchir le seuil de ma chambre.

La cadette gonfla ses joues avant de relâcher bruyamment l'air qu'elles contenaient :

— J'ai dit « Toc, toc », c'est pareil, répliqua-t-elle exaspérée, et ce n'est quand même pas de ma faute si tu mets trois plombes à répondre. Pourquoi faut-il que les choses soient toujours aussi compliquées avec toi ? Je veux te voir, je viens te voir, point !

— Et si moi je n'en ai pas envie ?

Ébranlée par cette hypothèse, Pauline sembla perdre contenance. Avec un air vulnérable, elle demanda :

— Parce que tu n'en as pas envie ?

Mélisande se mordit la lèvre, embarrassée. Quand sa sœur était ainsi, elle la revoyait dix ans plus tôt, sur les bancs de l'école maternelle où leurs parents ne venaient jamais la chercher. C'était elle qui était chargée de la récupérer car elle ne voulait jamais suivre les baby-sitters qui se succédaient à un rythme effréné, chacune se lassant très rapidement des horaires anarchiques inhérents à ce job. Elle savait mieux que personne que l'assurance souvent agaçante affichée par Pauline n'était qu'une façade. Derrière le masque, elle cachait une profonde insécurité qui la faisait réagir avec intensité à tout et à tous.

— Mais si, j'en ai envie, la rassura-t-elle, sauf que ce n'est pas toujours au même moment !

— OK, et là, ça va ?

Fataliste, son aînée acquiesça.

— Oui, là, ça va.

— Bon, alors je reprends, fit Pauline rassérénée, mais entre nous je trouve que c'est beaucoup de temps perdu pour pas grand-chose.

Se retenant de lever les yeux au ciel, Mélisande garda un sourire plaqué sur les lèvres. Plus tôt sa sœur lui dirait ce qu'elle avait à dire, plus tôt elle en serait débarrassée !

— Tu as quand même entendu, je pense, même si ça ne te concerne pas, que maman a dû faire appel à un certain ami François pour nous réserver des vacances en août ?

Oui, Mélisande l'avait entendu. Camille de Saint-Sevrin avait d'ailleurs manifesté à son mari son mécontentement. Lui qui s'occupait toujours des réservations n'avait rien prévu cette année, et il avait fallu qu'elle fasse jouer ses relations pour dénicher un séjour de deux semaines dans un endroit correct. L'endroit « correct » en question était un complexe de luxe duquel ledit François était directeur et qui était situé sur l'une des îles de l'archipel des Seychelles.

— Je suis au courant, répondit donc Mélisande patiemment.

— Tu imagines déjà le trou mortel que ça promettait d'être.

— Promettait ?

— Oui, tu vois, le genre de plage où même en maillot de bain les hommes semblent porter la queue-de-pie et les femmes, un bikini qui aurait rétréci au lavage. Mais maintenant je m'en fiche parce que moi, j'ai décidé d'apporter une touche de vie et quelques grammes d'oxygène à cette jet-set ridicule !

Un frisson coutumier parcourut Mélisande.

— Qu'est-ce que tu veux dire par là ?

— Que je me suis débrouillée pour emmener ma « ration de survie » d'excentricité et de fraîcheur dans mes bagages ! Allez, devine un peu qui est le nouveau DJ que ce cher François vient d'embaucher ce matin ?

Une sueur glacée descendit le long de l'échine de son aînée.

— Non, ne me dis pas que…

— Si, si, chantonna Pauline au comble de l'excitation, je te le dis. Je te donne même un indice : ça commence par un F et ça finit par… arouk !

— *Non !*

— *Si !*

— Tu es dingue ? Comment t'as magouillé ça ?

— Trop facile ! J'ai piqué le portable de l'*irrrrrré-sistible* Camille pendant qu'elle était sous la douche, j'ai remonté les appels, j'ai retrouvé le François, j'ai cliqué sur la touche « On » et j'ai ronronné : « Allllôôôô François, c'est moi, Camille. Je voulais savoir si tu pouvais me rendre un petit service… »

La voix de Pauline avait chuté d'une octave pour imiter le timbre de contralto de leur mère. L'imitation était si réussie que son aînée, malgré sa désapprobation, ne put s'empêcher de rire. Encouragée par ce résultat, la cadette se déchaîna, faisant à la fois les questions et les réponses, et concluant en singeant François :

— «Bien sûr, très chère, je me ferai un plaisir d'embaucher ce si talentueux jeune homme… » Et hop, ajouta-t-elle, emballé, c'est pesé ! Farouk recevra un billet d'avion dans les prochains jours !

À la fois épatée et terrifiée par l'audace de sa sœur, Mélisande releva :

— Je croyais que tu ne lui parlais plus depuis qu'il avait triché à la course ?

Pauline secoua la tête d'un air impatient.

— C'est bon, il faut savoir être magnanime. Je lui ai pardonné à condition qu'il vienne. Au début, il voulait pas, il n'arrivait pas vraiment à me croire, j' sais pas pourquoi. Mais quand je lui ai annoncé son salaire, il a manqué de faire une crise cardiaque. Il m'a dit alors que s'il recevait effectivement les papiers et le billet, je pourrais compter sur lui pour les dix mille ans à venir.

Elle eut un petit sourire innocent puis laissa tomber :

— Je crois que ça veut dire qu'il était content.

Mardi 11 juillet, 14 h 05

Lily n'entendit même pas le téléphone sonner. Devant son pupitre, elle répétait avec application l'adagio d'une sonate de Brahms. Ce n'est que lorsque sa mère entra dans sa chambre qu'elle arrêta de jouer de la clarinette.

— Excuse-moi de te déranger, chérie, mais il faut que je te parle. Mrs Aylward est au bout du fil.

Un instant inquiète, Lily posa son instrument.

— Il y a un problème ?

— Non, enfin pas en ce qui concerne votre séjour. Il s'agit d'Eireen, sa fille aînée. Pour je ne sais quelle raison, la jeune fille au pair qu'elle employait a dû partir en urgence. Elle se retrouve donc sans personne pour garder ses enfants. C'est bien payé et Mrs Aylward voulait savoir si cela t'intéressait.

Lily prit un air désolé.

— Trop tard ! J'ai payé mon inscription aux cours d'anglais hier. Toutes mes économies y sont passées ! Je ne peux plus revenir en arrière.

Pendant que Mme Berry expliquait la situation à son amie, Lily songeait qu'un job d'été aurait pourtant été le bienvenu. Ce projet de vacances en Irlande était génial, mais il allait la laisser sur la paille : l'année de terminale serait difficile financièrement…

— Bon, elle comprend tout à fait, dit Mme Berry après avoir raccroché, surtout que sa fille habite la ville de Galway, à 200 kilomètres de Dublin. Ce n'était vraiment pas compatible. Cela dit, si tu connais quelqu'un de confiance que ça pourrait intéresser, tu peux lui en parler, mais rapidement. Eireen et son mari sont très pris par leur métier.

— Quel dommage que Chiara aille en Provence. C'est exactement ce qu'il lui aurait fallu. Et puis, loin ou pas, on se serait débrouillées pour passer du temps ensemble !

— Au fait, comment va-t-elle ?

— Bah ! tu sais comment elle est : elle a déjà tendance à s'exalter pour un rien et à déprimer pour pas grand-chose, alors avec le choc que lui a causé le décès de sa grand-mère…

— Oui, la vie n'est vraiment pas facile pour elle.

— Ça lui aurait fait tellement de bien de partir en vacances ailleurs qu'en Provence ! Enfin, ce n'est pas la peine d'en parler.

Comme elle prononçait ces paroles, la sonnette de la porte d'entrée résonna dans la maison.

Mme Berry descendit l'escalier pour aller ouvrir, pendant que Lily réattaquait une mesure qui lui donnait du fil à retordre. Mais quelques minutes plus tard on l'interrompait à nouveau.

— Coucou ! c'est moi ! cria quelqu'un dans son dos.

Lily reconnut la voix rauque de son amie.

— Chiara, qu'est-ce que tu fais là ? C'est trop drôle, ma mère et moi, on parlait justement de toi !

— Oui, c'est ce qu'il me semblait ! J'ai encore les oreilles qui sifflent !

Lily lui tira la langue, mais Chiara l'ignora et poursuivit avec grandiloquence.

— Enfin, qu'on parle de moi en bien ou en mal peu importe, du moment que l'on parle de moi[1] !

Lily se mit à rire devant son numéro. Elle était heureuse de voir son amie si en forme.

— Alors, quoi de neuf ? finit-elle par lui demander.

— Tu ne devineras jamais !

— Tu es nominée aux césars ?

— Non, pas encore ! Laisse-moi un peu de temps.

— Allez, Chiara, dis-moi, j'ai horreur des devinettes.

— Très bien, alors voilà l'histoire…

Et, avec une précision digne d'une reconstitution judiciaire, la jeune comédienne rejoua à Lily toute la scène qui s'était tenue dans le salon du petit appartement.

À la fin, comme si les sentiments qu'elle avait éprouvés alors la rattrapaient, elle arborait un air mélancolique.

---

1. Citation de Léon Zitrone, journaliste français (1914-1995).

— Tu sais, confia-t-elle à son amie très bas, je me sens bizarre. D'un côté, je suis triste de ne pas aller en Provence, j'ai l'impression que c'est une page de ma vie qui se tourne, en plus, j'ai l'impression de trahir Mamée… mais de l'autre, je suis… soulagée. Cela aurait été affreux de ne pas la voir et de la sentir partout.

Avec une moue d'excuse, elle ajouta :

— Et puis je dois avouer que j'ai toujours eu horreur de ramasser ces abricots par centaines !

— C'est normal de ne plus savoir où tu en es ! compatit Lily avec un doux sourire, mais tu verras, ça ira mieux petit à petit.

— J'espère ! J'aimerais tant un peu de ciel bleu dans ma grisaille quotidienne.

— Mais dis-moi ! s'exclama Lily, cela veut dire que tu es libre cet été ?

— Oui, libre et fauchée ! C'est pas génial, ça ? Ma vie est aussi passionnante que celle de la moule accrochée à son rocher.

Au comble de l'excitation, Lily lui saisit le bras et cria presque :

— Parfois il y a des tempêtes dans la vie des moules !

— Heu, tu es sûre que ça va, là ?

— J'ai une nouvelle énorme pour toi. Tu aimes les enfants, bien sûr ?

Chiara, qui la regardait sans comprendre, fit une grimace :

— Je sais pas trop. Mon expérience avec l'insupportable Nolan, le fils de Valérie, m'inciterait à dire non.

Lily secoua sa tête bouclée :

— Je ne te parle pas d'enfants de cet âge-là !

— Oh, dans ce cas, c'est différent ! Je dois avouer que j'ai un faible pour ceux qui sont grands, bruns et musclés avec des yeux de braise. C'est mon côté latin…

Lily la poussa sur le lit en riant :

— Dire que je croyais que les garçons ne t'intéressaient pas !

— Que veux-tu, fit Chiara en pouffant, on ne passe pas un an en cours de théâtre avec Mélisande sans quelques séquelles !

Mais dès qu'elles eurent un peu repris leur sérieux, ce fut au tour de Lily de lui apprendre les dernières nouvelles. Quand elle eut compris de quoi il retournait, Chiara se leva d'un bond en hurlant :

— Un téléphone ! Vite, qu'on me donne un téléphone !

Dans ces conditions, elle était prête à garder tous les enfants de la terre, et ce, quel que soit leur âge !

Alors qu'elles dévalaient l'escalier, elle repensa à son grand-père et sourit. Elle la tenait, son occasion ! Et il pouvait compter sur elle : elle n'allait pas la laisser s'échapper.

IRELAND, HERE WE ARE !

7

Kieran

Thursday, 13th July, 6 h 10 p.m.

Le portail automatique s'ouvrit, et le 4 × 4 noir pénétra dans la grande cour pavée. Chiara fut ébahie en découvrant la maison. De style néogothique, elle avait un charme certain avec ses deux petites tourelles, sa façade en briques et ses fenêtres sur lesquelles se dessinaient des losanges. De part et d'autre de la cour, une pelouse impeccablement tondue était encadrée par des rangées de buis. L'ensemble semblait spacieux mais pas démesuré.

— *We've arrived*, dit Mr Clancy.

Du moins, c'est ce que comprit Chiara. Depuis qu'elle avait atterri à Dublin, elle passait son temps à faire des hypothèses sur ce qu'on lui disait. Pour elle qui n'avait jamais voyagé à l'étranger, se repérer dans l'aéroport afin de prendre sa correspondance pour la ville de Galway n'avait pas été une mince affaire. Heureusement, il y avait des panneaux un peu partout, car chaque fois qu'elle avait pris son courage à deux mains pour demander des renseignements, elle n'avait rien compris aux réponses qu'elle obtenait. Le choc avait été brutal. Bon, elle savait qu'elle ne brillait pas particulièrement en langues, mais après six ans de cours, elle pensait quand même être capable de se débrouiller. C'était oublier que de ce côté de la mer, ils avaient un accent bien différent de celui de Mme Marin, son professeur d'anglais !

Réprimant un soupir de découragement, Chiara descendit de voiture et récupéra la valise qu'Alan Clancy venait de sortir du coffre. À sa suite, elle gravit les quelques marches du perron et pénétra à l'intérieur. Le vestibule fut pour elle un nouveau sujet d'émerveillement. Grâce à deux grandes fenêtres qui surplombaient les escaliers en bois verni, la lumière se déversait à flots dans la pièce au dallage noir et blanc. Comme la jeune fille l'avait pressenti en arrivant, tout était ici à taille humaine, même si la moitié de l'appartement de son père aurait pu être contenue dans cette seule pièce !

Il y eut un bruit de pas, et une petite silhouette apparut par la porte de derrière.

— *Here is Hannah*, fit Mr Clancy.

Elle obéit quand son père lui dit d'avancer, et Chiara découvrit une enfant très blonde et aux yeux couleur myosotis.

— *Hello*, fit-elle timidement.

Chiara lui sourit, presque aussi impressionnée qu'elle, et lui répondit. Ça au moins, c'était facile. Puis la porte s'ouvrit à nouveau et une dame d'un certain âge, accompagnée d'un petit garçon, les rejoignit.

Elle salua Chiara avec chaleur, et cette dernière comprit vaguement qu'elle était soulagée de son arrivée. Elle en déduisit qu'il s'agissait de Maura, la femme chargée de l'entretien de la maison et de la cuisine et qui, depuis le départ de la fille au pair, faisait aussi office de nounou. Tom, le petit garçon, fut moins enthousiaste. Il refusa de dire bonjour et se mit à crier quand elle s'approcha de lui. Embarrassée, elle entendit Mr Clancy dire quelque chose qu'elle ne comprit pas. Il répéta, mais elle ne comprit pas davantage. Finalement, il prit sa valise et dans ses paroles elle saisit le mot *bedroom*. Avec soulagement, elle hocha la tête et le suivit dans les escaliers. Elle était déjà épuisée et n'avait qu'une hâte : se reposer !

Friday, 28th July, 3 h 45 p.m.

Chiara enfilait consciencieusement des perles avec Hannah dans la salle de jeu quand le babyphone fit entendre des petits cris. La jeune fille brune regarda sa montre et soupira. La récréation était terminée !

— *Wait*, dit-elle à la petite fille dans un anglais basique, *I get your brother*.

Lorsqu'elle entra dans la chambre du petit garçon, elle fut accueillie par des cris de protestation. Prenant son courage à deux mains, elle se prépara au combat.

Depuis son arrivée, elle en avait vu de toutes les couleurs. D'abord éblouie par le cadre splendide dans lequel vivait la famille Clancy, elle avait cru arriver au paradis. Elle avait déchanté rapidement. Vue de l'intérieur, l'image parfaite se fendillait de toutes parts. Les parents des enfants étaient avocats et avaient ouvert l'année précédente leur propre cabinet. Leurs horaires de travail donnaient le vertige à Chiara, qui commençait à comprendre pourquoi la jeune fille au pair qui l'avait précédée avait soudainement rendu son tablier. Car bien sûr, en leur absence, il lui incombait de s'occuper de Tom et de Hannah. C'est ainsi que les heures de garde qu'elle devait effectuer étaient régulièrement multipliées par deux. Au départ, il avait en effet été convenu qu'elle disposerait de ses soirées, sauf cas exceptionnels où elle ferait du baby-sitting. Les cas exceptionnels étaient très vite devenus habituels, Alan et Eireen Clancy devant rencontrer des clients jusque tard dans la soirée. Bien qu'il soit parfois épuisant de garder les enfants du lever au coucher du soleil, la jeune fille s'accrochait : le couple d'Irlandais savait se montrer généreux et la payait double pour tous ces « extras ». Si elle tenait le coup, Chiara serait à la tête d'une petite fortune à la fin de son séjour. Son année de terminale pourrait ainsi avoir un goût de folie ! Mais ce n'était pas gagné d'avance : les heures étaient longues et pénibles. Tant qu'elle n'avait à s'occuper que de Hannah, les choses se passaient plutôt bien. La petite fille était gentille et ne se plaignait jamais. Elle paraissait avoir accepté la situation et lui était même reconnaissante de jouer avec elle. Avec Tom, il en allait tout autrement. Dès son réveil, il hurlait. Il se débattait quand elle voulait le sortir du lit, l'habiller, l'empêcher de faire des bêtises ou l'obliger à rentrer à la maison. Il ne parlait jamais, pas un mot, sauf parfois pour sa sœur, et gardait sa mine renfrognée en permanence. Il ne retrouvait le sourire que lorsque sa mère passait le voir pour déposer un baiser sur son front entre deux rendez-vous. Mais lorsqu'elle repartait, il hurlait deux fois plus. Hannah, elle, ne disait rien, mais Chiara, en les voyant tous deux, ne pouvait s'empêcher de penser à ce qu'avait été la vie de Mélisande et de Pauline.

Elle soupira en voyant Tom s'agripper aux barreaux. Encore un jour où il n'allait pas lui simplifier la tâche. Elle se sentait découragée par avance à l'idée de la bataille qui l'attendait. Elle se demanda une fois de plus si la promesse d'un portefeuille bien rempli à la fin du mois justifiait un combat de catch quotidien. Elle doutait de plus en plus de pouvoir répondre par l'affirmative. Si au moins elle avait pu faire des progrès en anglais, les choses auraient été différentes, mais là encore, il ne fallait pas y compter : ce n'était pas en passant tout son temps avec ces deux jeunes enfants qu'il s'améliorerait.

Elle en était là de ses réflexions quand la sonnette de la porte d'entrée retentit. Elle entendit Hannah aller ouvrir, et des cris de joie explosèrent aussitôt. C'était un fait tellement inhabituel dans cette maison qu'elle saisit précipitamment Tom sous les bras pour aller voir ce qu'il se passait. L'enfant, surpris par la soudaineté de l'attaque, n'eut pas le temps de réagir. Il se vengea en poussant des cris perçants, mais s'arrêta brusquement en apercevant le nouveau venu.

— *'cle ! 'cle !* se mit-il à gazouiller avec excitation.

Chiara ne put le retenir quand il gigota pour glisser à terre et se jeter dans les bras du jeune homme qui venait d'arriver.

Une fois que les enfants furent un peu calmés, ce dernier se tourna vers Chiara et la dévisagea une minute avant de lâcher :

— *You're the* au pair, *I guess.*

— *Yes*, fit pitoyablement la jeune fille, incapable de trouver autre chose à répondre sous ce regard intense et scrutateur.

— *I'm Kieran, Alan's brother, the uncle of these terrible two !*

La jeune fille ne comprit pas tout, mais suffisamment pour savoir qu'il s'agissait de l'oncle des enfants. Elle hésita sur la conduite à adopter. Devait-elle lui tendre la main ? lui souhaiter la bienvenue ? Le temps qu'elle choisisse la bonne option, il s'était déjà détourné d'elle. Un peu dépitée, elle en profita pour l'observer à son tour. Il avait d'épais cheveux bruns, assez longs, et une mèche qui lui retombait sur le front. Son teint pâle et ses yeux sombres ajoutaient à son allure de poète romantique. « Dommage qu'il soit si peu chaleureux », pensa Chiara.

Pendant qu'elle l'observait ainsi, Hannah était en train de lui expliquer quelque chose à grand renfort de gestes. Quand la jeune fille la vit montrer son genou décoré d'un gros pansement, elle comprit que la fillette lui relatait sa chute du matin même. Alors il se passa un phénomène inattendu. L'air sévère de Kieran disparut comme par magie et, plein de douceur, il sourit gentiment à sa nièce. Loin d'être indifférente à ce changement dans sa physionomie, Chiara sentit son cœur bondir bizarrement dans sa poitrine. Troublée, elle se dit qu'elle allait peut-être finalement trouver une bonne raison de rester à Galway…

8

Portable et chocolats

Dimanche 30 juillet, 14 h 05

— Un portable ?! J'y crois pas ! ça ne peut pas être ça !

Lily, éberluée, fixait l'emballage cartonné que son père venait de lui remettre.

— Attends, fit M. Berry en fronçant les sourcils, comment appelle-t-on déjà ces petits trucs équipés d'un écran minuscule, qui affichent des informations impossibles à déchiffrer sans ses lunettes, sont dotés d'un clavier tout aussi riquiqui sur lequel certains individus tapent avec frénésie et ont la désagréable habitude de sonner quand quelqu'un désire vous parler ?

Lily éclata de rire en sautant au cou de son père, indifférente au fait qu'ils se trouvaient dans l'un des plus grands halls de l'aéroport Lyon-Saint-Exupéry.

— Un portable, papa ! Je ne rêve donc pas !

— Eh oui, ta mère et moi, on n'est pas vraiment pour, mais puisque tu vas sillonner les routes irlandaises, on s'est tout de même dit qu'il valait mieux que tu puisses appeler des secours en cas d'urgence.

— C'est trop cool ! Depuis le temps que j'attendais ça !

— Bon, ne t'emballe pas trop quand même, c'est un forfait bloqué avec peu de crédit, alors attention à ta consommation. Si tu veux nous joindre, tu nous passes un coup de fil et on te rappellera.

— Pas de problème, je serai super sage !

— On te fait confiance, ma chérie.

M. Berry, qui avait joué le chauffeur de taxi pour les trois filles, jeta un coup d'œil aux écrans des départs. Maëlle, Lily et Mélisande venaient d'enregistrer leurs bagages pour le vol de Dublin, et dans un petit quart d'heure il ne leur resterait plus qu'à franchir la douane pour rejoindre la salle d'embarquement. Il s'assura qu'elles étaient bien en possession de tous leurs papiers et, après avoir serré sa fille dans ses bras, il prit congé.

— Et voilà, enfin seules ! s'exclama Maëlle, l'aventure commence !

Puis, avec un clin d'œil, elle ajouta :

— Heureusement que c'est ton père qui nous a emmenées ! Si ç'avait été ma mère, on aurait eu du mal à la convaincre de ne pas monter dans l'avion !

— Ce n'est pas avec la mienne qu'on risque ce genre d'ennuis, glissa Mélisande.

Mais Lily les entendit à peine. La tête penchée, elle découvrait son portable tout neuf.

— Zut ! souffla-t-elle, comment fait-on pour entrer des contacts dans ce machin ?

— Oh ! oh ! fit la jolie rousse, toi, il était temps que tu aies un mobile ! Passe-le-moi, je vais le faire.

— Non, s'interposa Maëlle, il faut qu'elle le fasse elle-même ! C'est comme ça qu'elle apprendra.

Mélisande haussa un sourcil et dit :

— Je vois, miss Pédagogie est de sortie.

Maëlle la fusilla du regard mais ne répondit pas. Elle n'allait pas perdre une seconde de cette journée exceptionnelle à argumenter avec une tête de mule, si bien maquillée soit-elle. Prenant Lily par le bras, elle la conduisit vers un banc qui se trouvait au milieu du hall. Les deux amies s'assirent et Maëlle commença ses explications.

Mélisande, restée sur place, les interpella :

— Eh ! personne pour venir faire les boutiques avec moi ? Quand on sera dans l'avion, il sera trop tard, vous savez !

— Quelle horreur ! plaisanta la jeune athlète, tu veux dire qu'il sera impossible de faire du shopping pendant *deux* heures entières ?

Lily éclata de rire. Il faut dire que l'air faussement horrifié de Maëlle était terriblement drôle. Entrant dans le jeu, elle corrigea :

— Mais non, ne t'inquiète pas, il paraît qu'ils vendent quand même quelques trucs pendant le vol.

— Oh, mais ce n'est pas du lèche-vitrines dans la plus pure tradition, minauda Maëlle, ça ne compte pas vraiment.

— Très bien, fit Mélisande les lèvres pincées, message reçu cinq sur cinq ! Mais ne venez pas vous plaindre si vous manquez de lecture…

— De lecture ? Bouh, quelle horreur ! Elle n'a pas pu dire une monstruosité pareille, ce doit être un clone, ou pire, une extraterrestre !

Lily riait trop pour faire taire son impertinente amie. Fort heureusement, la jolie rousse n'était déjà plus en mesure d'entendre cette dernière pique. De sa démarche élégante, elle venait d'entrer dans une librairie. Son regard glissa rapidement sur les magazines sportifs et vint se fixer sur ceux consacrés à la mode. Elle en prit un au hasard, le feuilleta et le reposa dès qu'elle vit des clichés signés Camille de Saint-Sevrin. Changeant d'idée, elle se dirigea vers une colonne présentant les différents best-sellers du moment. N'en trouvant aucun à son goût, elle pivota… et croisa le regard d'un jeune homme. Visiblement, elle l'avait surpris en train de l'observer. Il la dévisagea une seconde encore, puis il détourna les yeux et sortit d'un pas pressé de la boutique. Tout d'abord étonnée, Mélisande ne tarda pas à sourire. Après tout, ce n'était pas la première fois que ce genre de chose lui arrivait. Elle devait cependant reconnaître que c'était rarement de la part d'un aussi beau garçon. Comme elle le regardait s'éloigner, elle repensa à ses yeux bleu outremer et à ses cheveux châtains légèrement ondulés. Il était grand, plutôt élancé, et habillé avec classe. Le type de personne qu'on n'oublie pas. Et elle le savait bien puisque c'était la deuxième fois qu'elle le remarquait. Car une demi-heure plus tôt, alors qu'elle se trouvait dans la file d'attente avec ses amies pour enregistrer leurs bagages, il y était aussi. Était-ce donc une coïncidence de s'être croisés à nouveau ? Mélisande en doutait. Bien sûr, l'avenir confirmerait ses soupçons, mais elle ne put s'empêcher de penser que ces vacances démarraient bien, voire très bien ! Plongée dans ses pensées, elle prit le premier livre qui lui tombait sous la main, le paya et sortit rejoindre ses amies.

Ces dernières, toujours penchées sur le portable, notèrent à peine son arrivée. Elle s'assit près d'elles et commença à lire la quatrième de couverture du roman qu'elle venait d'acheter. C'était une histoire d'espionnage, pas du tout son genre. Alors qu'elle se demandait pourquoi elle s'était embarrassée d'un bouquin pareil, elle sentit quelqu'un s'asseoir sur le banc qui se trouvait dos au leur. Aussitôt son sixième sens lui envoya un message : c'était *lui*, à n'en pas douter ! Elle apprécia les accents de vétiver de son eau de toilette et attendit quelques secondes avant de vérifier si son intuition était juste. Un, deux… et trois. Elle se retourna à demi et reconnut immédiatement les épais cheveux ondulés et le pull nonchalamment jeté sur les épaules. Il lui tournait le dos et semblait lire un prospectus. Le mince sourire de la jeune fille s'élargit. Le hasard n'avait plus aucune responsabilité dans cette troisième rencontre, c'était cette fois bien certain. Bien que son intérêt ait été éveillé, elle décida de faire comme si elle n'avait rien remarqué et reprit sa lecture. Du moins elle en donna l'illusion : elle s'attendait à être abordée d'une minute à l'autre et ne s'intéressait guère aux mots qui dansaient sous ses yeux. Enfin, il y eut un bruit de papiers que l'on pliait et celui d'une fermeture Éclair que l'on remontait. Les sens en alerte, elle se prépara à feindre la surprise tout en arborant un air un peu blasé quand il s'adresserait à elle. Mais alors qu'elle s'amusait déjà de la situation, elle entendit des pas qui s'éloignaient.

« Flûte ! se dit-elle, ce n'était pas prévu. »

Forcée d'abandonner son rôle, elle pivota à nouveau et n'eut que le temps de le voir disparaître dans la foule. Elle resta un instant sans réaction. Elle aurait pourtant parié que les choses allaient se passer autrement ! Comment avait-elle pu aussi mal interpréter l'attitude de ce garçon ? Soudain, elle aperçut un paquet joliment enrubanné sur le banc qu'il venait de quitter. Comme elle était sûre qu'il n'y était pas à l'arrivée du mystérieux inconnu, elle n'hésita pas une seconde à s'en emparer. Il s'agissait d'une grande et belle boîte de chocolats.

— Qu'est-ce que c'est que ça ? lui demanda Maëlle, qui avait repéré son manège.

— Eh bien, fit mystérieusement Mélisande, je me demande si ce n'est pas pour moi !

— Pour toi ? s'étonna Lily, mais comment c'est possible ?

Avec une satisfaction qu'elle n'essaya même pas de dissimuler, Mélisande se fit un plaisir de les informer de ce qui venait de se passer.

— Tu croises trois fois un mec par hasard, et tu en déduis que s'il oublie un paquet derrière lui, c'est forcément pour toi, conclut Maëlle. Eh bien, on peut dire que tu ne manques pas d'air !

— Ce n'était *pas* par hasard ! corrigea avec hauteur son amie.

Maëlle ne répondit pas mais le sourire ironique qu'elle affichait était plus qu'explicite.

— Même si ce n'est pas du hasard, temporisa Lily, tu ne peux pas être complètement sûre qu'il est pour toi. Tu devrais l'apporter aux objets trouvés.

— Aux objets trouvés ? N'importe quoi ! Et dans un an et un jour, j'hériterai d'une boîte de chocolats périmés s'il n'est pas venu les réclamer ?

Un sourire rusé s'afficha sur les lèvres de Mélisande et elle déclara :

— De toute façon, je sais où retrouver son propriétaire : dans l'avion pour Dublin ! Alors je vais très gentiment lui rapporter sa boîte et, si comme certaines mauvaises langues l'affirment, cet « oubli » n'est pas volontaire, je la lui rendrai !

— Parfait ! trancha Maëlle en regardant sa montre. De toute façon, on n'a plus le temps d'épiloguer, il faut qu'on y aille.

Puis, avec un clin d'œil, elle conclut :

— Avec un peu de chance, ton prince charmant tête de linotte t'y attend déjà !

9

Quand le cœur fait « boum »

Dimanche 30 juillet, 15 h 35

— Mais ce n'est pas possible ! Où est-il ?

— Ne t'agite pas comme ça, Mélisande, répondit Lily dans l'espoir de la calmer. Il va sûrement arriver, puisque tu l'as vu enregistrer ses bagages.

— Enfin, on est déjà dans l'avion et il n'était pas dans la salle d'embarquement !

— Tu es sûre qu'il est aussi grand que tu le prétends ? s'exclama Maëlle. Il s'agit peut-être d'une version moderne du Petit Poucet ? Tu sais, il avait besoin de ses chocolats pour marquer son chemin, et sans eux, il s'est perdu dans la forêt de l'aéroport... À moins qu'il soit en fait tellement petit qu'on ne l'ait pas remarqué ?

— C'est ça, fiche-toi de moi en plus ! Tu crois que j'aurais flashé sur un nain ?

— Ah, parce que tu as flashé ! Dis donc, petite cachottière, tu ne nous l'avais pas dit !

— Tu sais, je te serais reconnaissante si tu voulais bien arrêter d'utiliser le mot « petit ». Quant au mot « flashé », c'était un lapsus.

— Ah oui ? Un lapsus pour quoi ?

— Pour… heu…

Mélisande se mordit la lèvre et assassina Maëlle d'un regard de ses splendides yeux émeraude. Elle cherchait désespérément comment lui faire passer son envie de rire quand soudain celui qu'elle attendait comme le naufragé son île apparut à la porte de l'Airbus.

— Ah, quand même ! soupira-t-elle avec soulagement.

Elle le vit s'asseoir à l'avant de l'avion et ranger un petit sac de voyage dans le compartiment destiné à cet effet.

— Bon, j'y vais, fit-elle.

— Tu as raison, ne traîne pas, remarqua ironiquement Maëlle, je parie que s'il est en retard, c'est parce qu'il a cherché ses chocolats dans tout l'aéroport ! Sûr qu'il va bien te recevoir !

Mélisande l'ignora avec superbe. Elle venait juste de se lever quand une hôtesse de l'air lui demanda de s'asseoir et d'attacher sa ceinture.

— Mais j'en ai juste pour une minute, insista-t-elle.

— Désolée, mademoiselle, dit fermement l'hôtesse, mais nous sommes déjà en retard à cause d'un passager qui n'arrivait pas. Nous allons décoller.

Puis, avec un sourire, elle ajouta :

— Dès que la petite lumière indiquant qu'il faut garder sa ceinture attachée se sera éteinte, vous pourrez vous lever à nouveau. C'est l'histoire d'un petit quart d'heure, tout au plus.

Mélisande lui retourna son sourire en une version nettement plus crispée et, avec une politesse glacée, susurra :

— S'il vous plaît, soyez gentille : évitez de prononcer le mot « petit » en ma présence.

Puis, comme ses deux amies éclataient de rire devant l'air stupéfait de l'hôtesse, elle se rassit de mauvaise grâce.

Bon gré mal gré, Mélisande dut attendre que les consignes de sécurité soient données et que la « petite » lumière s'éteigne enfin après le décollage. Une éternité ! Jamais un « petit » quart d'heure ne lui avait paru aussi long !

— Bon, cette fois, j'y vais, et rien ne m'en empêchera !

Les chocolats en main, elle se dirigea avec détermination vers les rangées de sièges situées à l'avant de l'appareil. Ses amies la virent atteindre son but, se pencher en avant, agiter sa main libre, hésiter un peu et finalement rebrousser chemin. Lorsqu'elle se rassit auprès d'elles, tenant toujours son paquet enrubanné, Lily demanda :

— Alors ?

— Alors, il dort !

Maëlle murmura :

— Après « Le Petit Poucet », « Le Beau au Bois Dormant »... Ce doit être un fan de Perrault !

— Je t'ai entendue, Maëlle !

— Allez, reconnais que c'est plutôt drôle !

— À trois, on rit, lança Mélisande. Un, deux…

— Mais pourquoi tu ne lui as pas laissé la boîte sur les genoux ? intervint Lily avec bon sens.

— Et si elle était pour moi ? Et si quelqu'un la vole ?

— Surtout que dans un avion, souligna sérieusement Maëlle, tout le monde vole ! C'est scientifique et formellement prouvé.

Puis, devant l'air dérouté de son amie, elle précisa :

— Hou, hou ! *Jeu de mots !* L'avion vole, donc tous les passagers volent !

— Ha ! ha ! grimaça la jolie rousse alors que Lily ne pouvait s'empêcher de pouffer.

Levant les deux mains en l'air avec une moue contrite, Maëlle fit son mea culpa :

— Excuse-moi, c'était trop tentant !

Mélisande se mit alors à rire à son tour en secouant la boîte de chocolats :

— Tu as raison ! c'était très drôle ! Mais je te jure que si je n'arrive pas à la lui rendre, je te fais avaler tous les chocolats d'un coup !

Sunday, 30th July, 3 h 45 p.m.

Les notes fusaient depuis l'élégant cabinet de musique dont la fenêtre ouverte donnait côté jardin. Elles créaient une mélodie gaie et irrésistiblement entraînante. Installée sur la terrasse avec Tom et Hannah, Chiara fredonnait tout en malaxant de la pâte à modeler en rythme. À ses côtés, Hannah se mit à chanter le refrain quand son oncle le joua pour la deuxième fois.

— C'est joli, dit Chiara lorsque l'air cessa, j'aimerais bien que tu m'apprennes les paroles.

Son anglais était toujours un peu hésitant, mais elle était fière de ses progrès. Depuis quelques jours, elle le travaillait dès qu'elle avait un instant de libre, et elle commençait à se sentir plus à l'aise.

La fillette sourit et répondit :

— Je ne connais que le refrain. Mais tonton sait tout.

Et aussitôt elle appela à pleine voix :

— *Uncle !*

— *Hush*[1] *!* fit Chiara, affolée, en mettant son doigt sur la bouche.

Mais il était trop tard. La tête brune de Kieran apparaissait déjà par la fenêtre.

— Oui, Hannah ?

— Chiara voudrait apprendre les paroles de la chanson.

— Non, enfin oui, balbutia la jeune fille, mais je ne veux pas déranger. Je cherche sur Internet.

— Chercherai, rectifia Hannah.

La jeune fille lui avait en effet demandé de la corriger lorsqu'elle se trompait, et la fillette prenait son rôle de professeur très au sérieux.

— Inutile, fit Kieran, je les ai là !

1. Chut !

Une seconde plus tard, son violon à la main et une partition dans l'autre, il les rejoignait.

— Je ne veux pas déranger, répéta-t-elle, embarrassée, il faut que tu travailles.

— Trop tard, dit-il en haussant les épaules, c'est déjà fait !

Chiara était partagée entre le plaisir et la culpabilité. Eireen Clancy lui avait expliqué que son beau-frère habitait Cork, une ville du sud de l'Irlande, mais qu'il venait à Galway pour participer à un grand concours de musique folk. Le premier prix était le financement de l'enregistrement d'un album par une grande maison de disques. Son groupe, constitué d'un joueur de *tin whistle*[1], d'un joueur de *bodhran*[2] et d'une chanteuse, devait le rejoindre dans les prochains jours. D'ici là, il voulait consacrer tout son temps libre à répéter.

Au départ, Chiara avait trouvé un peu étrange qu'un garçon de son âge – dix-neuf ans – se passionne pour ce genre de musique. Alors, sans rien dire à personne, un soir où par miracle elle était disponible, elle était sortie à Galway pour se promener un peu et en apprendre davantage sur ce concours. C'était la première fois qu'elle quittait la maison, située en banlieue, pour se rendre dans le centre-ville. Mais une fois là-bas, tout était devenu limpide. La soirée était belle (bien que nettement plus fraîche qu'en Provence !), et les rues pleines de monde.

1. Flûte irlandaise.
2. Sorte de tambour.

Les portes des pubs, grandes ouvertes, laissaient s'échapper des flots de musique folk et sur chaque coin de trottoir des musiciens de toute sorte offraient des concerts aux passants. Quant à la moyenne d'âge du public, elle était très basse ! Chiara se souvint alors que Galway était la ville la plus festive et la plus jeune d'Irlande. C'est ainsi, au fur et à mesure qu'elle parcourait les rues piétonnes William Street et Shop Street, que le charme de la musique celte fit une victime de plus. Quand elle prit le bus du retour, elle était définitivement séduite.

— Tu peux garder cette partition, dit Kieran avec détachement, c'est une photocopie.

— Merci beaucoup ! fit Chiara en se demandant une fois de plus comment on pouvait avoir des yeux d'un bleu si foncé.

Le premier jour, dans le hall d'entrée, elle les avait crus noirs. Mais quand un peu plus tard le jeune homme était sorti jouer dehors avec son neveu et sa nièce, la luminosité du jour lui avait démontré son erreur : ses iris étaient en fait de la couleur des grands fonds marins. Et ils en avaient aussi le mystère.

Au moment où elle se demandait que dire dans le silence qui s'étirait, Tom vint s'accrocher à une jambe de son oncle pour le tirer vers son jeu de construction. Ce dernier se laissa faire, et la jeune fille les observa discrètement tout en faisant mine d'aplatir des boules de pâte à modeler pour Hannah. Le petit garçon était beaucoup plus agréable depuis que Kieran était arrivé. Il en oubliait de faire des caprices. Chiara s'en réjouissait et n'envisageait désormais plus une seconde d'abandonner sa place. C'était d'ailleurs pour cette raison et *cette* raison seulement qu'elle était si heureuse depuis que le jeune musicien s'était installé chez les Clancy.

Du moins, c'est ce dont elle cherchait à se convaincre…

10

Rebondir

Sunday, 30th July, 5 h 40 p.m.

— Arrête !

— Mais je n'ai rien dit !

— C'est encore pire ! tu envoies des ondes négatives !

— Mélisande, intervint Lily doucement, là, tu exagères. Ce n'est quand même pas de sa faute si ton inconnu a bondi hors de l'avion et a disparu ensuite !

— Oui, supposons… reconnut Mélisande avec réticence.

Elle était frustrée au plus haut point et, comme souvent dans ces cas-là, cherchait à s'en prendre à quelqu'un. Maëlle, avec cet exaspérant sourire qu'elle essayait à peine de réprimer, avait tout pour remplir ce rôle.

Les filles se turent en présentant leurs papiers à la douane, mais une fois les contrôles passés, Mélisande reprit de plus belle :

— Tu sais, il n'y a qu'une seule raison qui me pousse à garder cette boîte… lança-t-elle en l'agitant énergiquement.

— Oui, je sais, fit tranquillement Maëlle, tu as l'intention de me la faire avaler d'un coup, mais si tu continues à la secouer comme ça, ce sera de la mousse au chocolat qui en sortira quand tu l'ouvriras !

S'attendant à recevoir en retour une réplique cinglante, Maëlle fut très surprise quand seul le silence lui répondit. Lily le fut tout autant, et les deux amies, en se retournant, constatèrent que Mélisande s'était figée avec son chariot débordant de bagages au milieu du hall. Sa boîte à la main, elle fixait un beau jeune homme… qui la fixait tout autant.

Le premier réflexe de Maëlle fut de les rejoindre, mais Lily la retint par le bras. Elles virent alors l'inconnu s'approcher de Mélisande, rire, récupérer sa boîte et se mettre à discuter à bâtons rompus. Comme Maëlle commençait à se lasser d'attendre, elle vit les deux jeunes gens sortir l'un et l'autre leur portable pour noter leur numéro respectif. Ils se firent ensuite la bise en riant et enfin se séparèrent.

Quelques secondes plus tard, Mélisande, le sourire aux lèvres, rejoignait ses amies.

— Il s'appelle Clément. Il est mignon, n'est-ce pas ?

— Ouais, il est pas mal, confirma Maëlle.

— Jalouse !

— Et ces chocolats ? demanda Lily.

La jolie rousse eut une mimique désolée :

— Ils étaient pour sa tante…

— J'espère qu'elle les aime mousseux ! glissa la jeune athlète.

— … Mais il était tellement content de les retrouver, poursuivit son amie en l'ignorant, qu'il m'a dit qu'il m'appellerait pour m'offrir un verre. J'ai son numéro *et* son adresse à Dublin, chez sa tante justement.

Avec un sourire éclatant, elle ajouta :

— Une sortie, c'est encore mieux que des sucreries qui font grossir, non ?

Tuesday, 1st August, 12 p.m.

— *Good ! I think it's time to stop for today ! Well done everybody. See you tomorrow*[1].

La jeune enseignante se leva, imitée par le petit groupe d'élèves assis en carré autour d'elle. Maëlle la salua et sortit rejoindre ses amies qui se trouvaient dans un autre groupe de niveau. Elle était très contente. L'ambiance était sympa et le niveau excellent. Apprendre de cette manière était un vrai plaisir, et son anglais, bien que déjà très satisfaisant, allait assurément progresser rapidement.

---

1. Bien ! Je pense qu'il est temps de s'arrêter pour aujourd'hui ! Bon travail tout le monde. À demain.

Elle retrouva Lily et Mélisande dans le hall d'entrée de l'école. Celle-ci était située tout près du centre-ville, ce qui était très pratique pour enchaîner avec les sorties et les virées shopping.

— Alors, c'était bien ? leur demanda-t-elle.

— Correct, dit Mélisande d'un ton blasé.

— Moi, j'ai trouvé ça génial. Le prof est vraiment très cool et à huit, on parle sans arrêt. Rien à voir avec les cours à Balzac ! Je ne regrette vraiment pas d'avoir investi mon argent ici. L'anglais, c'est tellement utile !

— Ma chère Lily, tu es vraiment trop raisonnable !

Mélisande passa son bras sous celui de son amie et l'entraîna en déclarant :

— Allez, viens donc t'encanailler un peu ! On m'a dit que la visite de la distillerie Jameson est à ne pas manquer.

Plissant les yeux de façon à se donner un air coquin, elle lui chuchota à l'oreille :

— Il paraît même qu'ils font déguster leur fameux whiskey à la sortie !

— Et moi, alors ? lança Maëlle, qui était restée plantée au milieu du hall.

Mélisande, ouvrant la porte d'une main, se retourna.

— Cela va de soi que tu viens aussi. Seulement, je sais bien que toi, il est inutile de te prendre par le bras pour te pousser vers ce lieu de perdition.

— Quel bonheur d'avoir des amies qui vous connaissent si bien ! s'exclama Maëlle en se dépêchant de les rejoindre.

Et dans un éclat de rire les trois jeunes filles s'élancèrent dans la volée d'escaliers qui menait vers le trottoir.

Thursday, 3rd August, 4 p.m.

Chiara jeta un coup d'œil par la fenêtre et scruta le ciel d'un air dubitatif. Il avait plu sans discontinuer toute la matinée, ce qui rendait une sortie dans le jardin impossible. Fatigués d'être enfermés, les enfants étaient énervés, et la jeune fille ne savait plus qu'en faire. Mais enfin, depuis un quart d'heure le temps semblait changer. Les nuages noirs s'étaient déplacés vers l'intérieur des terres, et à l'ouest un coin de ciel bleu avait fait son apparition. Mais c'était un tout petit coin, et la jeune Sicilienne, depuis qu'elle habitait Galway, avait appris qu'il pouvait très bien disparaître aussi vite qu'il était venu.

« Tant pis, se dit-elle comme Tom se mettait à pousser des cris d'excitation en courant autour de la table, je prends le risque ! » Une bonne douche irlandaise valait mieux que d'entendre cette voix perçante lui crever les tympans.

Les enfants furent ravis lorsqu'elle proposa de les emmener au parc situé non loin. Mais alors qu'elle venait de lui passer son imperméable, le garçon lui échappa. Comme un bolide, il courut vers le salon de musique et y entra en criant *'cle ! 'cle ! Come !*

Chiara, qui s'était précipitée derrière lui, arriva comme le jeune homme posait son violon sur une petite table. « Oh non ! pensa la jeune fille, on va encore le déranger. »

— *Sorry !* lança-t-elle en essayant de prendre la main de Tom.

Mais ce dernier lui échappa encore et s'agrippa aux jambes de son oncle. Affreusement embêtée, Chiara tenta de lui faire lâcher prise. Elle se mit à genoux et le tira en arrière.

— *Hey !* eut le temps de s'exclamer Kieran avant de perdre l'équilibre… et de s'effondrer sur ses deux attaquants.

Chiara sentit la confusion l'envahir alors qu'elle reprenait ses esprits, cependant elle perçut qu'un trouble qui n'avait rien de désagréable s'était aussi emparé d'elle. Kieran, qui avait heureusement des réflexes, se trouvait penché sur elle, une main de part et d'autre de sa tête, le visage à quelques centimètres du sien. Quant à elle, grâce à l'épais tapis persan qui décorait la pièce, elle n'aurait qu'à déplorer une légère bosse à l'arrière du crâne. Mais dans l'immédiat, étrangement, elle ne ressentait aucune douleur.

Comme après une tempête, un lourd silence régnait dans la pièce. Pendant quelques longues secondes, personne ne bougea. Le souffle de Kieran se mêlait au sien. Il la regardait curieusement. Prenant subitement conscience de la chaleur qu'elle ressentait au niveau des joues, elle comprit que son visage devait être en feu. Certainement, il devait craindre qu'elle se consume sur place ! Mais elle n'en avait cure : elle vivait un de ces instants magiques où tout peut arriver, un de ces instants où…

— *Again !*

Tom, coincé entre les deux jeunes gens, se mit à gigoter et répéta d'une voix enthousiaste :

— *Again !*

Alors, pour la première fois, Chiara entendit Kieran éclater de rire. Il roula sur le côté pour libérer son neveu et, allongé sur le dos, il répliqua :

— « *Again* », *no, but* « *come* », *yes !*

Moins d'une demi-heure plus tard, ils se promenaient tous les quatre sur la plage de Silverstrand. Le sable y était blanc et des rochers y fleurissaient çà et là. Le soleil avait réussi une jolie percée, et une agréable chaleur régnait désormais. Chiara était aux anges. Elle n'était encore jamais venue jusqu'ici et découvrait avec bonheur l'aspect sauvage des bords de mer irlandais. L'air lavé de toute poussière après la pluie était d'une pureté incomparable et les îles d'Aran, qui s'étiraient au loin dans la baie de Galway, se dessinaient avec précision. Le doigt tendu dans leur direction, Kieran avait articulé en français avec un terrible accent :

— Et après, l'Amérique !

Chiara avait hoché la tête très sérieusement en se retenant de rire. Puis elle avait soudain réalisé qu'elle n'avait jamais été aussi près des États-Unis. Une envie folle de traverser l'Atlantique s'était emparée d'elle. Tant de stars avaient vu leur carrière exploser sur cette terre. Mais elle, y mettrait-elle seulement les pieds un jour ? Cela paraissait tellement inaccessible ! Une petite voix lui souffla alors qu'il y a peu encore, elle n'aurait pas imaginé se promener au mois d'août sur une plage irlandaise. Et pourtant, c'était bien entre ses orteils que le sable de Galway glissait en ce moment !

— J'aimerais y aller, dit-elle en anglais.

— En vacances ?

— Pas seulement.

Elle se tut. Et puis, sans comprendre pourquoi, si ce n'est peut-être qu'elle avait le sentiment qu'il attendait qu'elle poursuive, elle se remit à parler. Et là, sur cette plage de Silverstrand, elle confia à ce garçon qu'elle connaissait si peu certains de ses rêves les plus secrets. Paradoxalement, il était plus facile de le faire en anglais. Comme si les mots étrangers lui permettaient de mettre une certaine distance entre ce qu'elle racontait et ce qu'elle ressentait. Quand elle eut fini, elle craignit soudain qu'il se mette à rire. Mais non, quand elle risqua un coup d'œil dans sa direction, elle constata qu'il l'avait écoutée très attentivement.

— *I understand*, répondit-il simplement.

Puis, alors qu'elle ne s'y attendait pas, il se livra à son tour. Avec simplicité, il parla de son désir de devenir musicien professionnel. Il rêvait d'une carrière semblable à celle des Chieftains. Elle ne savait pas de qui il s'agissait mais elle prit garde de ne pas l'interrompre. Elle ne tarda d'ailleurs pas à comprendre que c'était un groupe de musique folk mondialement connu et qui, au cours de ses cinquante années de carrière (« cinquante ans », avait-il répété en accentuant chaque syllabe, « tu te rends compte ? »), avait réussi à faire évoluer son style et joué avec les plus grands artistes.

Il aurait continué si Tom ne l'avait pas appelé à ce moment-là. Quand il partit l'aider, elle resta là, debout face aux vagues blanchies d'écume, face au ressac, face à l'Amérique.

Le cri strident d'un goéland la ramena à la réalité. Son regard glissa sur les rouleaux de l'océan et revint se poser sur Kieran. En compagnie de Tom et de Hannah, il cherchait des crabes en soulevant des rochers. Comme il était différent du garçon distant et un peu hautain qu'il était en arrivant ! Chassant de son visage ses cheveux qui s'envolaient au gré du vent, elle les rejoignit.

Au douzième crustacé délogé, Tom commença à fatiguer. Chiara, bien qu'à contrecœur, estima alors qu'il était temps de rentrer. Si cela n'avait tenu qu'à elle, elle serait bien restée jusqu'à la nuit tombée : excepté sur une scène de théâtre, elle s'était rarement sentie aussi bien !

Sur le chemin du retour, comme ils remontaient dans la vieille voiture de Kieran, elle dit d'une voix un peu plus rauque que de coutume :

— Merci de m'avoir fait découvrir cette plage. C'était une expérience nouvelle et… très riche.

Elle crut un instant qu'il ne l'avait pas entendue, mais au moment où il passait la première, le regard fixé sur la route, il déclara à son tour :

— Pour moi aussi, c'était une expérience nouvelle et… très riche.

Chiara ne réagit pas, mais une douce chaleur l'envahit.

Car assurément, le jeune homme ne parlait pas de la plage de Silverstrand, qu'il connaissait, lui, depuis des années…

11

Inconnu à cette adresse

Friday, 4th August, 8 h 10 p.m.

Assise sur la banquette qui épousait la forme du *bow window*[1], Lily consultait les messages qu'elle avait reçus sur son portable. Contrairement à ses deux amies, elle n'avait pas voulu aller au cinéma. Il faut dire qu'après leurs cours elles n'avaient pas chômé : une fois arrivées à O'Connell Street, les Champs-Élysées irlandais, elles avaient écumé une à une toutes les boutiques ou presque. Son budget étant limité, Lily s'était surtout amusée à essayer et admirer des tenues extravagantes ou particulièrement chics, mais Mélisande avait consciencieusement dévalisé les

1. Fenêtre en saillie sur la façade d'une maison, typique de l'architecture anglo-saxonne.

magasins jusqu'à ce que Maëlle lui fasse remarquer qu'il lui faudrait acheter deux ou trois valises supplémentaires pour rentrer en France. Cela ne faisait pas vraiment peur à cette acheteuse compulsive, mais quand ses deux amies lui avaient assuré qu'elles ne l'aideraient pas à porter ses bagages, elle s'était un peu calmée. Peu rancunière, elle leur avait cependant offert à chacune un foulard en soie assorti à la couleur de leurs yeux.

Puis, pendant une petite pause dans un adorable salon de thé victorien, Lily avait dit qu'elle rêvait de visiter Trinity College, dont sa mère lui avait vanté les mérites. Maëlle avait râlé en disant que c'était une idée drôlement perverse que de vouloir visiter une école pendant les vacances. De son côté, elle penchait plutôt pour un petit tour du côté de Guinness Storehouse, la brasserie-musée de la célèbre bière noire. Mais Mélisande s'y était opposée, bien certaine qu'on allait à nouveau les priver du plaisir de la dégustation sous prétexte qu'elles n'avaient pas vingt et un ans. Elle n'avait toujours pas digéré le fait qu'on lui ait demandé sa carte d'identité lors de la visite de la distillerie Jameson. Le fait de tout apprendre du savoir-faire de la maison, et entre autres la différence entre le *whiskey* irlandais et le *whisky* écossais (le premier étant distillé trois fois au lieu de deux), n'avait pas suffi à étancher sa soif de connaissance. Privée de goûter au breuvage délicatement ambré par un responsable un peu trop zélé à ses yeux, elle en était ressortie incroyablement vexée. Et sans envie aucune de renouveler l'expérience.

À deux voix contre une, elles s'étaient donc rendues près du quartier de Temple Bar pour visiter la plus ancienne et célèbre université du pays. Après les jardins (superbes !), elles avaient pu admirer la bibliothèque entièrement lambrissée datant du XVIe siècle. Mais quand elles étaient rentrées, Lily s'était sentie fatiguée et n'avait pas eu envie de ressortir.

La jeune fille finissait d'écouter un message de sa mère quand Mrs Aylward, leur logeuse, entra dans la pièce.

Prenant soin de parler clairement, elle lui tendit un livret et un petit pipeau métallique.

— Au fait, Lily, ta maman m'a dit que tu étais musicienne. J'ai pensé que cela te ferait plaisir de découvrir la musique irlandaise.

Agréablement surprise, Lily se saisit de l'ensemble et jeta un coup d'œil au fascicule. Il s'agissait d'une méthode accompagnée d'un CD pour apprendre à jouer du *tin whistle*. L'instrument était simple, et avec son niveau de clarinettiste il lui serait facile d'en maîtriser rapidement les rudiments.

— *Thank you very much, Mrs Aylward*, la remercia Lily avec un sourire, *it will be fun !*

« Au moins, pensa-t-elle après le départ de son hôtesse, cela me changera les idées quand elles s'égarent dans des zones à risques ! »

Et puis la musique n'était-elle pas le meilleur remède pour soigner les blessures de l'âme ?

Saturday, 5th August, 12 h 35 p.m.

— Ce n'est plus tenable ! Il faut que j'y aille !

Maëlle et Lily, la fourchette à la main, dévisagèrent avec étonnement Mélisande. Cette dernière, sans signe avant-coureur d'impatience, venait de jeter son portable sur la table ronde à laquelle elles étaient assises. Les trois amies se trouvaient à l'intérieur d'un petit restaurant très animé. Bien que le soleil fasse par intermittence son apparition et que de nombreux Irlandais se prélassent en terrasse, les filles avaient préféré manger en salle. Elles ne s'étaient pas encore acclimatées à l'air certes vivifiant, mais un brin frisquet, de l'Île Émeraude. Cependant, ce petit inconvénient mis à part, tout se passait très bien jusqu'alors : elles étaient en train de déguster de délicieux *fish and chips*[1] et prévoyaient d'aller se balader dans le parc de Malahide. Mais Mélisande, qui avait fini la première, avait soudain saisi son portable pour appeler quelqu'un, l'avait porté à son oreille et s'était brusquement agacée.

Maëlle avala sa bouchée et se pencha en avant :

— Tu nous expliques ?

La mine boudeuse, Mélisande ne répondit pas immédiatement.

— Est-ce que par hasard cela aurait un rapport avec Clément ? tenta Lily.

Sa rousse amie fronça ses fins sourcils et lança :

---

1. Poisson pané et frites (spécialité anglo-saxonne très consommée en Irlande).

— Comment tu sais ça, toi ?

— Oh, peut-être parce que tu ne nous en as plus parlé depuis que vous vous êtes vus à l'aéroport et que s'il t'avait donné signe de vie, tu nous en aurais certainement fait un compte-rendu détaillé.

Mélisande la regarda un instant, hésita un peu et finit par abandonner son masque un peu hautain pour laisser exploser sa frustration :

— Tu as raison, *of course !* reconnut-elle, il m'avait dit qu'il m'enverrait un Texto pour me fixer rendez-vous, et rien ! *Nothing ! Nada !* J'ai même fini par lui envoyer un SMS !

Elle ferma les yeux au souvenir de cet acte de faiblesse humiliant et gémit :

— Et pas davantage de réponse. Alors, honte suprême, je viens d'essayer de l'appeler. Mais là, je suis tombée sur un message disant que le numéro n'était pas attribué ! Je n'y comprends plus rien… Il a certainement dû se passer quelque chose !

— Tu es sûre d'avoir rentré son numéro correctement ? demanda Maëlle. Une fois, je me suis trompée d'un chiffre et j'obtenais le même message.

Mélisande haussa les épaules.

— Peut-être, je n'en sais rien. Tant qu'il ne m'appelle pas, je n'ai aucun moyen de le vérifier.

— Eh bien laisse tomber ! S'il ne se donne même pas la peine de t'appeler, cela veut dire que tu n'as aucune chance avec lui.

L'élégante jeune fille prit un air offusqué. Imaginer qu'elle puisse ne pas être une source d'intérêt pour un garçon frôlait l'insulte !

— Mais c'est quand même bizarre, fit remarquer Lily. Pourquoi lui aurait-il donné ses coordonnées si elle ne l'intéressait pas ?

Mélisande lui adressa un sourire et compléta :

— Et puis si quelqu'un s'y connaît en techniques de drague, c'est quand même bien moi ! Ce n'est pas au vieux singe qu'on apprend à faire la grimace. Un garçon que tu rencontres quatre fois au cours d'un voyage de quelques heures et qui détourne le regard dès que tes yeux croisent les siens, il est accro !

Maëlle finit sa dernière frite couverte de ketchup et hocha la tête.

— OK, je te l'accorde. C'est toi, la pro. Ça ne résout pas pour autant ton problème.

— Attends, glissa Lily, tu nous as bien dit qu'il allait habiter chez sa tante ?

— Mais oui, bien sûr, j'ai même son adresse !

— Eh bien, conclut Maëlle en repoussant sa chaise d'un mouvement décidé, je crois que la balade dans le parc de Malahide attendra un prochain jour…

Il leur fallut plus d'une heure et de nombreux changements de transports en commun pour se rendre au numéro 562 Main Street, à Ballymun. Quand elles descendirent enfin à l'arrêt que leur avait indiqué une dame auprès de qui elles s'étaient renseignées, elles comprirent mieux pourquoi celle-ci leur avait recommandé de ne pas rentrer de nuit. De chaque côté de l'avenue s'élevaient de hautes tours sombres et menaçantes. On était bien loin d'O'Connell Street et des beaux quartiers victoriens. Ici, les rues étaient jonchées de détritus et vides, à l'exception de…

— Oh, oh ! fit Maëlle. Je crois qu'on ne va pas passer inaperçues.

En effet, avec leur look de petites Françaises, elles avaient déjà attiré l'attention d'une bande de garçons regroupés autour de deux scooters. La tête couverte de bonnets serrés ou par la capuche de leur sweat, ils les dévisageaient avec un intérêt grandissant.

— Bon, fit Maëlle sans perdre son sang-froid, la bonne nouvelle, c'est qu'on est à Main Street. Il ne nous reste plus qu'à trouver le 562.

— Heu, vous êtes certaines que c'est prudent ? risqua Lily d'une petite voix.

— Prudent ? C'est un mot qui n'existe pas dans mon vocabulaire, rétorqua son amie.

Mélisande avait repris son masque de déesse grecque que rien ne peut atteindre, mais ses mains étaient fébrilement crispées sur son sac de marque.

— Là, le 530 ! dit-elle tout d'un coup en montrant un immeuble.

Sans traîner, elles remontèrent la rue jusqu'au 562. Arrivées devant le bâtiment, elles découvrirent toute une série de noms sur les boîtes aux lettres, mais aucun ne correspondait à celui de la supposée tante de Clément.

— Là, ça commence à sentir mauvais, dit Maëlle.

— Oui, on ferait mieux de repartir.

— Attendez, insista Mélisande, qui ne pouvait imaginer qu'on ait eu l'audace de lui donner une fausse adresse. Elle a peut-être emménagé il y a peu de temps, et son nom n'est pas encore inscrit…

— *Wha' you want*[1] ? fit alors une voix grave dans leur dos.

D'un seul mouvement, elles se retournèrent toutes les trois. La bande de garçons aux scooters se trouvait devant elles au grand complet.

Instinctivement, les filles se rapprochèrent. Maëlle, menton levé et les épaules carrées, fit un pas en avant. Cela n'impressionna guère la montagne de muscles qui venait de parler avec un fort accent. Au contraire, il marmonna quelques mots incompréhensibles pour les trois amies à l'intention de ses copains, qui se mirent à ricaner. Alors que Lily, blanche comme un linge, commençait à envisager le pire des scénarios, Mélisande s'avança à son tour. Un sourire charmeur aux lèvres, elle posa délicatement la main sur l'avant-bras tatoué de celui qui semblait être le chef et, de la plus mélodieuse des façons, elle articula dans un anglais parfait :

— Heureusement que vous êtes là. Nous devions retrouver ma tante, Mrs Renaudot, mais nous ne voyons pas son nom et je dois avouer que nous sommes un peu perdues…

Prenant soudain un air éploré propre à émouvoir le plus dur des cœurs de pierre, elle débita une invraisemblable histoire de médicaments qu'elle avait été chargée d'apporter spécialement de France pour la pauvre dame. Fixant de ses grands yeux verts le chef de bande, elle le vit hésiter. Alors elle enfonça le clou en ajoutant que sa tante avait dû quitter le

1. Vous voulez quoi ?

Royaume-Uni quelques mois auparavant car les hôpitaux ne voulaient plus d'elle parce qu'elle était française. Pourquoi cette pauvre dame n'était pas rentrée en France ne fut pas une question que se posa ce sensible jeune homme. À la stupéfaction de Lily et Maëlle, la grosse brute goba intégralement ces mensonges.

— Salauds d'Anglais, dit-il avant de cracher par terre, m'étonne pas d'eux... Tous des fils de...

Il s'interrompit par égard pour Mélisande, à qui il envoya un regard d'excuse, puis il reprit :

— C'est triste pour la dame, mais j' peux jurer qu' c'est pas à Ballymun qu' vous la trouverez. Une Française, ici, tout l' monde saurait où elle habite.

Mélisande ouvrit la bouche mais Lily, devinant qu'elle allait parler de Clément, la tira par le bras. Elle doutait que le garçon se montre aussi compréhensif si elle en venait à aborder ce point-là.

— *Thank you*, lança-t-elle d'un air sincère, *thank you very much !*

Et sur un dernier sourire, elle entraîna ses deux amies vers l'arrêt de bus.

12

En route pour les retrouvailles

Tuesday, 8th August, 8 h 15 p.m.

— Bon Lily, arrête de rêver ! C'est à toi de jouer.

Cette dernière se ressaisit et quitta des yeux les vitres du *bow window* du salon, sur lesquelles la pluie dessinait de gracieuses arabesques. Se forçant à fixer son attention sur la réglette posée devant elle, elle soupira. W-H-I-R-Y-T-W et encore W… Qu'allait-elle donc bien pouvoir écrire avec tout ça ? Sans trop se casser la tête, elle prit le R et le I et les posa sur le plateau de jeu de façon à former le mot « RIT ».

— RIT ? s'étonna Maëlle. Qu'est-ce que ça veut dire ?

— Mais, dit Lily surprise à son tour, c'est le passé simple du verbe « rire » à la troisième personne du singulier !

Mélisande se mit à pouffer pendant que Maëlle s'énervait :

— Enfin Lily, on joue au scrabble en *anglais* ! Je ne sais pas où tu as la tête aujourd'hui, mais franchement tu fais n'importe quoi !

La douce jeune fille se mordit la lèvre et s'excusa. Elle savait que Maëlle, quel que soit le jeu et quel que soit l'enjeu, ne plaisantait jamais quand il y avait une victoire à remporter. Et elle attendait des autres joueurs le même niveau de sérieux. Or, depuis que les trois filles avaient regagné la maison de Mrs Aylward sous une pluie battante qui avait fait capoter leur sortie du jour, elle avait plus d'une fois répondu à côté, laissé tomber un objet ou donné une réponse quand ce n'était pas à elle de jouer. Après ses bourdes au Trivial Pursuit, voilà qu'elle recommençait au Scrabble. Elle jura à nouveau de se concentrer, mais comme c'était la troisième fois qu'elle s'y engagait, ses deux amies ne firent même pas mine de la croire. Embarrassée, elle accueillit donc avec un vrai soulagement l'arrivée de leur hôtesse, qui, un plateau en mains, leur proposait une tasse de thé. Mélisande offrit un sourire radieux à la vieille dame. Elle aimait particulièrement le rituel qui accompagnait ce moment. Maëlle, elle, réprima une grimace : les jours avaient beau passer, elle ne parvenait pas à apprécier ce breuvage. Elle aurait de loin préféré un chocolat chaud, mais elle avait vite compris qu'en Irlande, refuser une tasse de thé était considéré comme proche de l'outrage. Heureusement, l'assortiment de délicieux *cream buns*[1] qui l'accompagnait toujours faisait passer la pilule.

Comme elles en étaient à leur deuxième tasse, Mrs Aylward suggéra :

— Il y a un match de *hurling* dans le stade voisin ce soir, vous devriez y aller, ce sont deux bonnes équipes qui s'affrontent, cela promet d'être intéressant…

— *Hurling* ? répéta Mélisande. Qu'est-ce donc ?

— Un sport collectif gaélique, expliqua leur hôtesse, le plus rapide qui soit. Il y a quinze joueurs dans chaque équipe et ils doivent se passer une balle un peu plus grosse que celle utilisée au tennis en la frappant avec une crosse. Quand ils arrivent dans le camp adverse, ils doivent marquer des buts. C'est très physique et la rapidité des échanges est impressionnante.

— Wahou ! s'exclama Maëlle, ça a l'air cool !

Faisant un clin d'œil à Mélisande, elle ajouta :

— Tu te souviens, tu rêvais de match de rugby avant de partir, ce serait une compensation intéressante !

La jolie rousse demanda d'un air faussement détaché :

— C'est très physique, dites-vous ? J'imagine que les joueurs doivent être… en forme ?

— Et très musclés, compléta la vieille dame, dont le regard pétillait.

— *Oh !* fit Mélisande, *I see.*

— *Great !* On y va ? lança Maëlle en regardant ses deux amies.

---

1. Petits gâteaux à la crème.

Mais Lily pencha la tête sur le côté et dit :

— Non merci, d'abord il pleut, et puis je préfère rester là, je voudrais m'entraîner à jouer du *tin whistle*.

Mrs Aylward eut beau lui dire que le vent avait tourné et que la pluie cesserait bientôt, Lily ne voulut rien entendre. Sans insister davantage, Mélisande et Maëlle lui firent une bise sur la joue et la quittèrent en lui promettant de tout lui raconter à leur retour.

Dès qu'elles furent parties, Lily monta dans sa chambre et saisit le petit pipeau métallique. Elle aimait sa sonorité aiguë et cristalline. Il lui semblait entendre des fées danser quand elle en jouait. Et puis, quelquefois aussi, elle les entendait pleurer quand la mélodie était triste et mélancolique. Ce soir, c'était exactement ce genre de ballade qu'elle souhaitait jouer. Un morceau triste qui vous faisait vibrer l'âme. Car cet après-midi, en rentrant de l'école, elle avait cru voir Adrien dans la foule des passagers du DART[1]. Bien sûr, ce n'était pas lui, mais le temps qu'elle le comprenne, son cœur avait bondi et s'était mis à battre à toute allure. Puis, quand le garçon s'était retourné, il avait plongé dans sa poitrine. Elle avait alors songé qu'il fallait absolument qu'elle essaie de le joindre car sa mère, chaque fois qu'elle l'avait au téléphone, continuait de lui dire qu'elle n'avait pas reçu de courrier d'Afrique.

Elle joua pendant une demi-heure pour elle, pour soigner son blues, et aussi pour donner le change à

1. RER dublinois.

Mrs Aylward. Puis, la main tremblotante, elle se mit à taper un Texto sur son portable. Elle savait qu'il risquait de ne pas le recevoir avant des jours et des jours, ou même de ne jamais le recevoir, mais c'était plus fort qu'elle, il fallait qu'elle tente quelque chose.

Saturday, 12th August, 4 h 15 p.m.

Le train commença à ralentir. La campagne verdoyante et les champs où paissaient des troupeaux de vaches avaient depuis peu cédé la place à un habitat de plus en plus dense. Enfin, après avoir traversé une zone de bureaux, les filles virent apparaître les bâtiments colorés du centre-ville. Le train réduisit encore sa vitesse à l'approche de longs bâtiments en briques signalant la gare, avant de s'immobiliser complètement.

— *Galway Station ! Galway Station, last stop !*

— Ça y est ! s'exclama Maëlle, nous sommes arrivées !

— Ce n'est pas trop tôt, soupira Mélisande en s'étirant, trois heures et demie en deuxième classe, c'est trois heures vingt-neuf de trop ! Il me manquait au moins cinquante centimètres pour que je puisse allonger les jambes.

Alors que Maëlle levait les yeux au ciel, Lily glissa en souriant :

— Mais tant de souffrance valait la peine : nous allons enfin retrouver Chiara !

— Nous l'aurions tout autant retrouvée si nous avions voyagé en première classe, répliqua la jolie rousse en se repoudrant le nez.

— Sauf que nos finances n'y auraient pas résisté ! dit Maëlle d'un ton exaspéré. Bon, et puis il faudrait peut-être penser à descendre maintenant.

Elle fit passer ses affaires à Lily et, pendant que son amie s'engageait dans l'étroit passage, elle saisit son sac de voyage d'une main et de l'autre une petite valise à roulettes.

Mélisande fit la moue en regardant la montagne de bagages qui encombrait l'espace réservé à cet effet et qui lui appartenait. Montagne à laquelle une nouvelle valise était venue ajouter de l'ampleur.

— Quelqu'un pour me donner un petit coup de main ? demanda-t-elle pleine d'espoir.

— Ah non ! râla Maëlle, on t'avait prévenue ! Tu achètes, tu assumes !

Et sans plus attendre, elle se dirigea vers la sortie à la suite de Lily. Perchée sur ses talons hauts, Mélisande scruta avec attention les derniers passagers à ne pas être encore descendus. Hélas, soit trop âgés, soit trop chargés, aucun n'était susceptible de lui venir en aide. Alors elle se résigna à saisir la poignée en cuir d'une de ses valises, mais il lui fallut deux mains pour la soulever. Heureusement que celle-ci était équipée de roulettes ultraperformantes ! Malgré cela, elle estima qu'il lui faudrait forcément faire plusieurs voyages pour tout transporter. Tout en se lamentant sur son sort, elle avançait en tirant péniblement sa charge quand une tornade brune monta dans le wagon et lui sauta au cou en hurlant :

— Mélisande ! Ce que je suis heureuse de te voir ! Tes bagages m'ont trop manqué !

— Chiara, ma chérie ! minauda son amie en essayant de retrouver son équilibre, tu tombes à pic : je t'offre un rôle en or !

— Ah oui ? lequel ?

— Sherpa !

La jeune actrice éclata de rire :

— Sherpa ? Ici, en Irlande ?

— Oh, ça peut être bagagiste si tu préfères, ou porteuse, ou même coolie si tu trouves ça plus exotique, c'est comme tu veux, je ne suis pas regardante ! Quoique personnellement je préfère le terme de sherpa, c'est plus mystérieux, plus riche, plus exaltant !

— Inutile d'en faire des tonnes, se moqua Chiara. Pourquoi crois-tu que je suis montée dans ce train ?

Un sourire ironique aux lèvres, elle saisit les deux valises qui restaient sur les étagères et les porta jusqu'au quai.

Quelques secondes plus tard, les quatre amies discutaient à bâtons rompus comme si elles ne s'étaient pas vues depuis des années. Quand elles eurent fini d'échanger les principales nouvelles, Lily s'exclama en regardant Chiara :

— Mais dis donc ! il semble que le climat irlandais te réussit ! Tu es rayonnante !

— Oh ! tu trouves ? fit la jolie brune, dont les joues se colorèrent légèrement. Ça doit être l'air marin…

— Ah oui ? Et par hasard, il n'y aurait pas quelques molécules d'amour dans cet air marin ?

— Bien sûr que non ! s'offusqua la jeune Sicilienne. Avec l'emploi du temps que j'ai, je ne vois pas comment ce serait possible.

— Bien sûr que non, répéta Mélisande d'un air entendu.

— Et les *kids*, justement, qu'est-ce que tu en as fait ? demanda Maëlle.

La voix de Chiara se fit un brin plus rauque pour déclarer :

— Leur oncle a proposé de les garder pour que je puisse venir vous accueillir.

— Quel brave tonton ! dit Lily, c'est gentil de sa part, tu le remercieras pour nous.

— Ce sera fait, t'inquiète, répondit-elle précipitamment, et maintenant, il serait temps de se rendre à l'auberge de jeunesse, je crois qu'on encombre un peu le quai.

— Bonne idée, confirma Mélisande, j'ai hâte de pouvoir m'installer. Où sont les taxis ?

— Les taxis ? Tu rêves !

— On est à moins d'un quart d'heure à pied de l'auberge !

— Et puis tu sais combien ça coûte ?

Devant les protestations qui fusaient de toute part, Mélisande se raidit et croisa les bras avant de déclarer d'un ton péremptoire :

— Vous faites ce que vous voulez, mais moi, je prends le taxi !

Levant délicatement la pointe de son pied, elle expliqua calmement :

— Ceci est une sandale italienne cousue main qui coûte une petite fortune. Si je dois risquer de me tordre une cheville sur le parcours, et par conséquent de les endommager, cela me reviendra beaucoup plus cher que le prix d'une course de taxi. Et je ne parle même pas de la possibilité de détériorer une de ces magnifiques valises…

Sensible à l'aspect logique de l'argument, Maëlle concéda :

— Vu comme ça…

— Alors, ajouta Mélisande d'un air soudain charmeur, je sais que vous êtes très attachées à une approche quasi communiste du partage des frais en vacances, mais si vous acceptez de mettre, pour une fois, vos convictions profondes de côté, je vous propose de prendre intégralement en charge ce déplacement. De toute manière, que vous veniez ou non, moi j'irai en taxi !

Les trois filles se regardèrent. Chose rare, elles se trouvaient à court de mots.

Finalement, Maëlle se lança :

— Je ne sais pas si tu es devenue une fine psychologue ou une manipulatrice machiavélique, mais je pense parler au nom de toutes en reconnaissant que tu nous as convaincues.

Un sourire radieux aux lèvres, Mélisande dit aussitôt :

— Super ! J'appelle un taxi !

Peu après, bien installées dans un monospace, les arrivantes découvraient l'animation de Merchants Road et le très verdoyant Eyre Square, où les drapeaux des quatorze tribus qui avaient dirigé la ville au Moyen Âge flottaient en haut d'autant de mâts. Puis le taxi tourna à droite et une fois à gauche avant de se garer devant un immeuble peint en jaune vif et rouge écarlate sur lequel était peint le logo Sleepzone. Le chauffeur déchargea sans se plaindre tous les bagages sur le trottoir et, après que Mélisande eut réglé la course, leur souhaita un bon séjour. Grâce à l'aide de Chiara, elles arrivèrent à tout transporter dans le hall d'entrée.

Elles durent patienter quelques minutes avant que l'on s'occupe d'elles, car il y avait foule. Puis un charmant jeune homme à la carrure impressionnante leur remit les clés et leur expliqua comment rejoindre leur chambre, au quatrième étage.

— *Sorry*, ajouta-t-il, *the lift is out of order today. You'll have to use the stairs*[1] !

Le sourire de Mélisande se figea, tandis que Maëlle se retenait de pouffer. Mais le désarroi de l'élégante jeune fille ne dura qu'un instant. Tête haute, elle fit demi-tour et prit une poignée dans chaque main. Impressionnées, ses amies la regardèrent avancer, jusqu'au moment où elles l'entendirent pousser un cri perçant et trébucher.

Aussitôt Mike aux larges épaules, le réceptionniste de l'hôtel, se précipita à son secours.

---

1. Désolé, l'ascenseur est en panne aujourd'hui. Vous devrez prendre les escaliers !

— *My ankle, oh ! it's sore*[1] *!* gémit la jeune fille en prenant appui sur lui.

Sous les yeux ébahis des jeunes filles, Mike appela deux autres garçons à la rescousse. Chacun d'eux se chargea d'une partie des bagages de la blessée, tandis que lui-même la soulevait dans ses bras avec une facilité déconcertante. Suivant le mouvement, les filles les accompagnèrent jusqu'à la chambre. Après avoir délicatement déposé son fardeau sur un des lits, Mike promit de revenir bientôt avec une poche de glace. Mélisande le remercia de l'un de ses irrésistibles sourires.

Une fois que tous les garçons eurent quitté la pièce, Maëlle observa Mélisande d'un air soupçonneux.

— Ça va mieux on dirait ?

— Un peu, admit-elle, mais j'ai encore très mal !

— Attends, je t'apporte un verre d'eau, offrit Lily compatissante.

— Ah non ! s'interposa Maëlle, tu ne vas pas te faire avoir toi aussi ! Mélisande, tu devrais avoir honte !

La jeune fille lui lança un regard offusqué et rétorqua :

— Et pourquoi donc ? Chargée comme je l'étais et avec les chaussures que je portais, j'avais quatre-vingt-dix-neuf chances sur cent que ça arrive. Tu imagines si ça s'était passé dans les escaliers ? C'était la mort assurée ! Parfois, je te trouve vraiment cruelle, tu sais.

Désorientée, Lily murmura :

— Alors tu n'as pas mal ?

---

1. Ma cheville, oh ! j'ai mal !

— Pas vraiment, reconnut-elle, mais je l'ai tellement bien imaginé que je souffre un peu quand même.

À ces mots, Maëlle se jeta sur elle en faisant mine de l'étrangler. Et tandis que Mélisande, moitié riant, moitié hurlant, tentait de se défendre, elle vociféra furieusement :

— Maintenant je sais ! Tu es une manipulatrice ! une machiavélique et incorrigible manipulatrice !

13

Roue libre

Sunday, 13th August, 2 h 30 p.m.

Lily regarda le ciel lourd de nuages sombres et demanda à nouveau :

— Tu es sûre qu'il ne va pas pleuvoir ?

Maëlle replia la carte de la région, qu'elle commençait à connaître par cœur à force de l'étudier.

— Oh, peut-être quelques gouttes, mais je me fie au proverbe irlandais que nous a appris Mrs Aylward : *If you don't like the weather, wait twenty minutes, it will change*[1] *!* Tu verras, d'ici peu il fera soleil !

— Je te trouve bien optimiste, dit Mélisande en tirant sur son short car elle frissonnait.

1. Si tu n'aimes pas le temps, attends vingt minutes, il changera !

— C'est mieux que de jouer les manipulatrices, rétorqua son amie. Au fait, ta cheville va mieux ?

— Beaucoup mieux, merci, fit la jolie rousse avec un grand sourire. C'est fou, non ?

— Oui, ça tient du miracle ! grommela Maëlle avant de déclarer : Bon, il faut y aller si on veut rentrer avant la nuit.

Rééquilibrant son sac à dos, elle enfourcha le vélo loué dans le centre-ville. Ses deux amies montèrent également sur le leur, bien qu'avec un peu moins d'enthousiasme. Elles auraient préféré un début de vacances moins sportif, mais la jeune athlète avait prévu cette expédition avant même qu'elles ne quittent la France et elle avait hâte de découvrir tous les points de vue « immanquables » cités dans son guide.

En passant par de petites rues décorées de fanions, les cyclistes en herbe sortirent de la ville et se retrouvèrent vite à la campagne. Un kilomètre plus loin, un panneau indiquait « Sky road[1] ». Sans hésiter, Maëlle bifurqua pour emprunter la route qui montait doucement. Indifférente aux plaintes qui s'élevaient derrière elle, elle continua d'appuyer avec entrain sur ses pédales. Un quart d'heure plus tard, elle s'arrêtait à la sortie d'un virage.

— Alors, qu'est-ce que vous en dites ? lança-t-elle lorsque ses amies la rejoignirent.

Les trois filles se trouvaient à un mètre du bord d'une falaise. À leurs pieds, la baie de Galway

1. Route du ciel.

s'étendait dans toute sa majesté. La mer, moutonneuse, s'était parée de gris et semblait à la fois menaçante et mystérieuse. Un peu plus loin encore, un chapelet d'îles semblait naître de la brume.

— C'est magique, reconnut Lily lorsqu'elle eut retrouvé son souffle.

— C'est vrai, approuva Mélisande, mais en voiture, j'aurais tout autant apprécié !

— Voiture qu'on n'a pas, rappela Maëlle.

— C'est vrai aussi, admit la jolie rousse en tentant d'arranger ses mèches malgré le casque.

— Quel dommage, quand même, que Chiara n'ait pas pu se libérer aujourd'hui !

— Oh oui, fit Mélisande avec regret, j'aurais trop aimé la voir sur un vélo !

Puis, avec l'air de celle à qui on ne la fait pas, elle ajouta :

— Elle qui a horreur du sport, je suis sûre qu'elle l'a fait exprès. Elle ne devait être que trop heureuse de pouvoir échapper à la torture imposée par Maëlle la Cruelle ! Tiens, tu as vu ? « Maëlle » et « cruelle » vont drôlement bien ensemble : ça rime !

— Bien, je vois que certaines dépensent beaucoup d'énergie à dire des âneries et qu'il est donc plus que temps de repartir, grommela la jeune athlète.

Et sur ces paroles, elle se remit en selle et s'éloigna à toute allure.

— C'est malin, reprocha Lily, maintenant, on va devoir pédaler comme des malades.

— Peut-être, reconnut Mélisande avec un petit rire, mais reconnais que ça en valait la peine !

Elles roulèrent ainsi tout le long de la route panoramique qui bordait la côte, s'arrêtant par moments pour admirer de nouveaux points de vue et se reposer. Puis elles se retrouvèrent en plaine, apparemment perdues au milieu de nulle part, sur un minuscule ruban d'asphalte qui ondulait entre des champs. Mais leur guide, plus efficace qu'un GPS, les rassura. Elle avait à dessein préféré les petites routes aux grandes et elle savait parfaitement où elles se trouvaient. Dans une heure au plus, elles seraient de retour à Galway. Confiantes, Lily et Mélisande commençaient donc à prendre goût à la balade et parlaient même de renouveler l'expérience quand la première s'écria :

— Eh ! J'ai un pneu à plat !

Aussitôt les trois filles mirent pied à terre. Maëlle, sans se laisser démonter, saisit la pompe et entreprit de regonfler la chambre à air. Mais un sifflement de mauvais augure ne tarda pas à se faire entendre. La jeune fille fronça le nez et fit tourner la roue pour observer le pneu. Quand elle découvrit un clou planté dedans, son diagnostic tomba.

— T'as crevé.

— Flûte ! Et comment on fait ? Tu sais réparer ?

— Heu, oui, mais il me faudrait le matériel…

— Je n'aime pas cet emploi du conditionnel, gémit Lily

— Vraiment désolée, avec mon père, on a des chambres à air autoréparantes. Du coup, je n'ai pas l'habitude d'emmener du matériel.

— Bon, alors qu'est-ce qu'on fait ? demanda Mélisande les poings sur les hanches.

— On va bien trouver une solution, dit Maëlle. Il suffit qu'on rejoigne une maison ou qu'on croise une voiture…

Tout en prononçant ces mots, elle regardait autour d'elle. À l'est, les champs se succédaient à perte de vue, séparés par de petits murets de pierres. Au nord et à l'ouest s'élevait une ligne de collines. Au sud, un petit bois cachait toute visibilité. Et, à l'exception d'un troupeau de moutons à tête noire qui paissaient au loin, il n'y avait aucun de signe de vie.

Maëlle sortit son plan, l'étudia un instant et le replia.

— Si on avance de quelques kilomètres, on peut prendre à droite à la prochaine bifurcation et on rejoindra la route principale. Là, on aura plus de chances de trouver de l'aide.

— Quelques kilomètres ! répéta Mélisande, mais à pied, ça va prendre des heures !

— Oui, mais je ne crois pas qu'on ait le choix, remarqua Lily. Je ne vois pas comment Chiara pourrait nous venir en aide : elle n'a pas de voiture et elle doit surveiller ses deux enfants. Et on ne connaît personne d'autre !

Elles se mirent donc en marche en poussant leurs vélos. Elles n'avaient pas fait cent mètres que les premières gouttes se mirent à tomber. Elles s'arrêtèrent pour enfiler un imperméable pendant que Maëlle, confiante, répétait :

— Une petite vingtaine de minutes, et ça passera !

Mais une demi-heure plus tard, il pleuvait toujours à verse.

— Maëlle, pesta Mélisande aussi trempée qu'une souche, je ne veux plus jamais entendre tes stupides proverbes irlandais !

— Eh, ce n'est pas de ma faute ! Je n'ai pas une goutte de sang irlandais dans les veines, moi. Tandis qu'avec des cheveux pareils, tu devrais en être beaucoup moins certaine !

Mélisande, qui ne supportait pas que l'on parle de la teinte de ses cheveux, la fusilla du regard. La discussion promettait de s'échauffer quand soudain, au détour d'un virage, les trois filles tombèrent sur un troupeau de moutons qui traversaient la route.

— *'lo*[1] *!* entendirent-elles alors.

Relevant la tête, elles virent un garçon de leur âge qui suivait les bêtes. Bien que sans imperméable ni parapluie, il ne semblait nullement affecté par la pluie qui tombait plus dru que jamais.

Sans perdre une seconde, Maëlle se précipita vers lui :

— *Please, we need help*[2] *!*

Surpris, il s'arrêta et cria pour stopper son troupeau. Puis il prononça quelques mots que Maëlle ne saisit pas.

1. 'jour (contraction de *hello*).
2. S'il vous plaît, nous avons besoin d'aide !

— Je crois qu'il demande quel est notre problème, intervint Mélisande.

Vexée que son amie l'ait mieux compris qu'elle, Maëlle se promit de faire plus attention la prochaine fois. Cela ne devrait pas être trop difficile, pensa-t-elle, car la prochaine fois elle ne serait pas aussi surprise de croiser les yeux les plus verts que l'Irlande lui ait dévoilés jusqu'à présent.

En découvrant la roue à plat du vélo de Lily, le garçon comprit de quoi il s'agissait. Il leur proposa alors de l'accompagner jusqu'à la ferme de ses parents, qui se trouvait derrière le petit bois. Les filles acceptèrent aussitôt avec reconnaissance.

— *By the way, my name is Mark*[1], dit le garçon en emboîtant le pas à son troupeau, qu'il avait remis en marche d'un claquement de langue.

Les filles se présentèrent à leur tour et, chemin faisant, firent un peu connaissance avec le jeune berger. Elles apprirent ainsi qu'il venait de passer son *leaving certificate*, l'équivalent du bac français, et qu'il partirait à la rentrée à Cork pour faire des études de vétérinaire.

Sous le charme, Maëlle n'écoutait que d'une oreille. Elle devait reconnaître qu'elle s'était trompée : même la deuxième fois que ses yeux avaient croisé ceux du jeune homme, elle avait aussitôt perdu le fil de la conversation. Et la troisième également.

---

1. Au fait, je m'appelle Mark.

« Vrai, se dit-elle, il a bien choisi son futur métier : avec un regard pareil, il anesthésiera un éléphant sans piqûre ! »

Puis elle réfléchit une seconde et se reprit : « Enfin, les éléphants, je ne sais pas, mais pour ce qui est des éléphantes, il n'y a pas de doute ! »

14

Il faut de l'audace !

Sunday, 13th August, 4 h 10 p.m.

Lorsqu'ils entrèrent dans la cuisine de la ferme, Mélisande arqua un sourcil. Déjà de l'extérieur, le bâtiment de pierres grises lui avait semblé appartenir à une autre époque. Sans la présence du tracteur près de la bergerie, on aurait aisément pu croire découvrir une cour du siècle passé. Il en allait de même pour la pièce dans laquelle ils se tenaient maintenant. Le sol était dallé d'ardoise, un poêle immense occupait une bonne partie du mur face à eux, et sur les côtés des buffets de bois patinés remplaçaient les meubles de cuisine ultra-design et intégrés auxquels la jeune fille était habituée. On était au milieu de l'après-midi, et pourtant il faisait sombre. Elle craignit un instant qu'il faille allumer une lampe à pétrole pour éclairer la cuisine, mais Mark appuya sur un interrupteur et « la lumière fut ».

— *It's beautiful !* s'exclama Lily en regardant autour d'elle.

Au contraire de son amie, elle était charmée par la décoration chaleureuse, dans laquelle chaque détail avait à l'évidence été amoureusement étudié. Alors qu'elle s'extasiait sur une cruche en porcelaine blanche qui était placée au centre de la table, Mark, avec un haussement d'épaules commenta :

— *My mother loves antiques*[1].

Il leur proposa une tasse de thé, ce qu'elles s'empressèrent d'accepter car, malgré le fourneau qui dégageait une douce chaleur, elles étaient transies.

Comme elles s'étonnaient que la ferme fût vide, le garçon leur expliqua que ses parents étaient partis pour la journée participer à une foire qui se tenait dans les environs et que sa sœur était en convalescence chez une amie car elle s'était cassé une jambe. Pendant que Mark remplissait la bouilloire, Maëlle, qui était jusque-là restée assez discrète, remarqua soudain en désignant une étagère :

— Ça, en revanche, ce n'est pas une antiquité !

Regardant dans la direction qu'elle indiquait, le jeune garçon se mit à rire.

— Oh, ce sont mes coupes. Vous savez comment sont les mères…

---

1. Ma mère adore les antiquités.

— Maëlle aussi est une championne ! déclara Lily avec fierté. Elle est arrivée deuxième aux championnats de France cette année.

— S'il te plaît, Lily, gronda son amie sur un ton de reproche.

Elle se forçait à avoir l'air embarrassé, mais au fond elle était ravie de l'intervention de son amie. Néanmoins, elle fut surprise de la réaction de Mark. Soudain très intéressé, il se tourna vers elle et se mit à lui poser toute une batterie de questions à ce sujet. De nouveau sous l'emprise de ses yeux verts, elle répondit du mieux qu'elle put en essayant de ne pas faire trop de fautes. Quand il sembla convaincu qu'elle était une compétitrice de haut niveau, il lui proposa de participer à une épreuve sportive qui devait avoir lieu à la fin du mois à Galway.

— Je devais faire la course avec ma sœur car les équipes doivent être mixtes, expliqua-t-il, mais depuis qu'elle s'est cassé la jambe je n'ai plus de partenaire. J'allais me décider à annuler notre inscription demain. Heureusement que tu es là !

Profondément flattée, Maëlle, avant de se réjouir vraiment de l'occasion que le destin lui offrait sur un plateau, demanda :

— À quelle date ?

— Le dimanche 27 août.

Elle réprima un soupir de soulagement : elle avait craint que l'épreuve n'ait lieu qu'après leur départ, mais tout allait bien car elles ne partaient que le 30 août. Elle accepta donc avec enthousiasme. Bien sûr, elle n'avait pas complètement compris de quel type de course il s'agissait : encore peu habituée à l'accent de Mark, elle n'avait compris que le mot *race*[1] précédé par un autre finissant par *ing*. Se souvenant du match de *hurling* auquel elle avait assisté avec Mélisande, elle en déduisit qu'il devait s'agir d'un autre sport gaélique. De toute manière, elle aviserait une fois sur place. Pas question de passer pour l'idiote de service en demandant à Mark de répéter, ni de nourrir l'ego déjà démesuré de Mélisande en l'appelant au secours ! Quant à Lily, son niveau d'anglais étant bien plus faible, il était inutile de lui demander de l'aide. Confiante dans sa forme physique et ses qualités athlétiques, Maëlle promit donc d'être présente dès le lendemain après-midi pour une première séance d'entraînement. Ils se donnèrent rendez-vous à Eyre Square, au pied des drapeaux des quatorze tribus. Puis, après qu'ils eurent bu un mug de thé, Mark les laissa se réchauffer dans la cuisine pendant qu'il allait réparer la crevaison. Aussitôt qu'il eut refermé la porte derrière lui, Mélisande croisa les bras sur la table et pencha la tête.

— Eh bien, dit-elle d'un air goguenard, il y en a qui savent mener leur barque, c'est le cas de le dire !

Maëlle ne comprit pas pourquoi la jolie rousse émettait un rire léger, mais elle ne s'offusqua nullement de la remarque.

— Merci, répondit-elle. Venant de toi, je prends ça comme un compliment.

1. Course.

— C'est vrai qu'il est plutôt pas mal, commenta Lily, et puis surtout, il est galant ; mon frère, lui, m'aurait lancé le kit de réparation en marmonnant : « Tiens, débrouille-toi, moi, je suis pour l'égalité des sexes ! »

— En tout cas, je ne te connaissais pas des compétences dans ce domaine ! commenta Mélisande.

Maëlle eut un petit geste de la main exprimant son mépris.

— Peuh ! Dans n'importe quel sport, ce qui compte d'abord et avant tout, c'est la condition physique et le sens tactique. Et puis il nous reste deux semaines pour nous entraîner !

— Vous entraîner ? releva Mélisande en ricanant à nouveau. Tu es vraiment sûre que c'est ce que tu veux faire avec lui ?

Maëlle, dont la susceptibilité semblait pour une fois bien endormie, lui sourit d'un air canaille.

— Travailler, oui, d'abord. Mais après l'effort, il faudra bien penser au réconfort !

Quand Mark revint pour annoncer que le vélo était réparé, il eut la surprise de trouver les trois filles qui riaient à gorge déployée. Puis il regarda par la fenêtre et vit que le soleil brillait désormais. Il supposa alors que le retour du beau temps était la raison de leur bonne humeur : à n'en pas douter, ces filles françaises, traumatisées par la pluie irlandaise, devaient se réjouir de reprendre la route sous le soleil.

Supposition qui prouvait bien qu'il avait encore beaucoup à apprendre sur elles…

Sunday, 13th August, 8 h 15 p.m.

Quand son téléphone se mit à sonner, Lily se dépêcha de décrocher. Bien qu'en possession du petit appareil depuis presque deux semaines, elle ne le faisait jamais sans une pointe d'exaltation. Ce portable, elle l'avait tellement attendu !

— Allô ?

— Ma chérie, c'est maman.

— Ah, salut maman, comment ça va ?

— Très bien merci, je voulais juste savoir si votre premier jour à Galway s'était bien passé.

Lily raconta alors leur randonnée à vélo et sa crevaison. Sa mère se mit à rire en imaginant la scène, et elles bavardèrent encore un peu. Au moment où elles allaient raccrocher, Lily ne put cependant résister.

— Ah, heu… et du courrier pour moi ?

— J'imagine que quand tu dis « du courrier », tu parles de lettres en provenance d'Afrique ?

— Heu… oui !

— Malheureusement non, ma chérie. Mais il doit y avoir une explication.

Lily sentit sa gorge se serrer mais se força à répéter légèrement :

— Oui, forcément, il doit y avoir une explication… Bon, ben, bisous, maman !

— Bisous, ma chérie, et souviens-toi qu'ici on t'aime !

Lorsqu'elle raccrocha, la boule qui s'était formée dans sa gorge n'avait pas diminué. Son regard fit le tour de la pièce. Elle était assise à une petite table accolée à l'un des murs jaunes de la chambre de l'auberge de jeunesse. Des lits bleus superposés lui faisaient face, et deux autres étaient placés de façon à former un L. Le dernier côté du rectangle était occupé par deux grandes portes de placard, peintes en bleu également. À ce moment précis, elle était seule dans la pièce. Maëlle et Mélisande prenaient leur douche dans la salle de bains commune, et comme toutes les autres cabines étaient prises elle s'était résolue à retourner dans la chambre pour attendre son tour. Ses yeux se posèrent sur son portable. Sans réfléchir, du moins c'est ce dont elle chercha à se convaincre, elle tapota sur le clavier et… se figea. Le prénom d'Adrien s'affichait en lettres noires sur fond bleu. Et juste en dessous, son numéro de téléphone. Lentement, comme s'il était doué d'une vie propre, son pouce appuya sur le bouton vert. Elle pensa alors que dans une poignée de secondes, une sonnerie résonnerait peut-être quelque part dans la savane. Bien que, par l'intermédiaire de ses amies, elle soit depuis longtemps habituée à la magie du portable, elle trouva soudain fabuleux d'imaginer qu'elle avait par ce seul geste le pouvoir de créer un lien entre l'Irlande et l'Afrique. Évidemment, elle savait qu'il n'y avait aucune chance qu'Adrien réponde. À moins de posséder un téléphone satellite, il était impossible de le joindre alors qu'il se trouvait au fin fond de la brousse. Et c'était tant mieux, puisqu'elle avait promis de ne pas le recontacter. Mais elle n'avait pu résister à l'envie de s'offrir ce petit plaisir, quelques instants de rêve à son cœur...

— Allô ?

— ...

— Allô ? Qui est à l'appareil ?

Lily, un instant tétanisée par la surprise, retrouva brusquement la parole.

— C'est moi, c'est Lily !

— Lily ? Mais c'est quoi ce numéro ? Tu appelles d'où ?

En quelques mots, Lily lui expliqua qu'elle avait enfin un portable. Elle aurait préféré cependant qu'Adrien se soucie moins de ce côté bassement matériel et montre plus de joie à l'entendre.

Comme si ses pensées avaient traversé les océans, le garçon dit alors :

— Eh, ma chérie, je suis content de t'entendre. Ça va ?

Soudain heureuse, la jeune fille n'eut pas à mentir pour répondre.

— Oui, super. On est à Galway.

— Ah oui, tu me l'avais écrit. Cool...

Ainsi donc il recevait ses lettres ! Avant que Lily puisse la retenir, la réplique fusa :

— Tu aurais pu m'envoyer une carte, quand même !

Elle se mordit aussitôt la lèvre. Elle n'aurait pas dû dire ça. Elle savait bien qu'Adrien avait horreur des reproches tout autant que des attaches.

La liaison se détériora soudain, et seuls des grésillements lui parvinrent. Enfin, la voix d'Adrien résonna à nouveau par intermittence :

— Je t'ent… mal. Je… écrit…

Le cœur de Lily se serra. Elle devinait qu'il était en train de prétendre lui avoir écrit, mais elle le connaissait bien et son oreille ne pouvait la tromper : même la mauvaise qualité de la communication ne parvenait pas à dissimuler les intonations coupables de son petit ami.

— Ce n'est pas grave, s'écria-t-elle aussitôt.

Elle préférait ne rien entendre plutôt que des mensonges.

— … coute Lily,… mauvaise… velle.

La main de la jeune fille se crispa sur l'appareil. Avait-elle bien compris ? Parlait-il bien d'une mauvaise nouvelle ?

Alors qu'elle sentait l'inquiétude la gagner, la liaison s'améliora tout d'un coup.

— … suis à Ouagadougou, poursuivait Adrien, c'est la capitale, c'est pour ça que j'ai pu recevoir ton appel. Mais demain on repart faire un safari et je saurai alors vraiment ce qu'il en est.

Au mot « safari », Lily avait cessé de respirer. Un safari, ça se déroulait toujours en présence d'un garde-chasse. D'un garde-chasse, et dans certains cas de la fille de ce dernier. D'une fille plus belle que le soleil. Elle resta silencieuse pendant un instant. À des milliers de kilomètres, Adrien devait s'attendre à une réponse, et elle voulut se forcer à prononcer quelques mots, juste pour essayer au moins de préserver sa dignité, quand un bip se fit entendre.

— Adrien ? s'écria-t-elle, Adrien ?

Mais il ne répondit pas. Éloignant le portable de son oreille, elle vit apparaître sur l'écran un message indiquant qu'elle avait épuisé son forfait.

— Ce n'est pas possible ! s'exclama-t-elle avec rage et frustration, c'était mon premier appel !

Quand ses deux amies revinrent de la douche un peu plus tard, elle était encore en train de triturer le petit appareil, à la recherche d'une explication. Quand elle leur raconta (en omettant soigneusement de préciser avec qui elle était au téléphone) ce qui s'était passé, Maëlle ne mit pas longtemps à en trouver la raison.

— C'est à cause de ton forfait. Quand tu es à l'étranger, chaque coup de téléphone te coûte une fortune, et même quand ce n'est pas toi qui appelles, les communications te sont facturées. Comme tu as un forfait bloqué, l'opérateur a coupé car il n'y avait plus d'argent. Le problème, c'est que maintenant tu ne peux plus ni appeler, ni recevoir des appels, ni même envoyer des SMS, bref, c'est la galère.

Comme Lily paraissait véritablement catastrophée, Mélisande, dans un nuage parfumé, vint la prendre par les épaules et la rassura :

— Mais t'en fais pas, nous on est là ! Tu pourras toujours utiliser l'un de nos portables pour appeler tes parents !

Lily lui offrit un pauvre sourire. En cet instant précis, elle ne pensait pas vraiment à sa famille, mais elle aurait préféré disparaître dans un trou de souris plutôt que de le leur révéler.

Les deux prochaines semaines promettaient d'être longues, très longues…

15

La Tête du Roi

Sunday, 13th August, 8 h 15 p.m.

Le pub le *King's Head* se faisait un point d'honneur à ne pas faillir à sa réputation. S'apprêtant gaillardement à fêter ses quatre cents ans, il débordait toujours d'activité, de musique et de Guinness. Ses hauts murs de pierres et sa charpente de cathédrale transportaient sa clientèle à travers les siècles et accueillaient chaque soir des concerts de musique folk qui contribuaient à sa gloire locale. La bière brune de toute première qualité qu'on pouvait y déguster achevait de séduire les clients les plus exigeants. Pourtant, si ce soir-là, une jeune fille française à la longue chevelure brune venait de prendre place sur l'une des confortables banquettes de l'établissement, ce n'était pour aucune de ces raisons. Elle aurait en effet tout aussi bien pu se rendre dans un autre pub si le groupe de musiciens Celtic Celebration y avait joué. Car elle n'était là que pour eux, ou plus précisément pour un violoniste très doué aux yeux sombres.

Elle finissait son deuxième verre de soda quand les musiciens montèrent sur la scène circulaire où des micros et des chaises étaient déjà installés.

« Enfin, se dit-elle, j'ai cru qu'ils n'arriveraient jamais ! »

Elle regarda sa montre : il était presque 20 h 20. Et à 21 heures, comme elle n'avait pas dix-huit ans, elle devrait quitter les lieux. Bref, il lui restait un peu moins de trois quarts d'heure à passer dans le pub. Elle soupira. Quelle malchance que les Irlandais soient si soucieux des lois concernant la protection des mineurs ! Pour une fois qu'elle ne vivait plus sous la tyrannie paternelle, il fallait qu'une nation entière prenne le relais ! Mais ses pensées ne s'attardèrent pas sur ce sujet. Les musiciens venaient de s'asseoir. Seuls Kieran et la chanteuse avaient préféré rester debout. Penchés l'un vers l'autre, ils discutaient à voix basse. L'attention de Chiara se porta sur la fille. Elle avait des cheveux aussi longs qu'elle mais aussi blonds que les siens étaient bruns. Son visage en forme de cœur était parsemé de taches de son. Elle était irlandaise, à n'en pas douter.

Le joueur de *bodhran* commença alors à donner le tempo. Le son sourd et obsédant s'éleva sous le plafond voûté. Puis le musicien se mit à déplacer sa main le long de la peau de chèvre tendue de son instrument, et les notes changèrent. Alors le violon et le *tin whistle* se joignirent à lui en une complainte mélancolique qui alla crescendo jusqu'à ce que la chanteuse se lance à son tour. La mélodie était envoûtante et Chiara se laissa emporter. Chacun leur tour, les musiciens jouèrent en solo, et, bien que peu expérimentée, elle trouva Kieran particulièrement brillant. C'était la première fois qu'elle le voyait se produire avec son groupe. Les trois autres membres étaient arrivés la veille et depuis, elle avait à peine aperçu le violoniste, très pris par les répétitions.

Comme le public, elle commença à applaudir à la fin du morceau, mais les musiciens enchaînaient déjà avec une polka endiablée. L'ambiance dans le pub changea aussitôt : les gens se mirent à taper dans leurs mains et à marquer les temps avec leurs pieds. Le violon répondait à la chanteuse par un jeu d'écho, et cela plaisait visiblement tout autant au public qu'à Kieran et à sa partenaire. Quand enfin tout s'arrêta, dans une apothéose finale. Les applaudissements explosèrent. La jeune fille blonde se mit à rire et, se tournant vers le violoniste, elle lui passa les bras autour du cou et l'embrassa. Ce qui fit encore monter d'un cran l'enthousiasme de la clientèle du *King's Head*. Dans un coin de la salle, seule, une jeune fille brune avait cessé d'applaudir.

Monday, 14th August, 2 h 05 p.m.

Chiara finissait d'attacher les chaussures de Tom lorsque Kieran apparut dans l'entrée.

— Je me suis libéré pour l'après-midi, annonça-t-il à sa nièce et à son neveu. Ça vous dirait d'aller ramasser des coquillages sur la plage ? La journée promet d'être magnifique.

La jeune fille s'était raidie en entendant sa voix et avait bien pris garde à ne pas relever la tête. Elle réalisa soudain qu'elle avait compris chaque mot qu'il avait prononcé. À force de passer du temps avec lui, son anglais s'était prodigieusement amélioré. « Génial, se dit-elle, au moins je n'ai pas complètement perdu mon temps pendant toutes ces heures passées ensemble. » Elle ravala son amertume et se força à rester impassible. Dire que la veille encore, cette proposition l'aurait enchantée ! Car même si le jeune homme s'était, comme à son habitude, adressé aux enfants, elle avait commencé à croire qu'il cherchait également le plaisir de sa compagnie. Sotte qu'elle était ! Elle qui pensait qu'ils étaient en train de devenir de vrais amis, des amis partageant avec sincérité leurs aspirations les plus profondes, sans jouer de jeu, sans porter de masque !

L'amertume lui monta à nouveau aux lèvres quand elle se souvint des paroles prononcées par le musicien quelques jours à peine auparavant : « Le seul amour de ma vie, c'est la musique. Je n'ai de place pour personne d'autre en ce moment. Tu comprends, la chance, il ne faut pas juste l'attendre, il faut la provoquer… et la mériter. »

Quel toupet ! Il lui avait dit cela en plongeant ses yeux aigue-marine dans les siens, et elle n'avait pas douté de lui une seconde. Les filles, avait-il ajouté, cela prenait trop de temps. Il avait juste oublié de préciser que la « musique », pour lui, était blonde avec des taches de rousseur ! Elle l'avait pris pour son alter ego et il l'avait honteusement trahie !

— Je trouve l'idée super, répondit-elle avec détachement. Et ça tombe vraiment bien car j'ai plein d'heures à rattraper !

Les lacets de Tom extrêmement bien noués, elle se redressa et fourra dans les bras du jeune homme le sac contenant les goûters qu'elle avait préparés pour les enfants.

Puis, sans un mot de plus, elle effleura d'un baiser la joue des deux petits et tourna les talons.

Trois secondes plus tard, la lourde porte vitrée se refermait derrière elle.

Monday, 14th August, 2 h 25 p.m.

Dans le centre de Galway, au pied des mâts portant haut les couleurs des quatorze familles de marchands qui avaient pendant plusieurs siècles régné sur la cité, trois jeunes filles discutaient avec animation en français. Mais dans ce lieu cosmopolite, nul ne s'en étonnait. Le soleil généreux avait attiré touristes et citoyens dans les rues et les parcs. Certains même n'hésitaient pas à s'allonger dans l'herbe pour bronzer. Cela ne les empêchait nullement d'apprécier le talent des musiciens qui se produisaient dans le kiosque à musique de Eyre Square ou celui des jongleurs qui pratiquaient leur art à l'ombre des arbres.

— Trop cool ! Alors elle t'a dit qu'elle pourrait venir ?

— Oui, répondit Maëlle. Elle ne devrait d'ailleurs plus tarder. Elle était déjà dans le bus quand elle m'a envoyé un Texto.

— Justement la voilà, fit Mélisande.

Lily se retourna et aperçut effectivement leur amie qui arrivait. Elle lui fit un signe de la main.

— Salut, les filles !

— Salut, la baby-sitter ! Alors, tu as filé à l'anglaise pour venir nous rejoindre ?

— Tu devrais plutôt dire « à la française »[1] corrigea Mélisande, ce serait beaucoup plus approprié !

— Très drôle, les filles, vous allez me faire mourir de rire !

— Wahou ! Tu n'as pas l'air d'être de super humeur ! Quel changement avec l'autre jour…

Chiara se reprit.

— Excusez-moi, je suis fatiguée. Ces semaines non-stop doivent me peser sur les nerfs.

— Je compatis, dit Lily en lui posant une main sur le bras. Je sais ce que c'est que de garder des petits monstres.

Maëlle lui donna une légère tape sur l'épaule en demandant :

— Alors, est-ce encore à ce brave tonton qu'on doit la chance de passer l'après-midi en ta compagnie ?

---

1. « Filer à l'anglaise » se dit *to take a French leave* (littéralement : « prendre un départ français »).

— Ouais, si on veut, grommela Chiara.

— Eh bien, remarqua Mélisande en la fixant, on dirait que tu ne lui en es guère reconnaissante. À moins que tu ne sois pas heureuse de nous voir ?

La jeune fille brune soupira :

— Bien sûr que si ! C'est juste un petit coup de blues, peut-être le mal du pays.

La jolie rousse ne dit rien mais continua à l'étudier en douce. Il y avait un voile à lever, elle l'aurait parié.

Mais elle ne put pousser son examen plus loin : Mark arrivait à son tour. Il était accompagné de deux copains, qu'il présenta aux filles. Il y avait Peter, un garçon brun aux yeux rieurs, et Seamus, un grand roux au visage piqueté de son. Puis ce fut au tour de Chiara de se plier à la règle des présentations. Dès que le rituel fut achevé, le futur coéquipier de Maëlle lança :

— *Let's go !*

Tout en bavardant et en riant, les filles les suivirent à travers les rues de la ville médiévale. Après dix minutes de marche, ils débouchèrent dans le petit port du Claddagh, établi sur une rive du fleuve Corrib. Mark leur expliqua que c'était en découvrant en ces lieux un petit village de pêcheurs qu'un clan d'Anglo-Normands, séduit par sa localisation, avait fondé Galway. Il faut dire que, à mi-chemin sur la côte ouest de l'Irlande et bien à l'abri au fond d'une baie, le site avait beaucoup à offrir à ceux qui désiraient commercer avec la France, l'Espagne et l'Angleterre.

« Très intéressant, songeait Maëlle, mais que fait-on là ? » Elle avait beau regarder à droite et à gauche, il n'y avait pas de stade en vue. Pourtant, Mark voulait commencer l'entraînement aujourd'hui, puisqu'il lui avait envoyé un Texto lui rappelant de prendre une tenue sportive. En short, tee-shirt et baskets, elle n'attendait plus que des consignes de jeu pour pouvoir attaquer sa formation.

Pendant que Maëlle s'interrogeait, ils avaient continué à avancer. Ils se trouvaient maintenant tout près des quais. Bien trop près même, en ce qui la concernait !

— *OK, here it is !*

D'un geste ample, Mark désigna un bateau de course.

— Quel magnifique voilier ! s'exclama Lily. Et tu es sûr qu'il suffit d'être deux pour le piloter ?

— Oh, fit Mark, je pourrais même le piloter seul. Mais le règlement de la course impose que l'on soit deux et que l'équipage soit mixte.

— Il a une double coque, précisa alors Mélisande, c'est un catamaran. Mon père en a un sur la côte. Lui aussi participe parfois à des courses.

Sauf que son voilier devait valoir vingt fois plus que celui qui était amarré devant eux. Mais ça, la jeune fille, tout en regrettant intérieurement que personne ne se rende compte qu'elle faisait preuve d'une retenue exceptionnelle, eut la délicatesse de ne pas le préciser.

— Tu as une chance pas croyable ! s'exclama Chiara à l'intention de Maëlle.

Mais cette dernière ne parut pas l'entendre. Depuis quelques secondes, elle était figée, ses grands yeux bleus ne quittant pas le voilier qui oscillait doucement sous le flux et le reflux des vagues. Elle semblait hypnotisée comme on peut l'être par un cobra. On a beau savoir tout au fond de soi qu'il s'agit d'un être maléfique, on ne peut le quitter du regard.

Dans une sorte de brouillard, elle entendit Mark employer l'expression *sailing race* et ce fut comme un flash : il ne s'agissait pas là d'un sport gaélique inconnu dans n'importe quel autre coin de la planète, mais d'une course de *bateaux à voile*. Comment avait-elle pu oublier que *sail* signifiait « naviguer » ? Et que généralement la navigation se passait… sur l'*eau* !

Au bord de la panique, elle parvint à s'arracher à cette vision d'horreur et se tourna vers Mark pour lui avouer qu'il y avait eu une méprise terrible. Mais à ce moment-là, Mélisande lança à la ronde :

— Vous allez voir, Maëlle, c'est une vraie battante. Le matin, elle ne connaît rien à la voile et le soir, elle est prête à faire le tour du monde en solitaire !

La jeune athlète vit alors une étincelle d'admiration s'allumer dans le regard de Mark. C'était la première fois qu'il la regardait comme ça.

— *I like this ! I really like this !*

— Je… heu… bredouilla Maëlle.

Les mots qu'elle s'apprêtait à dire moururent sur ses lèvres.

Elle faillit appeler Chiara et Lily à l'aide, juste avant de se souvenir qu'elles mêmes – ses deux amies d'enfance – ignoraient tout de son talon d'Achille. Elle n'avait jamais osé leur avouer ce qu'elle considérait comme une chose honteuse. Alors la jeune athlète eut un sourire un peu bizarre, mais se laissa faire, telle une poupée de chiffon, quand Mark l'entraîna vers le bateau.

Cependant, quand il sauta à bord et lui tendit la main pour qu'elle en fasse autant, elle sentit ses genoux se ramollir dangereusement.

Soudain, la remarque que Mélisande avait faite en riant la veille, dans la cuisine de la ferme, lui revint en mémoire : dire qu'elle pensait alors que Maëlle savait bien mener sa barque ! En fait, elle ne faisait qu'un jeu de mots stupide. Si seulement elle avait compris l'ironie de la situation…

« Oh, mais si elle l'avait compris, ça aurait été terrible ! » réalisa la blondinette.

L'orgueil de Maëlle retrouva brusquement toute sa vitalité : si Mélisande apprenait la vérité, la vie de la jeune athlète deviendrait un enfer. Aussi sûr qu'Usain Bolt était le sprinter le plus rapide de la planète, elle n'aurait alors plus jamais un instant de répit.

Et ça, ce n'était absolument pas concevable.

Ravalant la nausée qui la menaçait, elle saisit d'une main tremblotante celle chaude et ferme de Mark.

16

Maman les p'tits bateaux

Monday, 14th August, 3 p.m.

Comme il l'expliqua à Maëlle, le jeune Irlandais avait l'habitude de former des gens à la navigation car il était moniteur pour enfants dans un club de voile. Effectivement, il savait s'y prendre. Il enseigna tout d'abord à la jeune fille les noms des voiles et des principaux accessoires essentiels à bord. Jusque-là, la Française n'eut aucun mal : il désignait l'objet, puis lui en donnait l'appellation. Les choses se corsèrent cependant quand il commença à entrer dans les explications techniques. Non seulement elle avait toujours du mal à comprendre son accent (sans parler des fois où elle croisait malencontreusement le vert de ses yeux), mais en plus il utilisait des verbes qu'elle ne connaissait pas, ou encore pire, des verbes qu'elle connaissait mais avec des prépositions nouvelles qui en changeaient complètement le sens. Une fois sur deux, il l'interrompait alors qu'elle essayait de faire comme il le lui avait dit.

— *No ! no ! no ! not like this, the other way*[1] !

Mais entre les *on*, et les *of*, les *over* et les *to* elle était complètement *out !* Le seul point positif de la situation était qu'elle en oubliait presque l'élément liquide sur lequel reposait le bateau.

Finalement, Mark abandonna ses explications techniques et passa derrière Maëlle. Posant une de ses mains sur chacune des siennes, il la guida dans la manœuvre qu'il avait vainement tenté de lui expliquer.

L'entreprise fut couronnée de succès. Dès lors, il parla beaucoup moins et agit beaucoup plus, ce qui n'était pas pour déplaire à Maëlle. Cette dernière, heureuse que le soleil étincelant servît d'alibi au rouge qui avait subitement envahi ses joues, se laissait aller au plaisir de sentir les mains fermes et légèrement calleuses du garçon contre elle. Car effectivement, la navigation sur un catamaran était véritablement du sport : il fallait se baisser, se relever, prendre appui sur les coques pour hisser les voiles ou au contraire les ramener. Et à chaque fois Mark devait appuyer sur ses épaules, incliner son dos, pousser sur une cuisse ou tendre un mollet.

Tout simplement enivrant !

1. Non non, non, pas comme ça, de l'autre côté !

Quand enfin le jeune Irlandais estima qu'elle en connaissait assez pour tenter une petite sortie en mer, elle-même n'en douta pas un instant.

Pendant qu'il larguait les amarres, Maëlle coula un regard vers ses amies restées un peu plus loin sur le quai. Chiara, un peu à l'écart, lui fit un petit signe d'encouragement, mais la toute nouvelle navigatrice se demanda pourquoi les deux autres se tordaient de rire… Son petit doigt lui disait qu'il y aurait ce soir des comptes à régler !

Elle n'eut cependant guère le temps d'imaginer les supplices qu'elle allait pouvoir leur faire subir, car Mark venait de monter les voiles et, tout d'un coup, le catamaran bondit en avant. Le démarrage la fit s'asseoir un peu brutalement sur la coque.

— *You're OK ?* cria le garçon.

— *Yes ! completely OK*, mentit-elle avec aplomb alors que ses ongles griffaient le vernis en cherchant désespérément une prise.

— Les autres vont nous suivre ! Ce sera cool !

Regardant dans la direction qu'indiquait son doigt, elle vit que Lily, Chiara et Mélisande étaient en train de grimper à bord d'un bateau à moteur avec Peter et Seamus. Elle ne savait pas si elle devait s'en réjouir ou le redouter. De loin, il aurait été plus facile de faire illusion, mais au cas où elle rendrait l'âme, ce serait quand même sympa d'avoir une dernière fois ses amies autour d'elle…

Alors qu'elle se demandait quel genre d'oraison funèbre on lui offrirait, le catamaran filait sur l'écume. Grâce à la parfaite maîtrise de Mark, ils s'éloignèrent très vite du port. Il passa devant elle avec la souplesse d'un chat pour tendre une voile à l'aide d'une poulie, et ses idées morbides disparurent comme par enchantement. Les mouvements du jeune homme étaient fluides et pleins d'assurance. En le voyant évoluer avec aisance, elle commença à se dire qu'il n'y avait pas tant de risques que ça. Après tout, aussi longtemps qu'elle était hors de l'eau, il n'y avait aucune raison de s'inquiéter. Une fois qu'ils se furent assez éloignés, Mark commença à donner quelques consignes à sa coéquipière. Consignes qu'elle tentait d'appliquer avec plus ou moins de bonheur.

Depuis le bateau à moteur, Mélisande s'en donnait à cœur joie :

— Eh, regardez-la ! Si elle reste debout raide comme un piquet, elle va avoir une sur…

Elle n'eut pas le temps de finir sa phrase qu'elle éclatait de rire :

Sous le coup d'une gîte un peu plus marquée, Maëlle avait perdu l'équilibre et basculé sur le trampoline[1].

— Et hop ! commenta joyeusement la jolie rousse, et une cabriole, une ! C'est-y pas mignon, ça ?

— Arrête, ne cessait de répéter Lily, tu es vraiment affreuse.

Mais comme elle le disait tout en pouffant, cela sonnait plutôt comme un encouragement aux oreilles de l'impertinente Mélisande. Les deux copains de Mark, ravis de voir les filles dans un si bel état

1. La toile qui relie les deux coques du catamaran.

d'esprit, ne se privaient pas non plus de commenter et de rire. Seule Chiara, restée à l'écart à l'arrière du bateau, ne se mêlait pas à la bonne humeur générale. Le regard perdu au loin, elle semblait ailleurs… jusqu'au moment où les errements du catamaran les amenèrent près d'une côte qu'il lui sembla reconnaître.

Pour couvrir le bruit du moteur, elle cria :

— Comment s'appelle cette plage ?

Seamus se retourna et lui répondit sur le même ton :

— *Silverstrand. Very nice beach !*

Comme si elle était montée sur ressort, Chiara se leva brusquement.

— Eh ! protesta Mélisande car le bateau s'était mis à tanguer, vas-y mollo, on n'est pas sur une scène de théâtre !

Mais son amie l'ignora et avança vers les deux garçons pour leur demander s'ils pouvaient s'en approcher.

— *No prob'*, fit Peter, qui tenait la barre.

Il fit décrire un arc de cercle à son embarcation et mit le cap sur la côte. Quand ils furent assez près, il longea lentement la plage.

Soudain, à la stupéfaction de ses compagnons, Chiara se mit à rire aux éclats et à parler fort. Et comme si cela ne suffisait pas, elle se glissa entre les deux Irlandais et s'accrocha à eux en disant qu'elle craignait de perdre l'équilibre.

Abasourdies, Mélisande et Lily la regardaient faire.

— Tu parles ! marmonna la première à la seconde, à pleine vitesse elle se tenait debout avec l'assurance d'un vieux loup de mer, et maintenant qu'on avance à peine, elle veut nous faire croire qu'elle n'a pas le pied marin ?

Lily ne répondit rien mais trouvait également l'attitude de leur amie très étrange.

— Le soleil tape fort aujourd'hui, peut-être qu'elle est restée trop longtemps dehors ?

Mais Mélisande, qui avait mis sa main en visière pour observer la plage, commençait à se douter qu'il y avait une autre explication. Elle choisit cependant de se taire, se contentant de répondre avec malice :

— Chiara, à demi sicilienne et l'autre moitié provençale, une fille du Sud qui a passé tous ses étés à ramasser des abricots sans casquette… enfin, je veux dire qu'elle, elle ne portait pas de casquette, hein, je ne parle pas des abricots, bien sûr… et arrête de pouffer, ça m'énerve et je ne sais plus ce que je veux dire… Ah oui, ça y est ! Enfin tout ça pour dire que le soleil irlandais, il faudrait qu'il se lève tôt et qu'il se couche tard pour lui filer la migraine !

Lily adorait quand la sûre et posée Mélisande perdait pied. On découvrait alors une autre personne, qui n'était d'ailleurs pas sans rappeler l'effrontée Pauline. Mais sachant que son amie avait horreur de ces instants-là, elle ne fit aucun commentaire. Sans compter que sa remarque concernant Chiara n'était pas sans pertinence et qu'elle lui donnait à réfléchir. Elle observa donc Chiara, dont l'enthousiasme retomba aussi vite qu'il était monté. À peine eurent-ils repris la direction du large pour rejoindre les deux navigateurs qu'elle retourna à sa place (sans tanguer) et replongea dans un silence maussade.

Elle n'en sortit que lorsqu'ils regagnèrent Eyre Square, où les chemins des différents groupes se séparaient. Réalisant soudain qu'elle n'avait pas dit mot depuis une demi-heure, elle remercia les garçons pour la balade. Puis, comme son bus arrivait, elle partit en courant pour ne pas le rater. Maëlle, Lily et Mélisande allèrent boire un verre avec les trois garçons, puis ces derniers, après avoir chaleureusement félicité la sportive du groupe, s'en allèrent à leur tour.

— Vous avez entendu, souligna celle-ci avec un sourire conquérant, ils ont dit que j'étais douée !

— Oh oui, approuva Mélisande, mais tu remarqueras qu'ils n'ont pas spécifié pourquoi !

Cela fit rire Lily, malgré ses efforts méritoires pour lutter contre cette envie. Les voir ainsi complices exaspéra la blondinette.

— C'est bon, dit-elle, vous vous êtes assez payé ma tête comme ça !

Pointant un doigt accusateur vers la poitrine de Mélisande, qu'elle soupçonnait, à juste titre, d'être l'instigatrice de cet état de fait, elle vitupéra :

— Et puisqu'on évoque le sujet, je voudrais bien savoir ce qui vous faisait tant rigoler quand vous étiez sur le quai.

Elle eut à peine le temps de finir sa phrase qu'une tempête de rire s'empara de ses deux amies. À force d'insister, elle parvint quand même à les faire parler.

— C'est juste… qu'en te voyant… faire, Mélisande a dit… qu'avec toi… la voile au début… c'était la « cata »…

Mais Lily dut s'interrompre, reprise par une crise de fou rire. Heureusement, Mélisande, qui avait beaucoup mieux gardé le contrôle, se fit un plaisir de terminer :

— … et qu'ensuite, c'était « marrant ». Catamarrant. Tu comprends ? C'est fort, non ?

Alors Maëlle s'empourpra violemment, mais au lieu d'exploser de colère comme le craignait Lily, elle explosa de rire.

— Très fort, reconnut-elle enfin, lorsqu'elle retrouva son souffle.

Puis elle ajouta avec regret :

— Dommage que ça ne marche pas en anglais ! J'aurais pu donner à Mark l'impression que j'étais fine et spirituelle !

Au moment où elle prononçait ces paroles, elle se rendit compte de l'erreur tragique qu'elle venait de commettre. Mais il était trop tard, elle eut beau mettre sa main sur sa bouche, Mélisande, un visage extatique levé vers le ciel, rebondissait déjà :

— Fine et spirituelle, merci, mon Dieu ! Qu'il est bon d'être enfin reconnue à sa juste valeur !

17

Pauline et Farouk

Tuesday, 15th August, 5 h 30 p.m.

Les premières notes de *One*, le tube mondialement célèbre des non moins célèbres Irlandais du groupe U2, résonnèrent dans la boutique de bijoux celtiques dans laquelle se trouvaient Lily et Mélisande. Lorsque cette dernière sortit son portable de son petit sac à dos, cela lui valut de nombreux sourires.

— Tiens, fit Lily étonnée, tu as changé de sonnerie ?

— À Rome, fais comme les Romains ! répondit son amie en français tout en souriant à la ronde. Que veux-tu, c'est avec des petits détails comme ça qu'on s'attire les bonnes grâces des populations autochtones ! Et tu vois, ça marche !

Elle fit un clin d'œil à son amie, qui affichait un air sidéré, et décrocha :

— Allô ?

— Salut ma vieille ! Alors, ça boume ?

— Pauline ! Ne m'appelle pas comme ça, tu veux ?

— Ben non, justement, je ne veux pas ! s'indigna sa sœur dans le haut-parleur, tu passes ton temps à me dire que je suis trop jeune pour faire ceci ou cela, alors je ne vois pas pourquoi je me gênerais pour te faire remarquer que toi, tu es bien plus vieille que moi !

Mélisande soupira.

— OK, et à part ça ? J'imagine que tu ne m'appelles pas des Seychelles pour m'annoncer que je suis bonne pour la maison de retraite ?

Pauline eut un petit rire. Petit rire qui fut soudain couvert par une déferlante de décibels. Mélisande éloigna aussitôt le récepteur de son oreille en grimaçant. Quand la communication fut à nouveau possible, Pauline s'exclama d'une voix enthousiaste :

— T'as entendu ça ? Ça déchire grave, non ?

— Pour déchirer, ça déchire… surtout les tympans !

Sans s'arrêter au ton sarcastique de son aînée, la benjamine de la famille Saint-Sevrin, excitée comme une puce, expliqua avec sa verve habituelle :

— C'est Farouk ! Il prépare la soirée de tout à l'heure. Tu sais, j'ai eu l'idée du siècle en le faisant venir. Il a un succès fou ici ! Le directeur du club est enchanté. Il dit qu'il a un style inimitable… Et tu connais la meilleure ? Il lui a même fait prendre des cours de danse parce qu'il trouvait qu'il se déplaçait d'une façon intéressante…

Mélisande visualisa la démarche chaloupée de son ami, qui lui rappelait celle des chameaux dans le désert, et dut reconnaître que cet éminent personnage n'avait pas complètement tort. « Intéressante » était le terme approprié !

— … et que parfois, poursuivait Pauline, c'était bien qu'un gars du club se lance dans l'arène pour mettre de l'ambiance ! J'ai pas besoin de te rappeler comme les gens peuvent être coincés parfois par ici ! Sans déc', il a même dit, je cite : « Il bouge divinement bien ce garçon ! » Depuis, c'est la coqueluche du coin : elles veulent toutes danser avec lui. C'est trop drôle : dès qu'il arrive sur la piste de danse, la température monte d'un cran, et pourtant, je te jure qu'il fait déjà drôlement chaud sous les tropiques…

La musique hurla à nouveau dans le haut-parleur, empêchant Mélisande d'entendre la suite. Mais cela ne l'empêcha pas de penser. Elle était furieuse ! Farouk ? la coqueluche de ces dames ? Bon, après tout, il faisait ce qu'il voulait. Elle trouvait qu'il ne manquait pas d'air, après lui avoir reproché depuis deux ans de jouer les poseuses et les duchesses, mais elle s'en fichait bien ! Non, si elle était furieuse, c'était… c'était… c'était surtout à cause de la mauvaise influence qu'il allait avoir sur sa sœur ! Voilà ! Oui, ça, c'était tout à fait inacceptable ! Comment osait-il se donner en spectacle devant une gamine de son âge ? Avait-il oublié qu'elle avait deux ans de moins que lui ?

À cet instant, la voix de sa sœur redevint audible et elle l'entendit conclure :

— … te laisse, il m'a promis de m'offrir un *rainbow warrior* !

— Un quoi ? s'écria Mélisande au bord de l'apoplexie.

— Un *rainbow warrior* ! C'est un cocktail exotique explosif qui est la spécialité du coin.

Mélisande crut qu'elle allait s'étouffer sur place. Profitant que le niveau sonore se maintenait un instant encore en dessous du seuil de risque de surdité, elle hurla :

— Passe-le-moi !

— Qui ça ? le *rainbow warrior* ?

— Mais non, idiote ! Farouk !

— Non, mais fais gaffe à la façon dont tu me parles ! C'est pas parce que tu es à des milliers de kilomètres que je ne pourrai pas me venger !

Imaginant déjà toutes les bêtises monstrueuses que sa sœur était capable de faire, Mélisande se força à se calmer. Après tout, elle n'avait qu'à appeler Farouk directement.

— OK, fit-elle, je m'excuse et je me débrouillerai toute seule. J'ai son numéro.

Pauline émit un petit rire moqueur et claironna :

— Ben, super alors, et puisque tu n'as plus besoin de moi, je te salue bien !

Et elle raccrocha.

Sans s'en offusquer, Mélisande chercha aussitôt dans son répertoire le nom de Farouk et, dès qu'elle l'eut trouvé, appuya sur la touche d'appel. Après un silence et plusieurs sonneries, elle entendit le message suivant : « Salut, les blafards ! Votre Farouk préféré n'est pas disponible actuellement. Je sais, ça vous brise le cœur, mais que voulez-vous, je peaufine mon bronzage sous les tropiques cet été ! Alors, si vous n'êtes pas trop dégoûtés et que vous me pardonnez, laissez-moi votre message après le biiiiip et je vous rappellerai en septembre ! Juré, craché ! »

Il y eut ensuite un bruit que Mélisande préféra ne pas identifier et, après un bip, une doucereuse voix électronique lui apprit que la messagerie était pleine.

— Merde ! s'exclama-t-elle ulcérée, merde, merde, merde et merde !

— Mélisande, fit Lily choquée car elle n'avait jamais entendu un tel mot sortir de la bouche sophistiquée de son amie.

Mais cette dernière n'en avait cure. Elle comprenait que sa sœur, certainement au courant, s'était bien moquée d'elle. D'un geste rageur, elle la rappela immédiatement.

— Allôôôôôô ? articula Pauline d'une voix fleurie quelques secondes plus tard, qui est à l'appareil ?

— Vas-y, paye-toi ma tête ! Comme si tu ne savais pas que c'était moi !

— Oh, poursuivit la jeune effrontée sur le même ton, mais c'est toi, ma chère sœur qui ne voit rien venir ?

Bien que dans un état proche de la fusion, son aînée encaissa sans réagir : c'était le prix à payer pour obtenir gain de cause.

— S'il te plaît, pourrais-tu me passer Farouk une minute ?

— Ah, tu vois, quand tu veux… Bien sûr que je vais te le passer, enfin, s'il veut bien te parler. Au fait, tu savais que le personnel ici n'avait pas droit au portable privé ?

— Oui.

Un petit rire résonna.

— Bon, ben je te le passe alors, il est à côté de moi, il fait une pause.

L'instant d'après, la voix gouailleuse de Farouk lança :

— Salut, Mel ! Heureux de constater que tu arrives encore à tenir ton portable avec tes moufles !

— Mes moufles ?

— Ben oui, avec la doudoune et la cagoule, c'est le minimum vital pour survivre, à la latitude à laquelle tu te trouves. Franchement, je comprends pas qu'on ait envie de partir au nord pendant les vacances d'été !

Mélisande inspira à fond avant d'articuler :

— Ha ! ha ! Hilarant, mais moi, je t'appelle pour quelque chose de très sérieux. Écoute, si tu décides de te vautrer dans la débauche, tu fais ce que tu veux, tu es majeur et puis c'est ta vie, mais je te rappelle que Pauline a tout juste quinze ans et qu'il n'est pas question qu'elle touche à une goutte d'alcool !

Il n'aurait plus manqué que sa sœur se saoule alors qu'elle-même n'avait toujours pas réussi à goûter ne serait-ce qu'un millilitre de bière !

— De la colle ? Non mais t'es dingue ? C'est super dégoûtant ! Pour qui tu me prends, voyons ?

— Pas de la colle, *al-cool* ! s'époumona Mélisande.

— Ah, le col ? Oh, ben alors là, faut pas t'en faire, ma belle, ici, personne ne porte de col, fait bien trop chaud ! Et puis, c'est beaucoup plus pratique pour se vautrer dans la débauche, tu en conviendras.

Lily, inquiète de voir le visage congestionné de son amie, se demanda si elle devait intervenir. Mais elle n'eut pas à se poser longtemps la question. À l'autre bout du fil, Farouk s'exclama soudain d'un ton sec :

— Oh, je passe sous un tunnel, ça va couper !

Il imita (volontairement très mal) des grésillements, et sans plus de façons mit fin à la communication.

Éberluée, Mélisande fixa son téléphone.

— Ça va ? demanda Lily, inquiète.

— Il m'a raccroché au nez, dit son amie, encore incrédule.

— Farouk ? Ce n'est pas possible. Que s'est-il passé ?

Mélisande lui relata leur échange.

— Je crois que tu l'as blessé, constata Lily.

— Mais je suis morte d'inquiétude ! Qu'est-ce qu'il peut bien y avoir dans ce fichu cocktail ?

— Mais enfin, Farouk n'est pas fou !

Mélisande fixa son amie avant d'admettre :

— Il ne l'était pas. Mais tu ne sais pas comme les gens changent dans ce genre d'endroit.

— Pas tous ! Il faut lui faire confiance, c'est un gars bien.

— J'espère que tu as raison, soupira la jolie rousse.

En partie rassurée, car tout au fond d'elle elle pensait la même chose, elle se laissa convaincre d'aller boire un soda à la terrasse du pub où elles avaient rendez-vous avec Maëlle. Cette dernière, après avoir passé l'après-midi à naviguer sur le catamaran avec Mark, ne tarderait pas à les rejoindre.

Alors qu'elles cheminaient dans les rues, le cerveau de Mélisande travaillait activement. Elle ne pouvait s'empêcher de repenser à la conversation qu'elle avait eue avec sa sœur. Si ce qu'elle lui avait dit était vrai (et il n'y avait aucune raison pour que ce ne soit pas le cas), Farouk reviendrait en septembre fier comme un paon. Nul doute qu'il se ferait un plaisir de lui raconter en long, en large et en travers tous les événements extraordinaires qui se seraient passés pendant ses vacances, tandis qu'elle… elle n'aurait rien à dire ! Ridicule ! elle serait *ri-di-cu-le* !

Fermant les yeux une seconde, elle supplia le Ciel de lui fournir un peu, au moins un tout petit peu, de matière sur laquelle broder…

18

Esquif et esquives

Wednesday, 16th August, 6 h 25 p.m.

Chiara enfourna une dernière cuillère de yaourt à la rhubarbe dans la bouche de Tom, qui tardait à finir son repas, et récupéra l'assiette de Hannah pour la ranger dans le lave-vaisselle. Elle devait se dépêcher. Dans cinq minutes, Kieran reviendrait de sa répétition avec son groupe, et il fallait qu'elle soit alors loin des pièces communes pour ne pas avoir à le rencontrer. Elle essuya la bouche du petit garçon et, dès qu'elle lui eut promis d'allumer la télé du salon, il descendit de son rehausseur à toute allure.

Depuis qu'elle était rentrée, lundi soir, de sa sortie en bateau, elle rusait pour éviter Kieran et y réussissait la plupart du temps. Quand par inadvertance leurs chemins se croisaient, elle se mettait à parler aux enfants et l'ignorait totalement. Il avait bien essayé une fois ou deux de lui adresser la parole, mais elle avait alors toujours trouvé une bonne raison de s'esquiver. Si, dans ces moments-là, Hannah ne pipait mot, Tom, lui, protestait souvent, car il adorait son oncle. Heureusement, en dernier recours, la jeune fille disposait d'une arme imparable : les Teletubbies. Usant (sournoisement, elle le reconnaissait bien volontiers) de la vénération que l'enfant vouait aux quatre bonshommes colorés, elle n'avait qu'à prononcer leur nom pour qu'il en oublie tout le reste.

18 h 28. Il fallait accélérer le mouvement. De haute lutte, elle avait réussi à obtenir sa soirée et avait prévu d'en profiter pour sortir avec Maëlle, Lily et Mélisande. Alan et Eireen Clancy lui avaient dit que, s'ils n'étaient pas revenus à temps (ce qui était à prévoir), Kieran assurerait le relais. Il allait donc falloir jouer serré pour ne pas le rencontrer, mais elle comptait sur son atout maître pour réussir ce périlleux tour de passe-passe : elle laisserait les petits devant la télé pour s'enfuir dans sa chambre dès qu'elle entendrait la porte d'entrée s'ouvrir. En les voyant seuls, il comprendrait forcément que c'était à lui de prendre son tour de garde.

Oui, c'était bien pensé, mais c'était oublier que le sort pouvait être joueur…

Dans le salon, Chiara alluma la télé d'une main grâce à la télécommande et tendit l'autre pour saisir l'un des DVD des Teletubbies dans la colonne où ceux-ci étaient rangés. Sauf qu'à leur placc habituelle il n'y avait qu'un espace vide. Incrédule, elle ne put que constater que les trois boîtiers avaient disparu. Elle pesta et ouvrit l'un après l'autre tous les placards de la pièce. Ne les trouvant nulle part, elle se mit à quatre pattes pour vérifier qu'ils n'avaient pas glissé sous un meuble.

— *'Tubbies, 'tubbies, 'tubbies*, répétait Tom en une litanie dont le volume sonore augmentait progressivement.

Un raclement de gorge fit sursauter Chiara… et elle se cogna la tête en se relevant brusquement.

— Est-ce que tu cherches ceci, par hasard ?

Kieran, les trois DVD en éventail dans la main, la contemplait d'un air innocent.

— *'cle, 'tubies, 'cle, 'cle !*

Tom ne savait plus où donner de la tête. Son oncle le souleva dans ses bras et tendit les DVD à Chiara, qui s'empressa d'en glisser un dans la fente du lecteur DVD. Elle s'apprêtait à s'éclipser discrètement quand Kieran, qui avait reposé le petit garçon à côté de sa sœur sur le canapé, la retint par le bras. C'était la première fois qu'il la touchait. Malgré son ressentiment, Chiara ne put retenir un frisson.

— Attends, dit-il, il faut qu'on parle.

— Je ne vois pas de quoi tu veux parler, répondit-elle en jouant la parfaite indifférente.

— Attends, répéta-t-il, si on n'avait rien eu à se dire, je n'aurais pas subtilisé ces DVD avant de partir ! Tu ne crois quand même pas que je les ai pris pour les regarder en cachette ?

Chiara, qui avait jusque-là été trop préoccupée pour se demander pourquoi il était en possession des

DVD, comprit alors qu'elle avait été victime d'un coup monté.

À la fois furieuse et flattée, elle lui fit face.

— Très bien, je t'écoute. Que désirais-tu ?

— Je voulais savoir pourquoi tu m'évites depuis lundi… et si cela a quelque chose à voir avec l'un des gars qui étaient avec toi sur ce bateau.

Il avait relâché son bras, mais son regard intense était fixé sur elle. Mal à l'aise, elle haussa les épaules et répliqua :

— Tu imagines des choses. Il n'y a rien, rien du tout.

Elle se retourna pour sortir du salon, mais il la suivit dans le hall d'entrée.

— Je… je nous croyais amis, dit Kieran un peu plus bas. Je voudrais comprendre.

— Ah, l'amitié ! quel beau et grand mot, fit la tempétueuse jeune fille en devenant lyrique.

Puis, d'une voix altérée, elle ajouta :

— Dommage qu'il signifie des choses bien différentes pour les uns et pour les autres…

Le garçon s'approcha, un air de totale incompréhension peint sur son visage. Mais, au moment où il allait parler, la sonnette de la porte d'entrée retentit. Chiara se précipita pour aller ouvrir.

— Salut ! fit Mélisande. Alors, tu es prête ?

Curieuse, elle entra sans attendre qu'on l'y invite, aussitôt suivie des deux autres filles, qui ne l'étaient pas moins qu'elle. L'impertinente ouvrait déjà la bouche pour faire un commentaire lorsqu'elle aperçut Kieran.

— *Oh ! Good evening !*

— *Good evening*, répondit-il d'une voix tendue.

Contrainte et forcée, Chiara fit les présentations. Quand elle leur annonça qu'il était l'oncle des enfants qu'elle gardait, Maëlle ne put s'empêcher de s'exclamer en français :

— Quoi ? c'est lui, le tonton ? Moi qui le voyais bedonnant et portant moustache !

Heureusement, l'ambiance était si bizarre que personne ne rit, même si les deux autres filles partageaient son étonnement.

Comme un silence embarrassé s'installait, Chiara attrapa son imperméable et donna le signal du départ. Une poignée de secondes plus tard, elles marchaient dans l'allée qui menait au portail. Dès qu'elles l'eurent franchi, les langues se délièrent d'un coup.

— Eh bien, Chiara Palermo, tu es une sacrée petite cachottière ! déclara Maëlle en agitant un doigt sous le nez de son amie.

— C'est vrai, ça, souligna Mélisande, tu vis avec un jeune homme tout à fait... intéressant, et tu n'en dis absolument rien à tes amies ! C'est tout à fait inadmissible !

— Peut-être qu'elle nous trouve un peu envahissantes...

— Envahissantes ? nous ? s'offusqua Mélisande. Elle est forte, celle-là ! Complices, concernées, soucieuses, vigilantes, un brin curieuses, peut-être ! Mais envahissantes...

— *Stop !* s'écria Chiara, vous vous emballez un peu vite. Il n'y a absolument rien entre lui et moi !

— Ah oui, c'est pour ça que tu ne nous as jamais parlé de lui autrement qu'en mentionnant « l'oncle des enfants » ?

— Dire que je l'appelais « brave tonton », s'effara Lily. Heureusement qu'il ne le saura jamais !

— Mais ce n'est *que* ce qu'il est : l'oncle de Tom et de Hannah ! Je ne vois vraiment pas ce que vous allez chercher !

— À d'autres ! susurra Mélisande d'une voix mielleuse. Il y avait tellement d'électricité entre vous quand nous sommes arrivées qu'on aurait pu alimenter cette belle cité de Galway pendant trois jours et trois nuits si on l'avait mise en bouteilles !

— On ne met pas de l'électricité en bouteilles, fit remarquer Maëlle, il faudrait plutôt une batterie ou un…

— Eh ! miss Einstein, tu crois vraiment que c'est le moment de nous faire un cours de sciences ?

— OK, trancha Chiara, puisque vous ne me croyez pas, on va toutes aller ce soir boire un verre au *King's Head*. Son groupe joue là-bas dans une heure et demie, et vous comprendrez que ce que vous avez pris pour de l'électricité n'était que quelques grains de poussière qui flottaient dans l'air.

— Super, conclut Lily avec un sourire, après les bouteilles, quoi de plus normal que de passer aux verres ?

Sa plaisanterie détendit un peu l'atmosphère, et c'est en se taquinant les unes les autres que les quatre filles se mirent en route.

Wednesday, 16th August, 7 h 35 p.m.

Cette fois, Chiara avait tenu à s'installer à la mezzanine qui surplombait la scène. Assises près de la rambarde, les quatre filles auraient ainsi l'assurance de pouvoir tout observer sans être vues. Bien sûr, il s'agirait quand même d'être discrètes, car Mark et ses amis les accompagnaient. Les garçons, invités par Maëlle, les avaient rejointes devant le pub. Cette dernière, qui n'avait prévenu la petite bande qu'au dernier moment, avait essuyé une tempête de critiques car ses amies, pour leur première soirée ensemble, auraient préféré plus d'intimité. Mais elle avait balayé toutes ces objections d'un revers de main en utilisant un argument choc : après ce que Mark avait fait pour elles le dimanche précédent, c'était bien la moindre des choses de lui offrir un verre, et elles n'avaient, pour ce faire, que trop tardé ! Ses compagnes, bon gré mal gré, n'avaient pu qu'en convenir.

Et franchement, elles ne le regrettaient pas. Les trois garçons étaient très sympas et leur avaient appris une foule de choses sur Galway en général.

Puis le groupe Celtic Celebration avait pris place, et l'attention des filles s'était concentrée sur les musiciens. Cela n'avait pas particulièrement surpris leurs compagnons, qui étaient depuis longtemps habitués à l'engouement des touristes pour la musique folk. Lily, en spécialiste qu'elle était, s'était vite enthousiasmée pour le jeu de Kieran. Son oreille experte avait décelé qu'il possédait un talent tout particulier, et elle n'avait cessé de vanter ses mérites à chaque fois que le groupe faisait une pause. Au point que Chiara avait fini par trouver cela agaçant. Bien sûr qu'il jouait bien ! Pas besoin d'être Mozart pour s'en rendre compte ! De là à en rester béate d'admiration… De toute manière, elles n'étaient pas venues assister au concert pour causer musique !

— Wahou ! Vous avez entendu ça ? s'exclama Lily après une ballade particulièrement émouvante. J'en aurais pleuré !

— C'est bon ! lâcha Chiara, on n'est pas à « Incroyable Talent » !

Surprise par son ton agressif, Lily la regarda. En un instant, elle comprit ce que la jeune comédienne ignorait encore. Alors elle se tut, et pendant le reste de la soirée savoura sans n'en rien montrer chaque note du violoniste.

Quand les 21 heures fatidiques sonnèrent, les jeunes gens se levèrent pour sortir.

— Je ne m'habituerai jamais à leurs coutumes locales, pesta Mélisande en français. Même Cendrillon a eu droit à la permission de minuit !

— Bah, dit Maëlle, on n'est pas obligées de rentrer se coucher !

— Presque ! Qu'est-ce que tu veux qu'on fasse d'autre ?

— Eh bien, on pourrait aller se balader et parler de ce pourquoi on est venues là ce soir, intervint Chiara, qui aurait bien aimé qu'on ne s'écarte pas trop du sujet qui la préoccupait.

— Ah ! je croyais que le brave tonton ne t'intéressait pas, s'étonna Mélisande.

— Il ne m'intéresse pas, insista son amie, mais on est venues pour quelque chose et ça me paraît logique d'aller jusqu'au bout de la discussion !

Le coin droit de la bouche rosée de Mélisande se releva. Elle s'amusait bien ! Donnant alors de chaque main une impulsion légère dans le dos de Maëlle et de Lily, elle ordonna :

— Vous, vous allez rejoindre Mark, Seamus et Peter, cela fera le plus grand bien à votre anglais. Moi, je reste en arrière avec Chiara pour lui faire un topo sur la situation.

Malgré son ton autoritaire, ni Maëlle ni Lily n'émirent d'objections. La première parce qu'elle avait fort peu prêté attention aux musiciens pendant le concert (son centre d'intérêt étant assis sur la chaise à côté d'elle, et non sur la scène), la deuxième parce qu'elle avait, au contraire, été un peu trop attentive et qu'elle craignait maintenant que la moindre de ses paroles ne mette le feu aux poudres.

Quand ils furent dans la rue, les deux amies se débrouillèrent donc pour se retrouver légèrement en retrait du reste du groupe.

— Bon, alors voilà ce que je pense : on ne peut nier que la chanteuse a le béguin pour lui. Elle le colle et ne rate pas une occasion de le tripoter.

— Et il se laisse faire !

— Évidemment, c'est un garçon ! Un de la pire espèce en plus : c'est un artiste.

— Et alors, en quoi c'est un problème ?

— Ce n'est pas un problème si tu sais décrypter leur fonctionnement : un artiste, ça vit dans son monde. Il ne capte pas forcément les messages qui lui sont envoyés, ou si par le plus grand des hasards il les capte, il ne les déchiffre pas correctement. Ton Kieran, il n'a encore rien compris. Pour lui, cette fille, c'est une voix qui s'accorde bien à son instrument. Point barre. Le reste, ça lui passe au-dessus de la tête.

— Pas tant au-dessus que ça, insista Chiara, qui ne voulait pas en démordre. Quand elle l'embrasse, c'est sur la bouche, pas au-dessus de la tête ! Il faudrait être débile pour ne pas s'en rendre compte !

— Débile, ou artiste.

— Moi aussi, je suis une artiste, et je ne me laisse pas embrasser par n'importe qui !

— Oui, mais tu es une fille !

— *Pause !* s'écria Chiara, on ne s'en sort jamais avec toi !

Mélisande eut un sourire serein.

— Pas besoin de s'en sortir. Fais-moi confiance ! Je ne sais peut-être pas comment on stocke l'électricité, mais il y a d'autres sujets que je maîtrise à la perfection !

19

Vous ici ? Quel hasard !

Wednesday, 16th August, 9 h 10 p.m.

Mélisande venait à peine de terminer sa phrase qu'elle se figea soudain. Ses yeux émeraude se rétrécirent et se fixèrent sur un groupe de jeunes gens qui arrivaient en sens inverse. Suivant son regard, Chiara découvrit trois garçons. Deux portaient avec élégance un Borsalino incliné sur les yeux. Le dernier était tête nue, un pull posé sur les épaules. Elle ne les connaissait pas. À l'évidence, ce n'était pas le cas de son amie, qui s'écria soudain :

— Clément !

L'un des garçons tourna la tête vers elle et la scruta à la lumière des réverbères. Chiara, qui l'observait attentivement car elle se demandait de qui il s'agissait, le vit marquer un temps d'arrêt et sembler très embarrassé. Mais Mélisande ne se rendit compte de rien car Lily et Maëlle, qui l'avaient entendue, s'étaient arrêtées pour lui demander ce qui se passait.

— C'est Clément ! répéta-t-elle, le Clément de l'aéroport !

Il n'en fallut pas plus pour que ses amies rebroussent chemin. Les trois jeunes Irlandais, à quelques mètres de là, s'arrêtèrent à leur tour. Un instant plus tard, les filles avaient rejoint Clément et ses amis.

— Oh ! Mélisande, n'est-ce pas ? fit le jeune homme légèrement.

— Ah, tu te souviens de mon nom, fit coquettement la jeune fille.

— Évidemment, comment l'oublier ? C'est un prénom tout à fait exceptionnel pour une fille hors du commun.

La fille hors du commun eut une petite moue.

— Dommage que tu ne te sois pas souvenu que tu avais promis de la rappeler, cette fille-là !

— Oh ! mais je m'en suis tout à fait souvenu ! Malheureusement, je me suis fait voler mon portable le lendemain de mon arrivée ici. Tu sais comment sont les grandes villes. Je suis terriblement désolé, j'ai cherché longtemps, mais il n'y avait pas moyen de te recontacter…

Il sourit avant de continuer :

— Enfin, tu n'as quand même pas pensé que j'avais pu t'oublier ? Une fille comme toi, ça ne s'oublie pas !

— Oh, mais cette idée ne m'a pas effleurée une seconde. Je savais bien qu'il avait dû se passer quelque chose !

Un sourire triomphant aux lèvres, elle planta son regard dans celui de Maëlle, fière comme Artaban d'avoir eu raison. Cette dernière en profita pour se présenter :

— Salut, moi, c'est Maëlle. J'espère que ta tante va bien.

— Ma tante ? fit Clément.

— Oui, ta tante, Mrs Renaudot, qui habite au 562 Main Street à Ballymun… On n'a trouvé personne de ce nom à cette adresse.

Clément tourna la tête pour regarder Mélisande et leva un sourcil.

— Attends ! fit-il en prenant un air flatté, ne me dis pas que tu es allée à Ballymun…

Prise au dépourvu, la jolie rousse ne sut que répondre. Sa voisine en profita pour corriger.

— *Nous* sommes allées à Ballymun, et on nous a même très gentiment appris qu'aucune Française ne vivait dans ce quartier !

Clément, après un dernier regard lourd de signification à Mélisande, fixa Maëlle.

— Tu dis que vous êtes allées au 562, fit-il froidement, forcément, vous ne l'avez pas trouvée ! Elle habite au 552…

— Mais ils ont… l'interrompit Maëlle, qui ne lâchait pas si facilement le morceau.

— Ils ont dit qu'il n'y avait pas de Française dans le quartier, je sais, la coupa à son tour le jeune homme, qui s'énervait. Sauf que ma tante n'est pas française. Elle est irlandaise, et puisqu'il faut tout te dire, elle a épousé le frère de ma mère !

À l'intention de Mélisande, il déclara :

— Dis donc, elle est de la police, ta copine ? C'est un vrai pitbull !

Maëlle vit rouge.

— Non mais oh ! fais gaffe à ta manière de parler ! Tu sais ce qu'il te dit le pitbull ?

Lily décida alors qu'il était plus que temps d'intervenir. Passant son bras sous celui de la jeune athlète, elle la tira en arrière en disant :

— Allez, viens, on a plein d'autres choses à faire.

Tandis que Clément affichait un sourire sardonique, elle l'entraîna vers Mark et ses copains, qui commençaient à être intrigués. Comme la conversation s'était tenue en français, ils n'avaient rien pu suivre, mais le ton était suffisamment monté dans les dernières minutes pour qu'ils se posent des questions.

Mélisande, pour une fois dépassée par les événements, tenta faiblement :

— Excuse-la, elle est sympa d'habitude, je ne sais pas ce qui lui a pris !

— Moi je sais, elle est jalouse de toi. Tu devrais te méfier.

Chiara, qui s'était tue jusqu'alors, ne put s'empêcher de s'exclamer :

— Maëlle, jalouse ? C'est trop drôle !

Mélisande la fusilla du regard. Elle n'avait aucune envie que la situation dégénère à nouveau.

— C'est bon, j'y vais, fit Chiara en levant les mains en signe d'apaisement.

Et, sans un mot pour Clément, elle s'en alla rejoindre les autres.

— Dis donc, tu les choisis bien tes copines, dit le jeune homme d'un ton sarcastique.

Mélisande eut un sourire d'excuse. Elle devait avouer qu'elle n'était pas mécontente que Clément ait cloué le bec à Maëlle. Avec ses airs autoritaires de mademoiselle-je-sais-tout, elle était parfois terriblement agaçante. Et puis de quoi se mêlait-elle à la fin ? On ne lui avait rien demandé !

Clément répondit à son sourire. Il avait du charme, vraiment. Une mèche de ses cheveux châtains un peu longs bouclait sur son front, et ses yeux, ce soir, paraissaient d'ébène. Il lui fit un clin d'œil et déclara :

— Alors, tu me le redonnes, ton numéro ? Cette fois, je te promets de ne pas me faire voler mon téléphone.

Comme la jeune fille opinait de la tête, il sortit son portable en disant :

— Heureusement que ta copine est partie. Il aurait encore fallu que je lui explique que j'avais racheté le même modèle… et que je le prouve en lui montrant la facture !

Mélisande eut un petit rire. Il avait de l'humour en plus !

Elle lui dicta son numéro et il lui fit la bise. Elle reconnut l'odeur de son eau de toilette : *Eau sauvage*, emblème de l'éternel masculin. Très chic ! Elle adorait !

— *Ciao bella*, lui dit-il en la quittant, je t'appelle. Et entre-temps, n'écoute pas trop les bêtises de tes copines…

La jolie rousse eut à peine le temps d'arriver à la hauteur du petit groupe qui l'attendait, que la jeune athlète attaqua :

— C'est lui ton prince charmant ? Dis donc, faut revoir tes classiques !

— Maëlle, supplia Lily, arrête.

— OK, c'est bon, je ne dirai plus rien. Après tout, ce ne sont pas mes oignons.

— Enfin une parole intelligente ! ironisa Mélisande.

— Ce n'est pas poli ce qu'on fait là, remarqua Lily en une nouvelle tentative de dissiper les tensions. On devrait arrêter de parler français, les garçons ne comprennent rien.

Son bon sens fit mouche. Chacune prit sur elle, et Chiara en profita pour relancer la conversation sur les musiciens du *King's Head*. Mais elle avait à peine fini sa phrase que Mark intervint :

— Au fait, on voulait vous dire quelque chose…

Il paraissait un peu mal à l'aise, cependant il poursuivit :

— Les gars qui accompagnaient votre copain français, on les connaît. Enfin pas personnellement, mais ils ont une mauvaise réputation dans le coin.

Mélisande soupira. Elle commençait à en avoir assez.

— Qu'est-ce que ça veut dire exactement ? demanda-t-elle sèchement.

— Eh bien, il paraîtrait qu'ils ont eu affaire à la police.

Mélisande ouvrit de grands yeux et éclata de rire. Les compagnons de Clément étaient aussi bien habillés que lui et n'avaient certainement pas la tête de voyous !

Mark haussa les épaules et n'insista pas. Ils se dirigèrent ensemble jusqu'à l'auberge de jeunesse, mais une fois arrivés là ils se séparèrent sur le trottoir. Sans que rien ne soit dit, nul ne pouvait nier que les tensions provoquées par la rencontre avec Clément avaient gâché la fin de soirée.

20

Sicilienne !

Thursday, 17th August, 3 h 30 p.m.

Lily observa l'allée impeccablement entretenue qui s'ouvrait au-delà du haut portail et hésita un instant. N'était-elle pas en train de faire une bêtise ? Elle enroula une de ses boucles de cheveux autour de son index et soupira. Après tout, elle ne faisait rien de mal. Et puis, avec Maëlle qui passait ses après-midi sur le catamaran et Mélisande qui écumait une boutique après l'autre, il fallait bien qu'elle s'occupe. Sans compter que cela lui changerait les idées. La musique serait un parfait refuge pour essayer d'oublier les pensées toutes plus inquiétantes les unes que les autres qui tournaient dans sa tête et qu'elle ne pouvait partager avec personne.

Pourtant, elle sentait que Chiara ne serait pas contente si elle venait à découvrir ce qu'elle s'apprêtait à faire. Lily jeta un coup d'œil à sa montre pour se rassurer. Son amie lui avait dit la veille qu'elle emmènerait vers 3 heures les enfants jouer au ballon dans un pré voisin s'il ne pleuvait pas. Or, même si une ligne de nuages bordait l'horizon, la journée était vraiment belle. Ne pouvant se défaire d'une légère inquiétude, elle regarda à droite et à gauche avant de s'avancer vers le petit portillon qui se trouvait sur le côté. S'il était déverrouillé, elle entrerait, sinon, tant pis, elle s'en retournerait. De toute manière, elle n'oserait jamais expliquer sa demande à un interphone.

La poignée en fer forgé s'abaissa sans même un grincement, et le portillon s'ouvrit. « Eh bien voilà ! » se dit Lily. Refusant de se poser plus de questions, elle s'engagea dans l'allée et marcha jusqu'au porche. Elle appuya sur la sonnette et attendit. Quelques secondes plus tard, la lourde porte d'entrée s'ouvrit.

— *Hello*, fit Lily d'une petite voix.

Surpris, le jeune homme eut un instant d'arrêt. Puis, comme il se rappelait qui elle était, il répondit :

— Désolé, Chiara n'est pas là.

— Je sais, dit-elle très vite. Heu, en fait, c'est toi que je voulais voir.

— Moi ?

— Oui…

Elle se racla la gorge et se lança :

— Je t'ai entendu jouer hier. C'était cool, tu es vraiment bon ! Et je sais de quoi je parle : je joue de la clarinette depuis dix ans et dans ma famille, on est musiciens, tout le monde, sauf ma mère, mais elle adore la musique.

Emportée par son enthousiasme, Lily oubliait son inhibition et parlait anglais sans se soucier de faire quelques maladresses. Sortant de son sac en bandoulière un petit étui de cuir, elle en extirpa son *tin whistle*.

— On m'a offert ça avec un CD et un livre. Mais j'ai déjà fini. Connais-tu quelqu'un qui pourrait me donner quelques conseils ?

Le visage de Kieran s'éclaira.

— Oui ! moi !

Lily le regarda avec de grands yeux étonnés.

— Entre, lui dit-il, tu vas comprendre.

Elle le suivit jusqu'au petit salon dans lequel il travaillait habituellement.

— Je joue de plusieurs instruments folks, même si le *fiddle*[1], le violon si tu préfères, est de loin mon préféré. C'est commun en Irlande.

Tout aussi passionné que la jeune fille quand on abordait le sujet de la musique, il sortit de sa sacoche un *tin whistle*. Il le porta aussitôt à ses lèvres et se mit à jouer un air traditionnel entraînant et virtuose. Lily applaudit à tout rompre quand il s'arrêta.

— Oui, c'est ça ! C'est exactement ce que je veux apprendre.

— Alors montre-moi ce que tu sais déjà faire.

---

1. Nom donné au violon dans la musique folk, quand on en joue d'oreille, sans partition.

Sans tergiverser, Lily joua une *reel*[1] qui lui plaisait particulièrement. Elle n'avait certes pas la rapidité de Kieran, mais ses doigts étaient légers sur l'instrument, et son souffle régulier. Il était bien plus difficile de jouer de la clarinette que du *tin whistle*, et sa maîtrise de la première lui avait permis d'apprivoiser rapidement le second. Mais elle voulait aller plus loin. Et si elle ne profitait pas de son séjour en Irlande pour progresser, ce serait bien difficile une fois de retour en France.

— *Not bad ! not bad at all…* fit Kieran en hochant la tête.

Ses yeux sombres étaient fixés sur elle, et Lily, prenant soudain conscience qu'elle se trouvait seule avec le jeune homme dans la maison, se mit à rougir. Mais Kieran, tout à la musique, n'y prêta pas attention.

— … mais dans ce morceau comme dans beaucoup d'autres, continua-t-il, ce qu'il faut absolument, c'est augmenter la vitesse.

Reprenant son instrument, il rejoua la même *reel* mais en doublant le tempo. L'effet était spectaculaire.

— Tu vois, tes doigts ne doivent pas tant se soulever entre chaque note, parce que tu perds du temps. Ils doivent glisser, effleurer sans s'arrêter.

Afin qu'elle puisse bien comprendre, il se pencha vers elle pour lui faire une démonstration. Mais il eut à peine le temps de jouer une dizaine de notes que la porte du salon s'ouvrit et qu'une voix rauque s'exclama :

— Lily ?!

---

1. Danse traditionnelle irlandaise.

Lily sursauta alors que Kieran se redressait.

— Chiara ? Je croyais que tu étais dehors avec les enfants !

— Je m'en doute, fit la longue fille brune d'une voix sèche.

— Mais non ! tu ne comprends pas ce que je voulais dire…

— Détrompe-toi, je comprends très bien au contraire. En revanche, je dois avouer que tu me déçois à mort.

— Chiara, je t'en prie, supplia Lily.

Mais la jeune fille n'était plus en état d'être raisonnée. Elle se sentait doublement trahie, à la fois par Kieran et par Lily. Et surtout par Lily, sa meilleure amie, sa confidente, qu'elle pensait si bien connaître depuis des années.

Chiara, qui s'était pourtant récriée devant les insinuations de ses amies soupçonnant qu'il y avait quelque chose entre elle et ce garçon, sentit pourtant qu'une blessure s'était ouverte en elle. Chaque fibre de son être lui hurlait qu'elle était sur le point de craquer, mais pas question de leur faire ce plaisir. Alors elle s'accrochait de toutes ses forces à sa colère pour ne pas sombrer.

— *Hey ! What's happening*[1] ? demanda Kieran, qui ne comprenait rien, étant donné que les filles se déchiraient en français.

— Rien d'important, répondit Chiara en anglais d'un ton glacial, je suis revenue chercher un autre

1. Que se passe-t-il ?

ballon parce que Tom a perdu le sien dans les ronces. J'ai entendu le *tin whistle* au lieu du violon, j'ai été surprise, c'est tout. D'ailleurs je dois repartir, les enfants m'attendent dans la cour.

Sur ces paroles, elle tourna les talons et sortit à vive allure.

Le silence s'épaissit après son départ. Lily était atterrée. La situation n'aurait pas pu être pire. Elle connaissait suffisamment Chiara pour savoir qu'il ne serait pas facile de lui faire comprendre la situation. Quand elle était ainsi, elle voyait tout en noir et avait tendance à imaginer que le monde entier était ligué contre elle. D'habitude, c'était Lily qui avait le pouvoir de la faire sortir de la coquille dans laquelle elle s'enfermait alors. Sauf que cette fois, elle serait bien la dernière que la brune Sicilienne accepterait d'écouter. Elle se mordit la lèvre, furieuse de ne pas avoir été plus prudente ; elle ne voulait pas gâcher les vacances de Chiara et les siennes à cause de ce stupide incident !

— Je croyais que vous étiez amies, fit soudain Kieran, soupçonneux.

Embarrassée, la jeune fille se tourna vers lui en se demandant ce qu'elle allait bien pouvoir lui dire. Elle ouvrit la bouche, prête à lui servir une version édulcorée de l'histoire, quand elle vit à quel point il semblait irrité. Alors, sans se donner le temps de réfléchir aux risques qu'elle prenait, Lily, se fiant à son instinct, déclara sans ambages :

— Nous sommes amies. Elle a réagi mal parce qu'elle est blessée.

Kieran la dévisagea bizarrement. À cause de son anglais maladroit, il devait se demander s'il comprenait correctement. Lily chercha alors des phrases simples pour être sûre de bien communiquer.

— Elle croit que tu aimes la chanteuse de ton groupe. Elle souffre. Alors elle est en colère quand elle te voit avec une autre fille. Elle est sicilienne. Elle explose facilement ! Comme un… volcan ! Pffft !

Elle utilisa ses mains pour mimer une éruption volcanique. Un demi-sourire apparut sur le visage du jeune violoniste.

— On appelle les Irlandais les Latins du Nord. Nous aussi, on s'échauffe rapidement.

Cependant, il retrouva son visage tendu pour s'étonner :

— Mais je ne vois pas ce que tu veux dire au sujet d'Eva. Nous sommes dans le même groupe et nous nous entendons bien, c'est tout.

— Vraiment ?

— Mais oui, vraiment !

Lily lui sourit sans rien dire.

— Quoi encore ? demanda Kieran avec impatience.

La jeune fille soupira. Il fallait véritablement lui mettre les points sur les *i* !

— Ja-lou-se. Elle est ja-lou-se.

En même temps qu'elle prononçait ces mots, elle suppliait le Ciel de ne pas être en train de faire une énorme bêtise. Si elle s'était trompée, Chiara ne le lui pardonnerait jamais !

— Oh ! fit seulement Kieran.

Il fronça les sourcils et recula d'un pas. Lily sentit un frisson de crainte lui parcourir l'échine. Il ne réagissait pas du tout comme prévu. Quand il se détourna, elle crut que la partie était perdue.

— Jalouse, tu dis ? Tu es sûre ?

— Absolument ! souffla Lily.

— Mais alors, ça veut dire…

— Oui, ça veut dire exactement ça !

Il se tourna vers elle et demanda en hésitant :

— Il faudrait que j'aille lui parler ?

— Ce serait pas mal.

Il se dirigea à pas de plus en plus rapides vers la porte d'entrée. Au moment où celle-ci allait se refermer sur lui, il cria :

— Au fait, merci, Lily !

Lily se mit à rire, de plaisir et de soulagement mêlés.

Elle l'avait échappé belle !

21

Oileáin Árann

Thursday, 17th August, 3 h 30 p.m.

Le vent du large malmenait la queue-de-cheval de Maëlle, libérant des mèches folles qui venaient lui fouetter le visage. Mais la jeune fille n'y prenait pas garde. Les jambes tendues, les pieds en appui sur le bord de la coque, les mains cramponnées au filin qui retenait son harnais, elle avait le reste du corps suspendu dans le vide. Sentant que la gîte du catamaran augmentait, elle descendit encore de quelques centimètres, jusqu'à avoir les fesses presque au ras de l'eau. Mark cria un ordre, et elle se pencha sur la droite. Ce n'était que la deuxième fois qu'elle sortait au trapèze en pleine mer, mais elle aimait ça.

Auparavant, sur la terre ferme, le jeune Irlandais lui avait encore et encore fait répéter les gestes techniques à maîtriser. Pour simuler les à-coups dus au vent et aux manœuvres lors de la navigation, il l'avait bousculée en avant, en arrière et sur les côtés sans prévenir. Au début, accrochée au filin, elle pirouettait comme une marionnette, voltigeant dans tous les sens au gré des poussées. Puis elle avait appris à réagir en une fraction de seconde, et même à anticiper ses gestes. Quand elle était restée solidement campée sur ses jambes malgré toutes les tentatives, le jeune homme l'avait enfin jugée prête pour un essai en conditions réelles.

Ils avaient donc pris la mer. Quand il lui avait demandé de se harnacher et de sortir au trapèze, l'appréhension habituelle qui la submergeait quand elle s'approchait un peu trop près de l'eau était revenue. Le catamaran filait alors rapidement, mais la gîte devenait trop importante et menaçait de le renverser. Elle avait bien compris que si elle ne se décidait pas, ils iraient à l'eau pour de bon. Bloquant sa respiration, elle s'était concentrée sur les gestes répétés maintes fois et s'était lancée. Quelle n'avait pas été sa surprise cependant de découvrir que, une fois dans cette position, toute peur l'avait quittée. Suspendue entre ciel et mer, elle avait eu le sentiment d'être un oiseau. Des embruns plein le visage, elle avait expérimenté une griserie intense. Instinctivement, elle avait senti comment se positionner pour que le poids de son corps compense la gîte du bateau, et c'était tout à fait exaltant.

Lorsqu'un peu plus tard ils se retrouvèrent sur le trampoline, Mark la félicita avec enthousiasme.

— *It was great ! We're going to win*[1] *!*

Maëlle rayonnait. Gagner une régate en Irlande, ce serait fabuleux ! Son père serait épaté ! Elle se voyait déjà sur l'estrade, partageant la coupe avec Mark. Ce jour-là, il ne pourrait que l'embrasser ! Sinon, ce serait elle qui s'en chargerait ! Parce que jusqu'à présent, et à sa grande déception, il n'était guère entreprenant…

Inconscient des pensées qui agitaient son équipière, le garçon tendit la main vers trois silhouettes rocailleuses qui sortaient de la mer.

— *Oileáin Árann !*

Maëlle fronça les sourcils. Elle n'avait absolument rien saisi de ce qu'il venait de dire. Pourtant, à force de passer du temps avec lui, elle s'était habituée à son accent et n'avait désormais plus de problèmes de compréhension.

Voyant son air perplexe, Mark éclata de rire.

— Ça veut dire « les îles d'Aran », expliqua-t-il en anglais. C'est du gaélique, la deuxième langue officielle de l'Irlande. Et là-bas, justement, c'est encore parlé couramment.

— Ah oui ? C'est cool ! On y va ?

Mark hésita.

— C'est un peu loin, je n'avais pas prévu de rester si longtemps en mer. La météo annonçait de la pluie pour la soirée.

Maëlle regarda le ciel. À part quelques nuages à l'horizon, il était complètement dégagé.

---

1. C'était génial ! On va gagner !

— Il n'y a rien de menaçant, fit-elle, et le soir est encore loin ! Allez, s'il te plaît ! On ne fait que des tours en mer et je n'ai presque rien visité !

Mark se sentit un peu coupable. La jeune fille n'avait pas tort. De plus, il adorait ces îles.

— OK, un tour rapide, céda-t-il.

Il sourit.

— Je vais t'emmener sur celle que je préfère. Elle est toute petite, trois kilomètres dans un sens et trois dans l'autre. Elle est moins bien desservie par les ferries, il y a donc beaucoup moins de touristes. C'est pourtant la plus proche, et comme nous, on a notre propre moyen de locomotion, on va en profiter. Elle s'appelle Inis Oírr. Inis veut dire « île » et Oírr, « est », car comme tu peux le deviner c'est celle qui est le plus à l'est.

Maëlle lui rendit son sourire. Elle était prête à aller n'importe où avec lui !

Un instant plus tard, la trajectoire du catamaran faisait une courbe et ils mettaient le cap sur les falaises rocheuses qui striaient l'océan.

Thursday, 17th August, 4 p.m.

Chiara était de nouveau dans le pré voisin, en train de jouer avec Hannah et Tom, quand Kieran la rejoignit. Bien qu'elle fît mine de l'ignorer, il s'avança résolument vers eux. Sans prêter attention à sa froideur, et pour la plus grande joie de son neveu et de sa nièce, il se mêla à leur jeu. Puis soudain il suggéra une partie de cache-cache.

— C'est moi qui compte ! lança-t-il.

Avec des cris d'excitation, les deux petits s'élancèrent vers le bosquet tout proche.

Comme Chiara faisait mine de partir également, il la retint comme la veille par le bras.

— Non, dit-il. Toi, tu comptes avec moi.

Elle leva un sourcil surpris et croisa les bras.

— Il faut que tu m'expliques, je ne comprends plus rien, fit-elle. D'abord tu es censé travailler ton violon vingt-quatre heures sur vingt-quatre pour ce concours, puis tu commences à t'amuser avec Lily, et maintenant tu joues à cache-cache.

— Oui, je suis justement là pour t'expliquer.

Chiara leva le menton et, l'air défiant, planta ses yeux dans les siens.

— Très bien, je t'écoute.

Soutenant son regard de braise sans faiblir, Kieran commença :

— Le jeu de cache-cache, tu sais très bien qu'il ne s'agit que d'une excuse pour te parler. Quant à Lily, elle voulait juste quelques conseils pour jouer du *tin whistle*, puis on a commencé à parler musique, et souvent dans ce cas je ne sais plus m'arrêter.

— Oui, déclara Chiara d'une voix amère, j'ai remarqué que tu étais très sensible aux musiciennes.

— Justement non. Tu n'as pas compris. Je suis sensible à la musique, nuance !

Respirant à fond, il se lança :

— Est-ce que c'est vrai que tu crois que je suis… que j'ai une relation… amoureuse avec Eva, la chanteuse du groupe ?

Chiara ouvrit la bouche, saisie d'étonnement. Elle n'aurait jamais pensé que le garçon un peu introverti qu'elle connaissait aborderait si directement une question aussi intime. Furieuse de sentir ses joues s'échauffer, elle répondit avec réticence.

— Qu'importe ce que je crois, c'est ton droit ! Ce qui m'a déçue, c'est que tu m'aies menti en disant que la musique prenait toute la place dans ta vie. Je… je croyais stupidement qu'on était amis. Et on ne ment pas à ses amis.

— Je ne t'ai pas menti ! s'insurgea Kieran.

— Ah oui ? Je me demande alors ce que tu appelles une « relation amoureuse » si, quand une fille t'embrasse en public, ce n'en est pas une !

— Mais tu viens de le dire : c'est *elle* qui m'a embrassé. Elle est comme ça, Eva ! très démonstrative et très affectueuse… Quand on est sur scène, emportés par les chansons, on sait plus très bien ce qu'on fait…

Chiara prit un air ironique. Elle était bien convaincue que la fille blonde comme les blés savait parfaitement ce qu'elle faisait. Et puis il pouvait dire ce qu'il voulait, depuis son histoire avec Alexandre[1], elle savait que certains garçons ne s'embarrassent pas de principes.

— Les mots, c'est facile. Ce sont les actes qui comptent, lança-t-elle.

Kieran croisa les bras à son tour et déclara :

— Très bien. Viens ce soir au concert, et après on reparlera de tout ça. Je suis un homme de parole, et je ne supporte pas qu'on le mette en doute.

---

1. Voir *Le Roman des filles : Amitié, Shakespeare et jalousie !*

Thursday, 17th August, 4 p.m.

Maëlle courait sur l'un des innombrables murets de pierres grises qui découpaient en un gigantesque puzzle les prairies verdoyantes d'Inis Oírr.

— *Watch out*[1] ! cria Mark, qui était resté sur le sentier.

— *Don't worry*[2] ! le rassura la jeune athlète, j'ai le pied sûr.

Arrivée à une intersection, elle s'arrêta et se retourna pour le regarder approcher. Ses cheveux dansaient la gigue autour de sa tête. Ils avaient beau être sur la terre ferme, le vent, que nulle colline n'arrêtait, soufflait tout autant que sur la mer.

Ils étaient arrivés quelques minutes auparavant. Dans le port minuscule, il n'y avait que de petites barques de pêcheurs peintes en couleurs vives et un vieux chalutier. Mark avait manœuvré le catamaran avec habileté pour le faire accoster tout en douceur, puis, après avoir attaché les amarres, il avait aidé Maëlle à sauter sur le quai.

— On peut monter jusqu'à l'ancien phare, avait-il suggéré. C'est le point le plus haut de l'île, on a une vue à 360 degrés.

La jeune fille avait immédiatement accepté et, dès qu'ils avaient dépassé la petite dizaine de maisons au toit de chaume et aux murs blanchis à la chaux, elle était partie devant. L'air vif au goût marin qui

1. Fais attention !
2. Ne t'inquiète pas !

emplissait ses poumons à chaque inspiration lui donnait des ailes. Sous le coup d'une impulsion, elle avait sauté sur un petit mur et s'était mise à courir. Depuis qu'elle avait mis un pied sur le sol irlandais, c'était la première fois qu'elle se laissait aller au plaisir d'enchaîner les foulées. Elle réalisa soudain combien cela lui avait manqué.

Mark avançait à grandes enjambées. Son tee-shirt rouge tranchait sur le vert et le gris du paysage. Ses cheveux châtain clair dissimulaient ses yeux, mais elle devinait que sous les mèches ils riaient.

— Eh ! est-ce que toutes les Françaises sont aussi folles que toi ? demanda-t-il quand il arriva à sa hauteur. Ce sont des murs en pierres sèches. Elles peuvent se détacher à n'importe quel moment.

Maëlle haussa les épaules avec insouciance.

— Elles tiennent depuis des centaines d'années !

Il lui fit un clin d'œil.

— Oui, mais c'est parce qu'il n'y avait pas de petites Françaises dans le coin.

Maëlle éclata de rire et saisit la main qu'il lui tendait pour l'aider à sauter du mur.

Emportée par son élan, elle vint buter contre sa poitrine. Sous sa main droite, elle put sentir les battements de son cœur. Mais, contrairement aux siens, ils ne s'accéléraient pas. Comme, à son grand regret, rien ne se passait, elle se redressa avec un petit soupir.

— On y va ? demanda le jeune Irlandais. Il reste encore un bon quart d'heure de marche.

— On y va.

Les goélands qui tournoyaient au-dessus de leur tête poussaient des cris moqueurs. Maëlle leur envoya un regard furieux. « C'est ça, dit-elle intérieurement, fichez-vous de ma tête ! »

Mais, le temps de quelques pas, elle avait retrouvé sa bonne humeur. Comment ne pas s'émerveiller de voir ce vieux phare de pierre défier les ans et les éléments avec tant de vaillance ? Au fur et à mesure qu'ils s'en approchaient, Mark lui parlait de ce qu'avait été la vie sur ces îles battues par le vent à l'époque où les ferries n'existaient pas.

— Tu te souviens des pulls qui étaient en vente dans la boutique du port ?

Maëlle hocha la tête. Ce n'était pas difficile, vu qu'il n'y avait que deux commerces : un pub et un magasin d'artisanat local dont la vitrine débordait de pulls en laine naturelle.

— En France, on les appelle des pulls irlandais, dit-elle.

— Eh bien en Irlande, on appelle ça des *Aran jumpers.* Il y a une centaine d'années, chaque famille de pêcheurs avait son modèle, un peu comme les clans écossais qui se reconnaissent à leur tartan[1].

— Ah oui ? C'est plutôt cool comme idée.

— Oui, sauf que justement, la raison derrière tout ça n'est pas très cool : en fait, c'était grâce aux différents pulls qu'en cas de naufrage, ce qui était assez

1. Étoffe de laine de couleurs, disposées en carreaux, avec laquelle sont fabriqués les kilts.

fréquent, on pouvait identifier les noyés. Parce que vois-tu, à l'époque, bien que passant la plus grande partie de leur vie sur l'eau, aucun pêcheur des îles ne savait nager. Alors, ces pulls permettaient à chacun d'être sûr d'enterrer les siens.

Maëlle fit la grimace. Vu sous cet angle, c'était certes beaucoup moins amusant.

Elle frissonna. Ces histoires de noyés la mettaient mal à l'aise. Une idée dérangeante lui traversa soudain l'esprit. Si elle tombait à l'eau, comment donc pourrait-on la reconnaître ? Mais heureusement, ils arrivaient au pied du phare, et elle chassa bien vite ces idées malsaines.

— Regarde, fit Mark en pointant son index droit devant lui, ce sont les falaises de Moher : deux cents mètres d'à-pic. Vertigineux, tu peux me croire, et à déconseiller à tous ceux qui ont peur du vide.

Puis il la prit par les épaules et la fit pivoter. À la grande déception de la jeune fille, il pivota également et se trouva à nouveau derrière elle.

— Et là, ce sont les montagnes du Connemara. Tourbe, lacs et nénuphars à volonté. À ne pas rater non plus.

Un cormoran cria et un macareux lui répondit. Il n'y avait personne à des kilomètres à la ronde. Juste quelques moutons qui paissaient tranquillement.

L'endroit et le moment parfait pour un baiser… baiser qui, une fois de plus, ne vint pas.

Le cormoran et le macareux donnèrent à nouveau de la voix dans un bel ensemble.

— Ouais bon, ça va là-haut ! cria en français Maëlle en levant la tête vers les oiseaux.

Mark la regarda d'un air surpris.

Elle eut un petit geste d'excuse.

— C'est comme ça, j'ai toujours eu les moqueurs en horreur !

22

Avis de tempête

Thursday, 17th August, 5 h 35 p.m.

Quand ils se furent promenés à travers des paysages d'une beauté sauvage à couper le souffle et qu'ils eurent longé une falaise de granit contre laquelle l'océan venait s'écraser avec fracas, Mark annonça qu'il était temps de rentrer. Maëlle se sentait d'humeur étrange, à la fois exaltée et frustrée. Exaltée de se retrouver dans un cadre pareil avec un guide aussi séduisant, et frustrée que celui-ci ne semblât pas partager son sentiment. Néanmoins, lorsqu'ils arrivèrent en vue du hameau près duquel ils avaient accosté, elle se dit qu'elle ne pouvait pas rentrer à Galway les mains vides. Se souvenant de ce que Mark lui avait appris au pied du vieux phare, elle déclara :

— Je veux acheter un *Aran jumper*.

— Il vaudrait mieux partir maintenant, dit Mark en regardant l'horizon d'un air soucieux, l'orage que la météo a annoncé pour ce soir risque d'arriver plus tôt que prévu.

— Je ne serai pas longue, insista-t-elle sur un ton qui n'admettait pas de réplique.

Comme elle se dirigeait vers le petit cottage qui avait été transformé en boutique, il céda à contrecœur :

— OK, mais fais vite.

— Oui, oui, promit-elle avec un sourire.

Dès qu'elle se retrouva dans la boutique, elle comprit cependant que le choix allait être plus difficile qu'elle ne le pensait. Sur des étagères de bois flotté, des piles de lainages de toutes les couleurs et de toutes les formes tentaient le visiteur de passage. Alertée par la clochette qui avait retenti lorsque la jeune fille avait poussé la porte, une vieille femme, aussi ridée qu'une pomme flétrie et guère plus haute que trois d'entre elles, tira un rideau qui se trouvait derrière le comptoir et vint à sa rencontre. Elle se mit à égrener une suite de mots incompréhensibles.

Déstabilisée d'entendre cet étrange langage, Maëlle balbutia :

— Je… heu… *Do you speak English ?*

Alors que la jeune fille aurait cru la chose impossible, le visage de la petite vieille se plissa encore plus lorsqu'elle sourit en articulant :

— *No.*

Maëlle lui rendit nerveusement son sourire, puis fit quelques pas en arrière pour ouvrir la porte et appeler Mark au secours.

Réprimant son agacement, ce dernier vint la rejoindre. Après avoir échangé quelques mots avec la boutiquière, il comprit vite le problème.

— C'est sa fille qui tient normalement la boutique, expliqua-t-il, mais elle a dû s'absenter quelques instants et lui a confié le magasin. Or elle est de l'ancienne génération, de celle qui ne parlait que gaélique.

Puis il se tourna vers la vieille dame et lui fit comprendre ce que désirait la jeune fille.

Aussitôt, la petite vieille sortit différents modèles tout en continuant à parler en gaélique. Jugeant certainement inutiles ses conseils, Mark ne se donnait plus la peine de traduire. Maëlle en essayait un, puis une autre, ne sachant lequel choisir. Quand elle mit un pull blanc cassé à col rond contre sa poitrine et qu'elle se tourna vers le garçon pour lui demander son avis, il déclara :

— Il est parfait.

Comme l'Irlandaise hochait la tête d'un air convaincu, la jeune athlète se décida.

Aussitôt, Mark dit quelques mots à la vieille dame, puis il s'adressa à Maëlle :

— Je lui ai dit qu'il était inutile de l'emballer, parce que tu allais le mettre tout de suite.

Outrée qu'il lui impose une décision qui aurait dû lui appartenir et qu'elle jugeait de plus totalement stupide, Maëlle répliqua :

— Tu plaisantes ? Je vais crever de chaud !

— Le temps est en train de changer, insista-t-il, tu devrais le mettre.

— Bien sûr que je le mettrai... pour aller au ski !

Prenant conscience que la vendeuse les regardait d'un air interrogateur, Maëlle, furibonde, coinça le pull sous son bras et paya.

Haussant les épaules, Mark ouvrit la porte et sortit d'un pas rapide. Une bourrasque de vent s'engouffra alors dans le petit magasin. La vieille femme parla encore dans sa langue incompréhensible et à tout hasard Maëlle lança :

— *Good bye and thank you.*

Quand elle se retrouva dehors, elle fut surprise de constater que la température avait chuté de plusieurs degrés. Les nuages qui, il y a peu encore, s'étiraient à l'horizon, avaient envahi le ciel. Elle accéléra le pas et rejoignit le quai. Mark était déjà en train de s'activer pour préparer le bateau.

— Tu es sûr que c'est prudent ? osa-t-elle demander en s'efforçant de cacher son angoisse.

— J'ai déjà fait la traversée dans des conditions bien pires, fit-il sereinement. On a de la chance, le vent va dans la bonne direction. Ça devrait secouer un peu, mais on ira d'autant plus vite. Ce sera un bon entraînement pour la régate.

Maëlle eut un rictus, mais son coéquipier, trop occupé, ne s'en rendit pas compte.

Un nouveau coup de vent la frigorifia, et elle se mit à frissonner. Elle se décida à enfiler le pull, mais c'était surtout pour éviter qu'il ne tombe à l'eau au cours du trajet, qui promettait d'être mouvementé. Elle songea une seconde que même si elle le portait, il pouvait aussi tomber à l'eau. Elle frissonna à nouveau à cette idée.

— Le temps passe vite, fit Mark lorsqu'il la vit avec le pull, c'est déjà l'hiver ?

Comprenant parfaitement l'allusion, elle répliqua avec innocence :

— Tu n'as jamais entendu parler du ski nautique ?

Ils éclatèrent de rire ensemble, soulagés de retrouver leur complicité.

Quelques minutes plus tard, le jeune Irlandais avait largué les amarres, le catamaran bondissait en avant.

Maëlle ne riait plus. Terrorisée, elle voyait l'eau monter dangereusement à chaque creux de vague. Installée sur le trampoline, elle se força à quitter la mer des yeux et les posa sur son coéquipier. Le spectacle était tout aussi fascinant mais beaucoup plus agréable. Tel un magicien, il semblait être de tous les côtés à la fois, décrochant les drisses, réglant la voilure, gardant la barre. Des embruns plein les cheveux et ses yeux verts encore plus brillants que d'habitude, il avait tout d'un Viking. Maëlle se dit qu'il devait avoir du sang de marin dans les veines pour être aussi à l'aise sur ce bateau. Toute à sa contemplation, elle sursauta quand il lui cria soudain de sortir au trapèze. Effectivement, avec la vitesse qui augmentait, la gîte devenait plus importante, et l'une des coques du catamaran commençait à se soulever. Malgré la peur qui lui tordait les entrailles, Maëlle se fit violence pour lui obéir. Mais la manœuvre qu'elle avait jusqu'à présent réalisée sans mal par temps calme se révélait en cet instant autrement plus difficile. La main tremblante, elle réussit cependant, après plusieurs essais, à glisser la boucle du câble relié au mât dans le crochet de son harnais. Elle souffla. Ça, c'était fait. Mais il fallait maintenant qu'elle abandonne la sécurité toute relative du trampoline pour atteindre la coque. Un creux de vague manqua de lui faire perdre l'équilibre. À nouveau, elle se trouva figée, incapable de quitter la mer menaçante du regard.

— *Quick*[1] ! hurla Mark, qui était déjà au trapèze.

« La peur, c'est toi qui dois la maîtriser, et non l'inverse. » Du plus profond de sa mémoire, les paroles du colonel Tadier lui étaient brusquement revenues. Elle ne devait pas avoir plus de six ans et se trouvait sur un VTT en haut d'un chemin terriblement pentu. Ce jour-là, elle avait réussi. Elle avait maîtrisé sa peur, et elle avait réussi.

Maëlle respira plusieurs fois à fond et, luttant de toute sa volonté pour ne pas laisser l'angoisse la paralyser, elle commença à ramper hors du trampoline pour atteindre l'extrémité de la coque. Elle y était presque et commençait même à se relever lorsqu'un paquet d'eau, fruit d'une rencontre musclée avec une vague plus violente que les autres, l'inonda complètement. La jeune fille, surprise par la violence du choc, perdit l'équilibre. Terrifiée et à moitié sonnée, ses pieds glissèrent sur la coque mouillée. Tant et si bien que son poids, au lieu de s'opposer à la levée du catamaran, vint au contraire en augmenter la gîte. Alors, comme si elle était une spectatrice qui voyait l'action se dérouler au cinéma sur écran géant, elle sut en un centième de seconde ce qui allait se passer.

---

1. Vite !

— Au secours ! Je ne sais pas nager ! hurla-t-elle en anglais.

Ce furent ses derniers mots. L'instant d'après, les eaux bouillonnantes et gelées de l'Atlantique la submergeaient.

Si le spectacle impressionnant du catamaran qui pirouettait dans les airs lui fut ainsi épargné, elle sentit par contre la mer devenir folle tout autour d'elle. Entre les vagues creusées par le vent et les éléments du bateau qui multipliaient les remous en retombant dans l'eau, impossible de savoir où se trouvait la surface. Le câble qui la reliait au mât la ballottait dans tous les sens, et l'heure n'était plus à la raison ni à la maîtrise. La panique la contrôlait totalement, lui faisant battre des membres de façon totalement anarchique et, pire encore, la poussant à respirer alors qu'elle se trouvait toujours sous la surface. La première gorgée d'eau de mer lui brûla la gorge et elle tenta de la recracher. Mais c'était plus fort que tout, il fallait qu'elle inspire. L'eau salée s'engouffra alors par son nez et elle sentit l'asphyxie la gagner. Devant ses yeux grands ouverts, des bulles tourbillonnaient : l'air, la vie… Ses dernières réserves d'air qui s'échappaient… Sa vie. Une pensée idiote, peut-être la dernière aussi : elle ne savait même pas de quel clan était caractéristique le pull irlandais qu'elle portait, mais ce n'était pas grave car bientôt, très bientôt, elle rejoindrait la grande famille des marins noyés dans ce bras de mer.

Puis une forme sombre apparut à travers les bulles. Avant même qu'elle puisse se demander de quoi il s'agissait, une main ferme l'empoigna et la tira vers le haut.

Sa première goulée d'air lui brûla tout autant l'œsophage que l'eau de mer. Irrité, tout son système respiratoire lui semblait en feu. Pourtant, elle avait un goût de paradis. Mais elle en voulait plus, toujours plus, elle n'en aurait jamais assez. Une nouvelle vague la submergea et elle s'agita de plus belle.

— *Stop !* hurla Mark, qui tentait de la maintenir à la surface.

Mais ses paroles n'atteignaient pas le cerveau de Maëlle. Même lorsqu'il lui mit entre les mains un rebord de la coque pour qu'elle s'y agrippe, l'angoisse et la panique ne cédèrent pas. Moitié pleurant, moitié criant, elle répétait en français, en s'agitant en tous sens :

— Je veux sortir ! Je veux sortir !

— *Calm down ! you're safe*[1] *! Ouch !*

Mark venait de laisser échapper un cri de douleur. Dans son affolement, Maëlle lui avait décoché un coup de pied dans le tibia. Comme elle continuait, le jeune Irlandais lança des regards désespérés à droite et à gauche. Le mât du catamaran commençait à couler. Il fallait qu'il le redresse vite, mais tant que Maëlle serait dans cet état, c'était mission impossible. Alors, pris d'une impulsion subite, il la saisit par la nuque et écrasa ses lèvres sur les siennes. La jeune fille émit encore quelques gémissements, mais se détendit très vite. Quand elle lâcha la coque pour s'agripper à lui, Mark s'écarta légèrement.

1. Calme-toi, tu es en sécurité !

— Eh, il faut redresser le catamaran, sinon on va être très mal.

— Le catamaran ? fit-elle d'un air absent.

— Oui, le bateau, dit-il patiemment.

Replaçant sa main qu'elle avait laissée glisser sur la coque, il expliqua :

— Surtout, tu t'accroches. Je vais déplacer l'extrémité du mât au vent pour que celui-ci gonfle les voiles et aide au redressement. La coque va pivoter, tu n'as qu'à la laisser tourner entre tes mains et je t'aiderai ensuite à grimper dessus.

Docilement, Maëlle acquiesça. Maintenant qu'elle avait repris le contrôle d'elle-même, elle comprenait l'importance de ces consignes.

Soulagé de ne plus avoir à s'occuper d'elle, le jeune navigateur eut tôt fait de mettre à exécution ce qu'il venait de dire.

Quelques instants plus tard, elle s'affalait sur le trampoline, trempée, honteuse, mais vivante et même un peu rêveuse…

Thursday, 17th August, 7 h 15 p.m.

— Bon, alors maintenant, on veut tout savoir, déclara Mélisande en s'asseyant au bord du lit sur lequel Maëlle était étendue.

— Attends, laisse-la un peu respirer, elle vient juste de prendre sa douche, la reprit Lily en lui mettant une main sur l'épaule.

Enveloppée dans un drap de bain, la jeune athlète soupira :

— Oh oui ! respirer ! qu'est-ce que c'est bon ! Vous ne pouvez pas imaginer à quel point.

— Exactement, réattaqua la jolie rousse, on est totalement dépourvues d'imagination alors, par pitié, *raconte* !

Depuis que Mark avait toqué à la porte de leur chambre en soutenant Maëlle trempée et frigorifiée, Mélisande n'avait eu de cesse de savoir ce qui s'était passé. Mark avait bien dit quelques mots, mais il était resté trop vague pour satisfaire son insatiable curiosité ! Ce qu'elle voulait, elle, c'était connaître chaque détail des aventures de son amie.

Lily, qui en mourait d'envie également, ne put se retenir de demander :

— Alors ? C'est vrai que tu as failli te noyer ?

Piteusement, Maëlle hocha la tête.

— Mais c'est dingue, ça ! Une sportive comme toi ? Que s'est-il passé ? Tu t'es cognée ? Tu as perdu connaissance ?

La jeune fille déglutit. Que cela lui plaise ou non, elle devrait avouer la vérité. D'une toute petite voix, elle confia :

— J'sais pas nager.

— Non ! s'exclama Mélisande en ouvrant de grands yeux, c'est une blague, hein ?

— Non, malheureusement, ce n'en est pas une.

— Et tu es montée sur ce bateau quand même ? s'insurgea Lily. T'es dingue !

Retrouvant toute sa combativité, Maëlle rétorqua :

— Et qu'est-ce que tu voulais que je fasse ? Que je le lui avoue et que je devienne la risée de Galway ?

— Heu, là, tu surestimes peut-être légèrement ton importance, ma chère, susurra Mélisande.

— Attends, je me serais payé la honte de ma vie… et je ne l'aurais jamais revu.

— Hou, le charme celte semble avoir fait une victime !

— Mais enfin, ça ne valait quand même pas la peine que tu risques ta vie ! dit doucement Lily.

Mélisande perdit son masque moqueur pour renchérir :

— Elle a raison. Qu'est-ce qu'on aurait fait sans toi ?

D'autant plus touchée que leur relation n'avait pas été au beau fixe dernièrement, Maëlle ne sut que dire.

Lily lui demanda alors :

— Mais comment se fait-il que tu ne saches pas nager ?

Maëlle se redressa et coinça un coussin derrière son dos avant de répondre avec embarras :

— Un jour, quand j'étais petite, nous étions en Bretagne et nous marchions près d'un quai avec mon père. Il a rencontré un de ses amis et ils se sont mis à discuter. Moi, je m'ennuyais, alors je me suis approchée du bord pour voir les poissons… Et pour ce qui est de les voir, je les ai bien vus : à force de me pencher, je suis tombée à l'eau. Le temps que mon père réalise que j'avais disparu et que le plouf qu'il avait entendu n'était pas un caillou jeté à la mer, j'ai eu le temps de boire une bonne tasse. Bref, depuis, j'ai peur de l'eau. Même mon père, qui au début voulait à tout prix m'apprendre à nager, a laissé tomber. Et quand à l'école on a dû aller à la piscine, notre médecin a fait un certificat médical disant que j'étais allergique au chlore.

Elle haussa les épaules et conclut :

— Voilà, vous savez tout !

— Ah non ! objecta Mélisande, il manque le plus croustillant : comment t'en es-tu sortie aujourd'hui ?

— Oui, Mark a juste dit que tu avais failli te noyer…

— … mais mon petit doigt me dit qu'il nous a caché des choses bien intéressantes.

Quand les deux filles virent Maëlle s'empourprer, elles surent qu'elles avaient raison.

— OK, je vous dis tout, céda la rescapée.

Et du mieux qu'elle put elle leur expliqua ce qui s'était passé, en insistant particulièrement sur le baiser salvateur.

— C'est drôle, leur confia-t-elle, ça a tout changé. Soudain je ne pensais plus à rien d'autre… la peur, la mer, le vent, pfft, tout avait disparu.

— Eh bien ! s'exclama Mélisande, il doit drôlement bien embrasser pour produire un tel effet !

Maëlle ne dit rien, mais un sourire radieux s'épanouit sur son visage. Si son amie avait su ! Elle se souvenait parfaitement du goût salé de ses lèvres chaudes et douces sur les siennes gelées. C'était… c'était… c'était indescriptible !

— Wahou ! fit alors Mélisande avant d'annoncer : les filles, je crois que je vais me mettre à la voile !

— Toi ? s'étonna Lily.

La jolie rousse rejeta sa chevelure en arrière et eut un petit sourire :

— Pourquoi pas ? dit-elle innocemment. Après tout, ne suis-je pas une fille dans le vent ?

23

Pub, pub, pub, pub…

Thursday, 17th August, 8 h 35 p.m.

Lorsque Chiara était arrivée au *King's Head*, un peu plus tôt, elle avait eu la surprise de voir l'un des serveurs se diriger vers elle pour lui annoncer qu'une table lui avait été réservée. Quand elle avait décliné en répondant qu'il s'agissait d'une erreur, l'homme avait insisté avec un grand sourire.

— Non, il n'y a pas d'erreur, Kieran nous a prévenus : une jolie Française avec de longs cheveux bruns. Et pour qu'on ne se trompe pas, il nous a même montré une photo sur son portable.

Un peu abasourdie, Chiara l'avait donc suivi jusqu'à une petite table ronde idéalement située en face de la scène et, sans qu'elle ait rien commandé, il lui avait offert un soda.

Les musiciens étaient déjà en train de jouer lorsqu'elle s'était assise. Il lui sembla reconnaître une *reel*, à moins que ce soit une polka ou une gigue. Avec un pincement dans la poitrine, elle songea que Lily aurait très bien su le dire. Mais sa culture musicale à elle était encore insuffisante. Enfin, se consola-t-elle, elle avait quand même cerné le sujet, car il s'agissait d'une danse assurément : il suffisait de voir les clients taper du pied et battre des mains avec enthousiasme pour s'en convaincre.

Quand le morceau s'acheva, Kieran ouvrit les yeux, qu'il avait gardés fermés pendant sa prestation, et son regard croisa le sien. Mais son visage ne trahit pas d'émotion particulière. Chiara, qui avait hésité à lui sourire, se félicita d'avoir gardé une attitude neutre. Attitude pourtant en totale contradiction avec ce qui se passait dans son cœur. Ah, les cours de théâtre avaient du bon ! Elle eut une pensée émue pour William et André Béranger, ses professeurs[1], qui auraient été fiers d'elle en cet instant. Mais comme cette vie lui paraissait loin, soudain…

Elle reporta son attention sur Kieran, qui se pencha et chuchota quelques mots à l'oreille d'Eva, la chanteuse du groupe. Puis, à l'évidente surprise de cette dernière, il lui emprunta son micro et annonça.

— Cette ballade, elle est pour toi, Chiara.

Abandonnant le micro, il attaqua une note longue et grave sur son violon, avant que les autres instruments n'entrent à leur tour dans le morceau. Chiara

1. Voir *Le Roman des filles : Amitié, Shakespeare et jalousie !*

était bouleversée. Avait-elle bien compris ? Tout était allé si vite… et Kieran avait parlé tout en gardant les yeux fixés sur son violon, comme si c'était à l'instrument qu'il s'adressait !

Elle n'était pas la seule à se poser des questions. Eva semblait aussi perturbée, jetant de fréquents coups d'œil au violoniste. Mais celui-ci avait de nouveau les yeux fermés. Alors, bien que déroutée, elle se mit à chanter.

La ballade parlait d'amants séparés par l'exil, qui luttaient pour se retrouver. Quant au refrain, il répétait des promesses d'amour fou que rien, ni le temps ni l'espace, ne pourrait anéantir.

Quand le dernier accord résonna sous les voûtes de pierres du *King's Head*, Chiara n'entendit pas les conversations des clients, qui reprenaient de plus belle. Bouleversée, elle se retenait à grand-peine de pleurer comme une madeleine. En même temps, elle se sentait terriblement embarrassée. Dans sa tête, tout se mélangeait.

Alors qu'elle était dans cet état de confusion extrême, Kieran ouvrit les yeux et la regarda soudain. C'était comme s'il avait toujours su où elle se trouvait. Le cœur de la jeune fille se mit à battre à grands coups désordonnés. C'en était trop. Trop beau, trop perturbant, trop tout !

Elle se leva comme si elle était montée sur ressort, manquant de renverser la chaise de bois sur laquelle elle était assise, et s'enfuit plus qu'elle ne sortit.

Même la pluie fine qui tombait dehors ne parvint pas à lui éclaircir les idées.

Thursday, 17th August, 9 h 30 p.m.

Les deux pubs étaient aussi pleins à craquer l'un que l'autre, mais l'ambiance qui régnait au *Lion's Crown* était subtilement différente de celle du *King's Head*. Moins « bon enfant », plus sophistiquée. Avec un côté plus trouble également. La preuve, l'élégante Mélisande, malgré ses dix-sept ans, s'y trouvait encore, et qui plus est, attablée devant une demi-pinte noire comme la nuit de la boisson locale par excellence. C'était sa première Guinness, et elle avait été très satisfaite de pouvoir enfin y goûter, jusqu'à ce que la première gorgée de bière brune lui emplisse la bouche de son goût amer si particulier.

— Tu aimes ?

— Oui, c'est… pas mal, dit-elle avec détachement.

Clément eut un petit rire.

— Menteuse ! Je suis sûr que tu n'en avais encore jamais bu et que tu n'aimes pas ça.

— Ah oui ? Je te trouve bien renseigné à mon sujet alors que c'est la première fois qu'on sort ensemble !

— Je t'ai vue froncer le nez. Et puis je sais qu'ici, ce n'est pas facile de s'approcher de l'alcool quand on est mineur. Ils sont féroces.

— À moins bien sûr de connaître quelqu'un qui a des relations, fit-elle avec un petit sourire.

— Évidemment, répliqua-t-il en lui rendant son sourire.

Il se laissa aller en arrière sur la banquette et posa son coude sur le dossier en bois. Il penchait la tête de côté et l'observait sans chercher à le cacher.

Mélisande en fut flattée. Elle le savait plus âgé qu'elle et, comme elle l'avait dit, il avait des relations : elle n'avait eu aucun mal à se faire servir une boisson alcoolisée et, lorsque les neuf coups fatidiques avaient sonné, nul n'était venu lui demander de quitter le bal. C'était agréable. Très agréable. Elle en avait tellement assez qu'on la traite comme une petite fille alors qu'elle s'assumait depuis qu'elle était en âge d'appuyer sur le bouton du micro-ondes.

Une petite voix lui rappela alors qu'elle s'était déjà brûlée à ce jeu-là. Mais elle l'étouffa bien vite. La situation n'avait rien de comparable. Elle avait menti à Lisandro[1] et commis une erreur tragique. Clément, lui, savait parfaitement à quoi s'en tenir. Et si le fait qu'elle soit mineure ne le dérangeait pas, elle ne voyait pas où était le problème. Sans compter qu'il ne s'agissait pas de tomber *vraiment* amoureuse, comme cela avait été le cas avec le bel Espagnol. Non, ce qu'elle envisageait plutôt, c'était une relation légère, plaisante, qui lui donnerait aussi du grain à moudre lorsqu'elle se retrouverait en septembre face à Farouk le Tombeur de ces dames.

Elle passa ses deux mains sous sa chevelure pour la relever. Malgré l'orage qui s'était abattu sur la ville, il faisait chaud au *Lion's Crown*. Mais évidemment, son geste n'avait pas pour unique raison de permettre à l'air de lui rafraîchir le cou. Clément le comprit

---

1. Voir *Le Roman des filles : Confidences, SMS et prince charmant !*

immédiatement et lui décocha un sourire appréciateur. Appréciateur, mais pas vulgaire.

— Tu devrais boire un peu, dit-il, il n'y a rien de pire que la bière tiède.

Elle s'exécuta en veillant à ne pas plisser le nez cette fois-ci. Beurk ! Tiède ou froide, la Guinness était terriblement amère !

Comme s'il avait lu dans ses pensées, Clément se mit à rire. Heureusement, il ne fit pas de commentaire.

— Tu veux quelque chose d'autre ?

— Non, merci, c'est très bien comme ça, répondit-elle avec aplomb.

Il ne serait pas dit que Mélisande de Saint-Sevrin se laisserait abattre par une pinte de Guinness !

— Très bien ! Mais, moi, je vais me prendre encore un verre, si tu veux bien m'excuser…

D'un demi-sourire, elle lui accorda sa permission. Il se leva et se dirigea vers le bar. Pendant qu'il parlait avec un serveur, elle ne put s'empêcher de penser à ce que Mark lui avait dit le soir précédent. Elle ne pouvait pas croire qu'il ait des fréquentations dangereuses. Il avait trop de classe. Elle le redirait encore à Maëlle et Lily, qui s'étaient inquiétées lorsqu'il l'avait appelée pour lui donner rendez-vous.

Poli, galant, élégant, il avait tout du parfait gentleman.

Il n'y avait qu'une chose qui la perturbait un peu : comment le garçon discret et timide qu'elle avait croisé à l'aéroport s'était-il transformé en un jeune homme aussi sûr de lui ?

24

Défiance et défis

Friday, 18th August, 8 h 15 a.m.

— Chiara, lança Eireen Clancy tout en enfilant sa veste, nous rentrerons tard ce soir. Nous devons assister à un colloque.

La jeune fille brune s'arrêta de beurrer un toast pour Hannah et regarda son employeuse :

— Mais je devais sortir avec mes amies, ce soir, protesta-t-elle.

— Je suis vraiment désolée, je ne devais pas y aller mais une de mes relations m'a dit qu'il y aurait un sujet particulièrement intéressant pour un des dossiers que nous suivons. Et puis cela fait deux soirs de suite que tu as eu ta soirée libre, ajouta-t-elle sur un ton de semi-reproche.

Chiara n'osa pas insister. Mrs Clancy avait horreur d'être contrariée et, même s'il avait été convenu que la jeune fille disposerait de toutes ses soirées, l'avocate savait parfaitement utiliser ses talents pour avoir le dernier mot. Si encore les discussions s'étaient tenues en français, Chiara aurait eu un peu plus de chances d'avoir gain de cause, mais puisqu'il fallait argumenter en anglais la bataille était perdue d'avance. Elle profita cependant de l'occasion pour demander :

— Est-ce que je pourrais emmener les enfants dans un *fish and chips* à midi ? Hannah m'a dit qu'elle en rêvait.

Eireen Clancy eut un bref froncement de sourcils, mais elle était suffisamment stratège pour ne pas trop brimer sa baby-sitter. Elle ne savait que trop bien, pour l'avoir expérimenté en juillet, combien la vie serait compliquée si cette dernière, excédée, décidait soudain de partir.

— Si elle y tient vraiment, concéda-t-elle en sortant un billet de cinquante euros de son porte-monnaie, emmène-les… Mais je ne voudrais pas que cela se reproduise, j'ai d'autres ambitions pour elle.

Chiara empocha l'argent en hochant la tête d'un air docile. Encore une fois, les cours de théâtre avaient du bon !

Quand le 4 × 4 des Clancy démarra sur les chapeaux de roues, les emmenant à leur cabinet, elle se permit un petit sourire. Elle ne s'en sortait pas mal : son but premier étant de quitter la maison avant 10 heures (heure à laquelle Kieran, qui rentrait très tard, émergeait généralement de sa chambre), elle pouvait s'estimer relativement satisfaite. Si elle avait de la chance, il serait même parti pour répéter avec son groupe avant qu'elle ne soit revenue pour mettre Tom à la sieste. Quant à la soirée avec ses amies, elle comptait bien la transformer en déjeuner.

Servant d'une main un jus d'orange à Tom et pianotant de l'autre un numéro sur son portable, elle sourit lorsqu'une voix ensommeillée lui répondit :

— Si c'est pour une urgence, rappelez plus tard. Clic.

À la deuxième tentative, elle obtint :

— Qui que vous soyez, vous faites un faux numéro, et si vous êtes quelqu'un d'autre, c'est la même chose.

Reclic.

Le sourire de Chiara s'élargit : elle avait eu droit à une réponse beaucoup plus longue. Le processus de réveil était en marche !

La troisième fois, la voix poussa un cri perçant : sa propriétaire venait de découvrir la provenance de l'appel. Après quelques mots fleuris, elle cria :

— Chiara ! sadique ! c'est inhumain de réveiller les honnêtes gens à une heure pareille ! Tu sais…

Un brouhaha noya les mots suivants, puis la voix douce de Lily remplaça celle, excédée, de Mélisande.

— Chiara ? ça va ?

— Oui… Ou peut-être non. Enfin je ne sais plus très bien. On se fait un *fish and chips* à midi ?

Friday, 18th August, 12 h 05 p.m.

Une assiette débordant de frites et de poisson pané devant eux, Hannah et Tom ne disaient plus un mot. Les yeux brillants, ils se délectaient à l'avance de ce repas fabuleux qui les changeait radicalement des plats que, sur ordre de leur mère, Maura leur imposait.

— Bon, dit Chiara, on a à peu près dix minutes de tranquillité devant nous !

— Très bien, on t'écoute, dit Maëlle, complètement remise de sa frayeur de la veille.

Chiara commença par un long soupir et, les coudes en appui sur la table, elle cala son menton sur ses deux paumes.

— Je ne sais plus où j'en suis. Je crois même que je suis en train de devenir dingue !

— Devenir, tu dis ? demanda Mélisande en haussant un sourcil ironique.

— Chut ! la gronda Lily, qui voyait que leur amie était profondément affectée.

Mais Chiara ne semblait même pas avoir entendu la réplique moqueuse de l'incorrigible Mélisande. Les sourcils froncés, elle cherchait ses mots pour relater les étranges événements de la soirée (la déclaration publique et à peine voilée de Kieran, sa réaction incontrôlée et incompréhensible, ainsi que les émotions que tout cela avait fait surgir en elle).

— Alors je ne comprends plus, conclut-elle. Nous étions amis, et maintenant j'ai une peur panique de le voir. Pourquoi a-t-il tout gâché ? Et qu'est-ce que je dois faire ? On habite la même maison. Même si elle est très grande, on va forcément se croiser.

Avec un sourire compatissant, Lily posa une main sur son épaule et commença :

— Au fond de toi, qu'est-ce que tu as ressenti quand tu l'as entendu te dédicacer la chanson ?

— Mais elle était ravie, bien sûr ! intervint Mélisande. Enfin, c'est inutile de tourner autour du pot : elle l'aime, c'est évident, elle l'aime et, comme je vous l'avais dit, lui n'est pas amoureux de cette chanteuse à la tignasse fade, mais de notre pétillante et exotique amie ! C'est simple comme bonjour, je ne vois vraiment pas pourquoi il faudrait se prendre la tête !

— Mélisande ! protestèrent en chœur les deux autres filles.

— Rappelle-moi de ne pas venir te voir si j'ai des questions existentielles, se moqua Maëlle. Dire que c'est moi qu'on surnommait le bulldozer !

— Laisse-la donc s'exprimer, reprocha Lily. C'est important pour qu'elle puisse y voir clair !

Mélisande haussa les épaules.

— Pour y voir clair, elle n'a qu'à m'écouter. Elle sait que je ne veux que son bien. Et puis les vacances sont courtes. Comme dirait Ronsard, il faut cueillir dès aujourd'hui les roses de la vie !

— Ça te va bien, ça, fit Maëlle en ricanant : agir d'abord et penser après ! Et ce n'est pas parce que tu cites Ronsard que cela vaut mieux !

— Enfin ! vous ne pensez pas qu'elle est amoureuse, vous ?

Lily et Maëlle échangèrent un regard en évitant soigneusement de croiser celui de Chiara.

— Je pense effectivement qu'il y a des chances, reconnut Lily. Mais après l'expérience traumatisante qu'elle a vécue avec Alexandre, ça ne doit pas être facile pour elle d'accorder à nouveau sa confiance.

— Traumatisante ? le terme est fort ! marmonna Chiara. C'est vrai qu'il y a plus agréable comme expérience, mais je ne l'aimais pas vraiment, ce type.

Alors, comme Lily ne savait plus que dire et Maëlle pas davantage, Mélisande revint à la charge. Avec un petit sourire entendu, elle déclara :

— Écoute, Maëlle a raison, ne m'écoute pas. Prends plutôt exemple sur elle…

Comme les filles, étonnées d'entendre ce type de discours dans la bouche de Mélisande, la fixaient d'un air interrogateur, elle conclut d'un air innocent :

— Jette-toi à l'eau !

Aussitôt, Maëlle et Lily éclatèrent de rire. Et comme Chiara, étonnée, les dévisageait sans comprendre, Maëlle avoua :

— Je crois qu'il faut que je te raconte deux ou trois petites choses…

Friday, 18th August, 3 h 30 p.m.

— Bien, tu as compris ? C'est simple comme bonjour ! Même les petits chiens y arrivent !

Debout depuis près de trente minutes devant le grand bassin de la piscine de Galway, Maëlle, vêtue d'un maillot de bain bleu et blanc une pièce flambant neuf, foudroya Mélisande du regard.

— Tu sais quelle est ma motivation première pour apprendre à nager ? gronda-t-elle d'un ton menaçant.

— Bien sûr ! C'est pour…

— … pouvoir te noyer !

Lily, assise sur le bord du bassin, se mit à rire. La jolie rousse, qui avait remonté ses cheveux en un élégant chignon, sourit d'un air moqueur en s'exclamant :

— Ciel ! je suis terrorisée !

Et après un plongeon parfait, elle s'éloigna en fendant l'eau cristalline d'un crawl impeccable.

Les orteils de Maëlle se crispèrent sur le carrelage mouillé, mais elle se contenta de faire une grimace à son amie, qui, ressortie plusieurs mètres plus loin, agitait la main hors de l'eau.

Bon, elle ne lui en voulait pas vraiment, même si cela l'énervait un peu de voir que son chignon était toujours en place après son plongeon. Elle lui était même plutôt reconnaissante de prendre du temps pour lui enseigner les bases de la natation. Lily, qui à l'écouter nageait comme un panier percé, avait refusé net de s'en charger : comme elle l'avait proclamé haut et fort, elle ne voulait pas avoir sa mort sur la conscience ! Mélisande ayant une conscience beaucoup plus souple, ce genre de considération ne l'avait nullement dérangée.

Et puis elles savaient parfaitement toutes les trois ce qui avait décidé Maëlle à surmonter sa peur ! Mark, le matin même, avait appelé son équipière pour avoir de ses nouvelles. Mais lorsqu'elle avait répondu aller parfaitement bien et avoir hâte de reprendre la voile, il avait calmé ses ardeurs en lui imposant deux conditions *sine qua non*.

La première était de porter en permanence un gilet de sauvetage (Maëlle ne trouvait pas ça très sexy, mais elle avait fini par accepter). La seconde, que la petite Française sache nager avant le jour de la compétition. Il ne lui serait pas possible de se donner à cent pour cent au cours de la régate s'il devait craindre à chaque manœuvre un peu risquée que sa partenaire se noie en tombant à l'eau. La vice-championne de France d'athlétisme n'avait pu que reconnaître qu'il avait raison.

D'où sa présence cet après-midi dans un endroit où elle n'aurait jamais, dans d'autres circonstances, mis le plus petit ongle du plus petit orteil.

— Elle est bonne ! dit Lily pour l'encourager, c'est déjà ça…

Maëlle serra la ceinture à flotteurs qu'elle avait à la taille, tout cn sc tortillant.

— C'est trop la honte ! gémit-elle.

— Mais non ! Personne ne te connaît ici.

— Heureusement !

— Tu ne risques rien ! Tu as pied de ce côté.

— Un pied dans la tombe, oui…

Pour l'encourager, Lily se laissa glisser dans l'eau et fit quelques brasses.

— Allez ! Rejoins-moi !

— Je n'y arriverai jamais, protesta la jeune fille.

— Mais si, objecta Lily. Sinon, tu ne pourras pas participer à la régate…

Un air de martyre se peignit sur le visage de Maëlle, qui s'insurgea :

— Ne me dis pas ça ! Je souffre déjà assez.

Lily, perfide, poursuivit :

— Et surtout, surtout, tu ne reverras plus Mark !

Scandalisée, Maëlle s'écria :

— Mais qu'est-ce qui te prend ? Tu ne dis jamais des trucs comme ça d'habitude !

Son amie, qui s'était mise debout pour lui faire voir qu'il n'y avait rien à craindre, haussa comiquement les épaules.

— Ben, c'est qu'on est déjà là depuis près d'une demi-heure et que tu refuses toujours de te mettre à l'eau, alors j'essaie une autre méthode !

— Non, non, non, toi, ta méthode, c'est de dire des choses comme : « Allez Maëlle, t'es la meilleure, je comprends ce que tu ressens mais tu es capable de surmonter cette peur irraisonnée. »

Lily soupira et croisa les bras dans l'eau.

— Mais je te l'ai déjà dit de toutes les manières possibles.

— Ou mieux encore : « Maëlle, tu es une fille super, tu n'as rien à prouver : quitte cette piscine et garde ce superbe maillot pour draguer sur la plage en Bretagne. »

La musicienne devint alors très sérieuse et articula :

— Ça, je ne te le dirai certainement pas. Si je le faisais, tu m'en voudrais à mort pour le restant de tes jours.

La jeune athlète fut frappée par ces paroles. Comme son amie la connaissait bien ! Reculer, pour la fille du colonel Tadier, c'était mourir un peu !

Mais la douce Lily ne s'appesantit pas sur cette note grave. L'instant d'après, elle reprenait innocemment :

— Et tu sais le pire ? Si tu ne revois plus Mark, il te sera très très difficile de partager avec lui de nouvelles minutes d'extase au cours d'un long baiser langoureux…

Outrée, Maëlle trépigna en hurlant :

— Mélisande, sors de ce corps !

Lily éclata de rire et lança :

— Allez, descends par l'échelle, si tu veux. Imagine que c'est comme une grosse baignoire !

— Je préfère les douches ! rétorqua Maëlle avec morgue, avant de changer brusquement de ton et de se mettre à pleurnicher : Je n'y arriverai jamais… Tu sais ce qu'il me faudrait ? Un miracle ! Oui, c'est ça, un beau miracle pour que soudain, pschitt, je me retrouve dans l'eau en train de nager, sans avoir à prendre la moindre décision !

Alors qu'elle prononçait ces mots, elle sentit entre ses deux omoplates une poussée légère mais ferme, qui la déséquilibra.

Comme elle tombait dans le bassin, trop horrifiée pour même émettre un cri, elle eut le temps d'entendre une voix moqueuse qui chantonnait gaiement :

— Vos désirs sont des ordres, Votre Altesse !

Et, à l'intention de Lily, qui la regardait consternée, Mélisande, affichant un air de satisfaction profonde, se réjouit :

— Tu sais quoi ? J'adore faire des miracles !

25

La vérité sort de la bouche des enfants

Saturday, 19th August, 11 h 10 a.m.

La superbe maison des Clancy disposait, parmi ses nombreuses pièces, d'une adorable salle de jeu décorée aux couleurs de l'arc-en-ciel. Un coin y était consacré aux jeux de construction, un autre abritait une réplique exacte de la cuisine à l'échelle 1/2, un petit théâtre en occupait un troisième, et le quatrième était meublé de mini-canapés et de fauteuils rouges, verts et bleus tout aussi mini. C'est là, affalée de tout son long sur le plus grand des sièges (bien qu'encore beaucoup trop petit pour ses longues jambes), que se trouvait Chiara en cette matinée ensoleillée. Un livre de contes dans les mains, elle lisait aux enfants une histoire de princesse et de dragon. C'était leur histoire préférée, et à force de la lire Chiara, dont l'anglais devenait chaque jour plus fluide, parvenait même, pour leur plus grande joie, à prendre des voix différentes pour les personnages et à mimer leurs attitudes.

Ce jour-là, cependant, Hannah ne semblait pas accrocher comme d'habitude. La jeune Française avait beau faire de son mieux, elle sentait l'enfant absente. Ses doutes furent confirmés lorsque, à la fin de l'histoire, la petite fille eut pour tout commentaire :

— *Uncle is sad*[1].

Surprise d'entendre une chose pareille, la baby-sitter demanda en anglais :

— Pourquoi dis-tu ça ?

— Parce qu'il ne joue plus du violon.

Chiara se redressa.

— Tu sais bien qu'il a parfois des répétitions avec son groupe.

— Pas hier. Il était là quand on est rentrés du restaurant.

Tout en poussant du bout du pied un jouet abandonné sur la moquette, elle continua :

— Et il est resté toute la journée à la maison. Je le sais, la porte d'entrée grince quand on l'ouvre. Et ce matin, c'est la même chose. D'habitude, il s'entraîne déjà.

Chiara resta bouche bée. Elle ne s'était jamais rendu compte à quel point la petite fille observait tout ce qui se passait autour d'elle. Elle que, toujours

1. Tonton est triste.

d'humeur égale et docile, on avait même parfois tendance à oublier.

— Peut-être qu'il avait autre chose à faire, tenta Chiara.

Hannah lui lança un regard qui en disait long : « Ne me prends pas pour une imbécile, je sais ce que je raconte. » Mais à haute voix elle se contenta d'ajouter :

— Il n'est pas allé jouer au pub non plus.

Mal à l'aise, la baby-sitter détourna les yeux. Toute la journée de la veille, elle avait fait en sorte d'éviter Kieran, et de son côté il avait dû agir de même car pas une fois leurs chemins ne s'étaient croisés. Dès que les parents des enfants étaient rentrés, elle en avait profité pour s'éclipser. Elle avait retrouvé ses amies dans le centre de Galway. La grande nouvelle était que Maëlle avait réussi à faire ses premières brasses. Débordante de reconnaissance envers Mélisande, qui, avec une méthode un peu particulière il est vrai (et pas forcément recommandable), avait réussi à lui faire dépasser sa peur, la jeune athlète explosait de fierté d'être parvenue à traverser la piscine à deux reprises. Certes encore équipée de la ceinture de flotteurs, mais sans planche et sans panique !

Mélisande, qui n'avait pas le succès modeste, rayonnait autant que son élève en assurant que la pédagogie était innée chez elle. Seule Lily semblait moins euphorique que les deux autres, mais lorsque Chiara lui avait demandé s'il y avait quelque chose qui n'allait pas elle avait secoué la tête et s'était efforcée de sourire.

Maëlle et Mélisande avaient monopolisé la conversation, ne se lassant pas de répéter les mêmes choses et de se féliciter mutuellement. La soirée était donc vite passée, et Chiara, sans savoir si elle en éprouvait des regrets ou du soulagement, n'avait pas eu l'occasion d'aborder à nouveau la question de sa relation avec le jeune musicien.

De retour à la maison, elle s'était couchée toujours aussi troublée, et ce matin elle s'était réveillée dans le même état. Les propos de Hannah la renvoyaient une fois de plus à ses questions. Elle commençait également à être inquiète : était-ce à cause d'elle que Kieran avait cessé de jouer ? L'hypothèse que ce fût le cas était extrêmement flatteuse, mais aussi lourde de conséquences : elle ne voulait pas être tenue responsable de son abandon !

N'y tenant plus, elle se leva soudain et proposa aux enfants d'aller faire un tour dans le jardin : elle avait besoin de prendre l'air… et ce, d'un point de vue discret sur le salon de musique !

Elle ouvrait la porte-fenêtre de la salle à manger lorsqu'elle l'aperçut. Assis sur les marches de l'escalier qui conduisait à la terrasse, il avait la tête appuyée sur ses mains croisées et les yeux perdus dans le vague. Il eut un mouvement en voyant le petit groupe apparaître, mais ne se leva pas.

— *'cle, play !* s'écria immédiatement Tom en se précipitant vers lui.

Mais son oncle refusa. C'était tellement exceptionnel que le petit garçon resta sans voix.

— Tom, Hannah, que diriez-vous de regarder les Teletubbies ?

La petite fille soupira, mais ne s'y opposa pas. Elle aurait bien aimé voir autre chose, mais elle savait qu'il n'y avait pas meilleur moyen de faire tenir tranquille son petit frère.

Quelques minutes plus tard, Chiara revenait dans le jardin. Elle savait qu'elle disposait désormais d'une bonne demi-heure. Suffisamment de temps, en tout cas, pour tirer les choses au clair.

Kieran n'avait pas bougé. Il ne bougea pas davantage lorsqu'elle s'assit près de lui.

— Tu ne devrais pas être en train de répéter avec ton groupe ? osa-t-elle demander.

Elle craignait sa réponse, mais ne rien dire était encore pire.

— Quel groupe ? interrogea-t-il à son tour. Je n'ai plus de groupe. Je me suis fait virer jeudi soir.

Abasourdie, la jeune fille s'exclama :

— Quoi ?! Mais ce n'est pas possible !

— La preuve que si.

— Mais enfin, pourquoi ? Tu es excellent !

Le garçon eut un petit sourire d'autodérision.

— Tu m'étonnes. Tu n'as pas toujours tenu ce discours.

Chiara soupira :

— C'est vrai, je n'y connais rien en musique. Mais Lily, elle, sait de quoi elle parle, et c'est de sa bouche que je tiens l'info !

— Ah !

Son sourire s'effaça.

— De toute façon, ce n'est pas grave. Mes qualités de violoniste ne sont pour rien dans l'affaire…

Les yeux perdus dans le vague, il expliqua :

— Eva n'a pas vraiment apprécié que je dédie cette ballade à une fille. C'est bizarre, parce que je ne voyais pas en quoi ça pouvait la déranger. On fait parfois ce genre de trucs…

Les joues brûlantes, Chiara fit semblant de ne pas se sentir concernée. En tout cas, elle comprenait que Kieran était sincère lorsqu'il affirmait ne pas avoir de relation amoureuse avec la chanteuse. Il n'avait rien vu venir. Perdu dans son monde, il en était touchant de naïveté.

— Mais les autres membres du groupe n'ont-ils pas leur mot à dire ? Elle n'est pas la seule à décider tout de même !

— Ce sont ses frères. Et si tu connaissais le tempérament irlandais, tu saurais que j'ai déjà eu de la chance qu'ils ne me tombent pas dessus.

— Je vois… Ça devient compliqué.

— Pas tant que ça : le concours, c'est fini.

Le cœur de Chiara se gonfla de tristesse. Il avait beau dire cela avec une certaine indifférence, ils avaient partagé trop de choses pour qu'elle le croie. Elle imaginait très bien les rêves qu'il venait de voir s'écrouler. Les jours et les jours de travail dont le bénéfice s'envolait en fumée. Toutes ces aspirations qui, tel un miroir précieux, se brisaient en mille morceaux.

— Je suis désolée, dit-elle. Mais il faut garder espoir. Tu es jeune ! Il y aura d'autres concours, d'autres chances.

Le musicien eut un mouvement d'épaules.

— Arrête de déprimer, tu verras que…

— Je sais tout ça, l'interrompit-il violemment. Et ce n'est pas pour ça que j'ai un coup de blues ! C'est parce que j'ai, comme un idiot, ouvert… ouvert mon cœur. En public en plus ! Et que celle pour qui j'ai pris tous ces risques s'est enfuie tellement elle avait honte ! Ah, des imbéciles comme moi, il n'y en a pas beaucoup ! Heureusement, ça ne durera pas ! J'ai fait mes valises. Je rentre chez moi cet après-midi.

Il se releva brusquement. Chiara, sous le choc, avait du mal à respirer. Le garçon s'éloignait à grandes enjambées en direction de la porte-fenêtre. Elle sut alors qu'il allait partir, qu'elle n'allait plus le revoir… et qu'elle le regretterait toute sa vie.

— Kieran ! Attends ! s'écria-t-elle en se lançant à sa poursuite.

— C'est bon, dit-il sans se retourner, je n'ai pas besoin de ta pitié. Je n'aurais jamais dû parler de ça.

Il avait déjà la main sur la poignée quand elle le rejoignit. Elle appuya la sienne sur le panneau de verre pour l'empêcher d'ouvrir.

— Pardonne-moi, dit-elle tout essoufflée, jamais je n'aurais cru que tu vivrais les choses ainsi. C'est… c'est tellement compliqué dans ma tête.

Elle plongea ses yeux dans les siens, qui, sous l'émotion, viraient à l'encre noire.

— Mais dans mon cœur, c'est très simple.

Chiara sentit ses joues s'enflammer. Elle ne parvenait pas à croire que ces mots étaient sortis de sa bouche. Elle n'avait pas voulu dire ça. Elle n'était pas prête. Pas sûre.

Pourtant, ces quelques mots, elle n'arrivait pas à les rattraper. Ils étaient là, à flotter parmi les grains de lumière de soleil.

Pendant un instant qui leur parut à la fois très long et très court, les deux jeunes gens restèrent ainsi. Le regard accroché, chacun tentant de lire au plus profond de l'âme de l'autre. Puis, sans même qu'ils aient eu conscience que la distance qui les séparait était en train de s'amenuiser, ils sentirent leurs lèvres s'effleurer. Comme s'ils s'étaient brûlés, ils sursautèrent légèrement et s'éloignèrent de quelques millimètres. Mais, tels deux aimants, ils se rapprochèrent à nouveau, lentement, inexorablement. Quand leurs souffles se joignirent une deuxième fois, un vertige saisit Chiara. Cette fois, il n'était plus question de se séparer.

26
Frissons

Sunday, 20th August, 8 h 15 p.m.

Mélisande referma son téléphone, l'air agacé.

— Une mauvaise nouvelle ? Tes parents ?

L'élégante jeune fille décocha un sourire plein de charme et d'assurance au jeune homme assis en face d'elle.

— Mes parents ? dit-elle avec une trace de mépris dans la voix, certainement pas : ils n'ont jamais pris le temps de s'intéresser à moi, et ce n'est certainement pas maintenant que ça va commencer. Non, il s'agissait juste d'un petit détail de rien du tout.

« Un petit détail de rien du tout », c'était déjà donner trop d'importance à la nouvelle que venait de lui envoyer Pauline par Texto : « Farouk : 1er prix de salsa, mdr ! »

Dernièrement, sa sœur n'arrêtait pas de lui communiquer ce genre de nouvelles : « Farouk m'a appris le moon walk, mdr », « Farouk est le roi du mix, yeah ! », « Plongée sous-marine avec Farouk : lol, il a peur des oursins ».

Comme si cela pouvait l'intéresser ! Mais elle avait beau faire la morte et ne pas répondre, Pauline ne se décourageait nullement. Au point que cela devenait franchement irritant. La preuve, Clément avait immédiatement remarqué son exaspération, et cela ne lui plaisait pas du tout. Elle s'en voulait d'avoir été transparente. Il ne devait pas la surprendre ainsi. Elle cherchait à l'impressionner, à jouer à fond la carte de la sophistication. C'était son atout maître, elle en était sûre. Le jeune homme, qui gardait lui-même en permanence un air un peu distant, devait apprécier cette qualité. Elle espérait bien qu'en répondant ainsi à ses attentes (du moins ses *supposées* attentes) elle parviendrait à lui faire faire le premier pas. Car, bien qu'ils n'en soient plus à leur première rencontre, il n'avait encore tenté aucune approche.

Or, ce n'était pas avec quelques petites soirées au pub qu'elle pourrait rivaliser avec les *moon walks* de Farouk et ses premiers prix de salsa !

Bien sûr, elle pourrait broder un peu et jouer les mystérieuses, mais plus elle aurait de matière, plus son histoire serait crédible.

— Une Guinness ?

Mélisande maintint son sourire sans frémir. Elle se demanda un bref instant si Clément lui proposait cette boisson en pensant sincèrement lui faire plaisir ou s'il se moquait subtilement d'elle. La dernière fois, elle n'avait pas réussi, malgré ses efforts, à finir le breuvage noir et épais. Elle avait dû attendre qu'il aille se chercher un autre verre pour échanger discrètement sa chope avec celle, vide, d'une table voisine qui n'avait pas encore été desservie. Elle pensait alors qu'il n'avait rien remarqué, mais soudain elle n'en était plus aussi sûre…

— En fait, je suis un peu barbouillée… Ce soir, ce serait peut-être mieux que je tente autre chose. Et puis je suis là pour vivre de nouvelles expériences ! L'Irlande doit bien receler d'autres trésors.

— Tu as raison, approuva Clément très sérieusement, je vais voir ce que je peux trouver.

Quand il fut parti, Mélisande regarda autour d'elle. Le *Lion's Crown* commençait à être très animé. Au fond de la salle, une partie de billard faisait rage. Des cris et des jurons montaient chaque fois qu'un des joueurs ratait son coup. Elle plissa le nez. Elle n'aimait vraiment pas ce genre de comportement. Trop vulgaire. Le *King's Head* était quand même autrement plus classe. Quel dommage que ses tenanciers soient si stricts et coincés !

Comme elle observait les joueurs de billard qui se succédaient, un visage lui sembla soudain vaguement familier. L'Irlandais était roux, vraiment très roux. Sous l'éclairage intense qui était suspendu au-dessus de la table, ses cheveux paraissaient même orange. Leurs regards se croisèrent et s'accrochèrent. Le jeune homme hocha la tête en souriant. Il la reconnaissait donc lui aussi. Oui, mais d'où ? Si elle avait rencontré un garçon doté de pareille chevelure, elle n'aurait pas manqué de le remarquer et de s'en souvenir. Elle n'eut cependant pas longtemps à se poser la question : un autre rouquin qui lui ressemblait beaucoup s'approchait de lui. Son frère, assurément. Il lui glissa quelques mots à l'oreille et tourna les talons. Comme elle le regardait s'éloigner, elle le vit coiffer un élégant Borsalino. Et soudain tout s'éclaira !

Elle se souvenait maintenant parfaitement d'eux : il s'agissait des deux garçons qui accompagnaient Clément lors de leur rencontre surprise dans les rues de Galway ! Pas étonnant qu'elle ne les ait pas immédiatement reconnus : lorsqu'ils avaient la tête nue, on ne remarquait que leurs cheveux, mais avec un chapeau ils étaient très différents… Sans savoir vraiment pourquoi (ou, plus honnêtement, parce qu'elle ne voulait pas reconnaître que les remarques de Mark et de ses amis l'avaient influencée plus qu'elle ne le désirait), elle fut soulagée de voir que les deux frères ne manifestaient aucune intention de les rejoindre.

— Tiens, c'est pour toi !

L'attention de Mélisande fut détournée par le retour de Clément. Il déposa devant lui une pinte de la terrible Guinness, et devant elle un long verre empli d'un liquide ambré et pétillant. Trop foncé pour être du champagne. Une bière blonde peut-être ? Mais il n'y avait pas de mousse.

— Qu'est-ce que c'est ? demanda-t-elle enfin.

— Goûte, je suis sûr que tu vas aimer. Après le whiskey et la Guinness, c'est une des boissons favorites des Irlandais.

— Une expérience nouvelle, alors…

Elle sourit en le remerciant. En tout cas, cela avait l'air bien plus alléchant que ce qu'elle avait bu la dernière fois. Elle trempa les lèvres dans le liquide et avala une gorgée.

— Mais… mais c'est du cidre !

— Oh non ! corrigea Clément, ce n'est pas si fort. C'est du Cidona, un jus de pomme pétillant.

Mélisandre le fixa, interdite. Que devait-elle comprendre ? La prenait-il pour une gamine ? Devait-elle se fâcher, au risque de ruiner toutes ses chances ?

À nouveau, la crainte qu'il ne se moque d'elle l'envahit.

— C'est radical, paraît-il, quand on ne se sent pas très bien. Une sorte de remède local qui allie l'utile à l'agréable. C'est bon, n'est-ce pas ?

— Heu… oui, effectivement, répondit prudemment la jeune fille.

— J'adore ça moi aussi.

Il continuait de sourire, mais, sous l'éclairage tamisé de ce coin de salle, ce sourire ne la rassurait pas totalement. Il lui donnait une impression étrange, une impression… d'ambiguïté.

Sans paraître remarquer son trouble, il s'adossa à sa chaise et but une gorgée de Guinness.

Elle réalisa soudain qu'elle ne savait que très peu de choses sur lui. Lors de leur dernier rendez-vous, c'était elle qui avait parlé les trois quarts du temps.

— Qu'est-ce que tu fais ici, en fait ? Tu es en vacances ?

Ses questions avaient fusé avant même qu'elle ne pense à les poser.

Clément se mit à rire.

— Ne me regarde pas comme ça ! On dirait que je suis un dangereux criminel qui subit un interrogatoire de police.

Mélisande battit des cils et laissa également échapper un rire léger.

Elle se reprenait. Après tout, elle avait passé une année à suivre des cours de théâtre, et même l'exigeant André Béranger n'aurait pu nier que dans le rôle de la fausse ingénue elle était loin d'être mauvaise !

— Tu n'as pas répondu à ma question, dit-elle d'un air coquin.

— Mais je m'y apprêtais, très chère, répondit le jeune homme en inclinant légèrement la tête. Je voulais d'ailleurs aborder le sujet ce soir.

— Ça tombe vraiment bien, alors, fit Mélisande, mi-sérieuse, mi-ironique.

— N'est-ce pas ? répondit-il sur le même ton.

Comme la jeune fille attendait toujours sa réponse et ne le quittait pas des yeux, il se pencha en avant. Son visage avait changé. Il arborait maintenant un air concerné et légèrement soucieux.

— J'imagine que tu as entendu parler du concours musical qui va se tenir près d'ici dans quelques jours ?

Mélisande opina. Avec une Lily passionnée de musique parmi ses amies, elle ne risquait pas d'ignorer l'information.

— Eh bien, je suis chargé par un magazine de couvrir l'événement.

— Tu es journaliste ? demanda Mélisande sans pouvoir cacher sa surprise.

— Un peu, mais je suis surtout photographe !

L'étonnement de Mélisande se mua en stupéfaction.

— De quel magazine s'agit-il ? interrogea-t-elle. J'en connais plein, ma mère…

Elle s'interrompit. Elle n'aimait pas parler de Camille de Saint-Sevrin.

— Oh, ce n'est malheureusement qu'un petit magazine qui parle des musiques traditionnelles, peu connu au niveau national. Le nom ne te dirait rien du tout. Mais en Bretagne, d'où je viens, il marche plutôt bien. Mon père connaît le responsable éditorial, alors du coup ce dernier me confie parfois des missions. Quand il a appris que je venais en Irlande, il m'a demandé de pousser jusqu'à Galway pour lui rapporter des clichés du concours et lui faire un petit topo. C'est plutôt cool comme job d'été.

Un certain soulagement envahit Mélisande. Son histoire tenait la route.

À ce moment-là Clément posa sa main sur l'une des siennes et, la regardant intensément, yeux dans les yeux, il ajouta :

— Et je me demandais si tu pourrais venir à mon secours.

— Qu… qu'est-ce que tu veux dire par là ? répondit la jeune fille, troublée.

— Il y aura foule. Si je veux pouvoir faire des clichés intéressants, j'aurai besoin d'aide. Une assistante, charmante de surcroît, me serait précieuse.

Une petite flamme qu'elle pensait depuis longtemps définitivement éteinte se ralluma alors en Mélisande. Il était photographe et il avait besoin d'elle. Tant de fois elle avait supplié sa mère de l'emmener avec elle, tant de fois elle avait voulu être à ses côtés et tant de fois elle avait été délicatement mais fermement repoussée.

La jeune fille sentit ses derniers doutes s'envoler. Elle contrôla néanmoins son enthousiasme pour donner sa réponse :

— Je pense que ça devrait pouvoir se faire. J'avais déjà prévu d'y aller, de toute manière…

En voyant un sourire satisfait s'épanouir sur le visage de Clément, elle en fut heureuse mais n'en laissa rien paraître.

Se dévoiler, c'était se rendre vulnérable.

Monday, 21st August, 11 h 05 a.m.

Ce n'était pas possible. Pas acceptable du tout ! Il fallait absolument faire quelque chose. Quelque chose, oui, mais quoi ?

N'importe quoi ! se dit Lily, c'était vraiment trop injuste !

Elle marchait d'un bon pas dans une des rues de la banlieue chic de Galway. Elle était sûre de son initiative quand elle avait quitté l'auberge de jeunesse désertée par Maëlle et Mélisande pour une séance piscine. Pourtant, comme elle approchait du but, elle ralentit l'allure.

« N'importe quoi… Même une grosse bêtise ? »

La question traversa l'esprit de Lily alors qu'elle se tenait devant l'impressionnant portail de la demeure des Clancy. La dernière fois qu'elle était venue jusqu'ici, les choses avaient plutôt mal tourné.

Lily regarda nerveusement à droite et à gauche, puis finit par entrer. Quelques minutes plus tard, Kieran lui ouvrait la porte d'entrée.

— Oh, salut, dit-il surpris. Tu venais voir Chiara ? Elle n'est pas là.

Lily eut un petit rire nerveux.

— Non, ce n'est pas pour elle que je suis venue. Et oui, je sais, cela donne une impression de déjà-vu !

Sans rien ajouter, Kieran s'effaça pour la laisser passer.

Une fois à l'intérieur, elle attaqua dans un anglais parfois hésitant :

— J'ai appris par Chiara que tu avais… fini avec le groupe. Je trouve ça pas bien, terrible. Tu es tellement fort.

Kieran eut une mimique presque comique.

— Ça va, je survivrai.

Lily l'observa attentivement. Bizarrement, il paraissait beaucoup moins affecté qu'elle ne l'aurait pensé. Il semblait même presque… heureux !

Quand Chiara avait enfin pu rejoindre ses amies, la veille dans l'après-midi, pour faire un tour en ville, et qu'elle leur avait appris la nouvelle, Lily lui avait immédiatement demandé comment Kieran avait réagi. Chiara l'avait alors dévisagée d'un drôle d'air puis avait répondu légèrement :

— Pas trop mal.

Évidemment, Lily ne l'avait pas crue. Mais elle n'avait pas osé insister, de peur que Chiara se méprenne une fois de plus sur ses intentions. Elle s'était cependant promis de rendre visite à Kieran le lendemain pour l'encourager et l'aider à remonter la pente.

Et voilà qu'il semblait déjà en haut des sommets ! C'était à n'y rien comprendre ! Comment un musicien qui avait tout misé sur un concours pour se faire remarquer pouvait-il accepter aussi facilement de voir soudain toutes ses chances de percer s'envoler ?

— Et toi, le *tin whistle*, ça avance ?

— Heu oui… Tes conseils m'ont aidée.

— Tu veux me jouer un morceau pour que je me rende compte ?

Lily hésita. Elle n'était pas venue pour ça. Cependant, la tentation de partager avec quelqu'un sa passion de la musique la poussa à accepter. Maëlle et Mélisande, elles, cherchaient plutôt à fuir lorsqu'elle commençait à répéter…

Avec un sourire, elle accepta donc la proposition. Quelques instants plus tard, dans le salon de musique, elle finissait de jouer un air particulièrement difficile.

— Hey ! c'est excellent ! s'exclama Kieran. Tu es vraiment très impressionnante !

Lily, enchantée, allait le remercier quand une voix rauque leur parvint depuis le hall :

— Qui donc est si impressionnante ?

« Oh non, se dit Lily, ça ne va pas recommencer ! »

27

Changement de cap

Monday, 21st August, 11 h 15 a.m.

Lily se tourna vers Kieran pour chercher du secours. Mais le garçon ne la regardait plus. Chiara venait d'apparaître avec un bambin de chaque côté. Et il n'avait d'yeux que pour la longue fille brune, qui se tenait sur le seuil.

Quand elle s'en rendit compte, Lily resta bouche bée. C'était donc ça !

« Voilà donc la raison de l'indestructible bonne humeur de Kieran ! » pensa-t-elle.

Depuis sa dernière visite le jeudi précédent, les choses avaient donc bien changé. C'était ce qu'elle avait espéré, mais, Chiara n'ayant pas pipé mot à ce sujet, elle n'avait eu aucun élément pour le deviner.

Lily se rendit compte que Kieran et son amie hésitaient, certainement gênés par sa présence.

— Faites comme si je n'étais pas là, plaisanta-t-elle en anglais.

— Oui, mais justement, tu es là, répliqua Chiara en français tout en se tournant vers elle. Je dirais même que tu es *encore* là !

— Oh, Chiara ! ne fais pas l'idiote ! Il t'aime, il ne voit que toi ! On partageait juste un morceau de musique.

Lily s'approcha de son amie, qui la fixait toujours d'un œil soupçonneux. Depuis leur altercation de la dernière fois, elles n'avaient pas eu l'occasion de tirer la situation au clair. Chiara avait peu de temps libre, et il s'était déroulé tant d'événements en si peu de temps qu'elle était un peu dépassée par ses émotions.

La plus petite des deux jeunes filles posa une main apaisante sur le bras de l'autre.

— Je suis très heureuse pour toi, souffla-t-elle, c'est un garçon génial.

— Co… comment tu as deviné ?

Lily haussa les épaules.

— Intuition féminine ? J'en sais rien ! Mais je suis très heureuse pour toi ! répéta-t-elle.

Les traits du visage de Chiara s'adoucirent.

— Merci. Je ne voulais pas trop en parler hier. Je ne savais pas comment aborder le sujet. Je n'ai pas encore tout compris moi-même, tu vois. Je n'avais pas envie non plus de répondre à vos questions. Je n'aurais peut-être même pas su d'ailleurs…

— T'inquiète, je ne dirai rien aux autres. Prends ton temps.

Chiara sourit à Lily.

— Je suis désolée pour mes réactions. Tu as raison, j'ai fait l'idiote. Mais c'était plus fort que moi.

— Je te pardonne ! fit Lily d'une voix enjouée. Et rassure-toi, je ne te trouve pas si idiote que ça !

Les deux amies éclatèrent de rire.

— *Good !* fit alors la voix de Kieran, *it's great you're friends again*[1] *!*

Comme elles se tournaient vers lui, il ajouta :

— Je viens d'avoir une excellente idée : Lily et moi allons former un nouveau groupe.

Alors que les deux filles, aussi ébahies l'une que l'autre, le fixaient comme s'il était devenu fou, il s'expliqua :

— Les règles du concours stipulent que seuls les groupes peuvent se présenter, mais pour former un groupe il suffit d'être deux ! Lily a fait des progrès fantastiques. Si on choisit des morceaux où le *tin whistle* n'a pas une partie trop compliquée, je suis sûr qu'on a des chances de se faire sélectionner pour la finale !

La musicienne, qui commençait à percevoir tout l'intérêt de cette idée, s'enthousiasma :

— Oui, ce serait génial ! De cette manière, tu pourras faire voir à tous de quoi tu es capable.

Chiara était moins enthousiaste. Les vacances étaient déjà bien entamées, et ses minutes avec Kieran

1. Bien, c'est super que vous soyez à nouveau amies !

étaient comptées. Ils allaient se quitter dans une semaine et, s'il devait passer son temps en répétitions intensives avec Lily (ce qui ne l'enchantait guère non plus), elle ne le verrait pratiquement plus. Cependant, en tant qu'artiste, elle comprenait qu'il désire saisir cette chance.

Comme les deux autres jeunes gens semblaient attendre qu'elle s'exprime, elle dit un peu au hasard :

— Un violon et un *tin whistle*, ça ne fait pas beaucoup. Tous les autres groupes ont des chanteurs.

Kieran fronça les sourcils.

— Oui, tu as raison… Mais là, on est coincés.

C'est alors qu'une petite voix glissa :

— Chiara chante très bien.

Un silence étonné, embarrassé suivit cette déclaration innocente. Finalement, Chiara fut la première à parler.

— Hannah, voyons, je ne sais pas chanter.

— Si, tu nous chantes plein de chansons le soir.

— Mais c'est juste pour s'amuser. Ça ne compte pas vraiment… Kieran a besoin d'une vraie chanteuse !

— Tu es une vraie chanteuse, insista la petite fille en la fixant de ses grands yeux innocents.

Terriblement mal à l'aise, Chiara ne savait plus que dire.

— Et si elle avait raison ? intervint alors Kieran.

Il avait hésité avant de parler. Sa chambre étant éloignée de celle des enfants, il n'avait jamais entendu la voix de la jeune Française. Que ferait-il s'il s'avérait qu'elle chantait faux ? La situation ne manquerait pas alors de devenir délicate.

Cependant, sa nièce avait souvent un jugement étonnamment sûr pour son âge, et il lui faisait habituellement confiance. Alors pourquoi pas cette fois encore ?

— Non... non, je ne peux pas ! Demande à Lily, j'ai fait de la guitare pendant des années et j'ai toujours été nulle !

— Mais chanter, c'est différent, répliqua son amie, qui avait bien senti les réticences de Chiara à la laisser seule en présence de son amoureux. Allez, essaie !

Sous la pression, la jeune fille finit par céder.

— OK, fit-elle à contrecœur, on peut essayer, mais ne venez pas vous plaindre si l'été irlandais est encore plus humide que de coutume !

Monday, 21st August, 3 h 20 p.m.

— Tiens la barre, droit devant ! Oui, comme ça.

Mark sourit à Maëlle. Elle lui retourna son sourire mais soupira intérieurement. Depuis qu'ils avaient repris l'entraînement, Mark était gentil, charmant... mais fort peu entreprenant. Elle qui avait espéré des retrouvailles enflammées (après tout, la glace avait été rompue et bien rompue entre eux !) allait de désillusion en désillusion. Pas le moindre petit baiser pour l'accueillir, et rien non plus lorsqu'ils s'étaient retrouvés seuls sur le bateau. Son principal souci, en dehors de celui d'améliorer toujours plus leurs performances, était que le gilet de sauvetage de Maëlle soit en permanence bien attaché. Pour un peu il lui aurait rappelé sa mère !

Elle courut avec agilité pour obéir à une nouvelle consigne et tira sur un cordage. Le catamaran se souleva et vira à tribord. Heureusement que les sensations procurées par ce sport, qu'elle découvrait avec bonheur, apportaient un peu d'excitation dans sa vie, sans quoi elle aurait vraiment déprimé !

Se baissant pour éviter l'écume d'une vague, elle respira à fond. Elle adorait le goût iodé de l'air marin, la façon dont ses poumons s'en emplissaient et le sel qui se déposait sur ses lèvres.

Après une très belle sortie en mer, ils regagnèrent enfin la plage.

— Bien, s'exclama Mark, il nous reste encore quatre séances d'entraînement avant la régate. Si nous parvenons à améliorer notre virage à bâbord, nous avons de bonnes chances de nous placer dans le trio de tête.

— C'est vrai ?

— Oui, je fais la régate chaque année depuis que je suis en âge de concourir. Je connais le niveau de la compétition, et je dois dire que tu as appris très vite. Au début, quand je t'en ai parlé, je pensais juste participer à la course, mais maintenant je vise une bonne place !

Ses yeux, devenus céladon sous l'éclat du soleil marin, brillaient de plaisir. Maëlle se dit alors que tout n'était pas perdu. Elle l'avait impressionné par ses qualités athlétiques, mais elle avait encore beaucoup à lui faire découvrir ! Il ne fallait cependant pas trop traîner, car la montre jouait contre elle. Elle ôta son gilet de sauvetage et se tourna vers lui, prête à prendre les choses en main. Mark ne la regardait pas. Penché en avant, il était en train d'enrouler un filin. Elle ouvrait déjà la bouche, quand soudain elle hésita. On lui avait si souvent reproché de manquer de délicatesse, d'être trop directive. Si elle voulait faire disparaître sa réputation de bulldozer, ne ferait-elle pas mieux de le laisser prendre l'initiative ?

À cet instant-là, Mark releva la tête. Quand il vit ses yeux fixés sur lui, il leva un sourcil interrogatif.

— *Why don't you kiss me again*[1] ?

Le garçon sursauta et un air choqué apparut sur son visage.

Maëlle se mordit la lèvre. Un peu trop tard apparemment. Elle haussa les épaules tout en s'excusant elle-même intérieurement : *Chassez le naturel, il revient au galop*, disait le proverbe. Ce n'était donc pas *vraiment* de sa faute si elle avait *encore* un peu gaffé ! Et puis, en ce qui concernait sa réputation, il n'y avait pas vraiment grand-chose à craindre : ils étaient seuls au monde dans ce petit port du Claddagh, et Mark n'était pas du genre à aller faire à ses amies un compte-rendu détaillé de ses bévues !

---

1. Pourquoi ne m'embrasses-tu plus ?

— Je... heu...

Embarrassé, il fuit son regard et se remit à enrouler le filin tout en bafouillant :

— Je suis... vraiment désolé. Je... je n'aurais pas dû. Je ne fais jamais ce genre de choses habituellement, je... je t'assure. Écoute, j'espère que... que tu m'excuseras. Ça ne se reproduira plus, je peux te... l'assurer.

Maëlle n'arrivait pas à en croire ses oreilles. Était-ce bien à elle qu'il disait des choses pareilles ? N'avait-il donc rien compris ? Oui, ce devait être ça, elle avait dû mal s'exprimer ! Faire une erreur. Pourtant, elle aurait juré que sa phrase était bien construite. Il n'y avait cependant pas d'autre explication possible... Fichu anglais ! Dire qu'elle était parmi les meilleures en classe et qu'elle n'était pas capable de communiquer correctement quand il s'agissait de parler de choses véritablement importantes ! Les mots se bousculaient dans sa tête, mais elle était incapable de les mettre en ordre pour lui expliquer tout ce qu'elle avait sur le cœur. Comme tout aurait été différent s'il avait parlé français !

Terriblement frustrée, elle ne savait que dire. Elle avait beau aimer les affaires rondement menées, elle avait quand même sa fierté : si elle essayait maladroitement de lui démontrer qu'il se trompait et qu'elle ne cherchait pas du tout des excuses, il risquait de penser qu'elle le suppliait de renouveler l'expérience ! Heureusement, elle n'était quand même pas désespérée à ce point !

Elle se contenta donc de lui répondre par un petit sourire de circonstance. Mark, qui la surveillait du coin de l'œil, en fut soulagé.

Il l'aurait été beaucoup moins s'il avait pu déchiffrer ce qui se tramait derrière le haut front lisse de la jeune Française…

28

Rings, brooches and songs[1]

Tuesday, 22nd August, 2 h 05 p.m.

Mélisande entra dans la petite bijouterie que lui avait recommandée Mark quelques instants plus tôt. Elle était seule. Lily était partie rejoindre Chiara et Kieran pour commencer les répétitions musicales qui étaient censées aboutir à l'émergence d'un nouveau groupe. Personnellement, la jolie rousse jugeait ce projet délirant, pour ne pas dire complètement loufoque. Si on disposait d'un peu de bon sens, on ne pouvait pas vraiment y croire : on ne s'improvisait pas chanteuse ! Et de toute manière, depuis qu'elle la connaissait, jamais elle n'avait entendu Chiara pousser la moindre note. Elle aurait cependant bien

1. Anneaux, broches et chansons.

aimé assister à cette première séance de travail, juste pour le fun. Malheureusement, on lui avait expressément fait savoir qu'elle n'était pas la bienvenue. Il est vrai qu'elle n'aurait peut-être pas dû dire qu'elle filmerait cet événement inédit avec son portable pour le publier sur son mur Facebook. Le tollé avait été immédiat et l'interdiction de s'approcher à moins de cent mètres de la maison des Clancy fermement édictée. C'était bien dommage, le succès de la vidéo aurait été fabuleux !

Elle avait dû se contenter d'accompagner Maëlle, qui devait retrouver Mark près du port. Ce pis-aller ne l'occuperait cependant pas longtemps : une fois que les deux navigateurs auraient pris la mer, il n'y aurait plus personne pour lui tenir compagnie (Clément, comme d'habitude, était injoignable et ne répondait pas aux messages qu'elle lui laissait). L'après-midi promettait donc d'être particulièrement ennuyeux. Bien qu'elle ait veillé à ne rien laisser transparaître de son désarroi, elle avait quand même dû avoir l'air un peu pitoyable, toute seule, à regarder les deux coéquipiers se préparer, car Maëlle, qui ne brillait pourtant pas par son sens aigu de la psychologie, avait soudain demandé à son compagnon s'il ne connaissait pas une bijouterie celtique dans les environs. Mark n'hésita pas une seconde. Il expliqua aussitôt à Mélisande comment se rendre dans une petite boutique qui se trouvait au fond d'une impasse et que seuls les connaisseurs savaient dénicher.

Enchantée, la jolie rousse les avait abandonnés à leurs cordages et poulies pour s'y rendre sans tarder.

Elle comprit vite pourquoi, malgré son intérêt, elle n'avait pas encore découvert le petit magasin. Loin du centre commercial, il se cachait des touristes au bout d'une ruelle pavée et étroite. Une enseigne en forme de broche en fer forgé était suspendue près de la porte. Une vitrine composée d'une mosaïque de carreaux laissait apercevoir de lourds bijoux qui semblaient dater de l'époque où les High Kings[1] régnaient encore sur l'Irlande. Avant même de pousser la porte, Mélisande sut qu'elle allait aimer ce lieu hors du temps.

Quand elle pénétra à l'intérieur, un homme au front dégarni, courbé sur un petit établi, leva à peine la tête.

— *'lo.*

— *Good afternoon*, répondit Mélisande avec son meilleur accent.

Mais l'homme, qui ne paraissait plus de toute première jeunesse, ne fut guère impressionné. Une loupe fixée sur l'œil droit, il avait déjà repris son travail.

La jeune fille décida de ne pas s'en soucier et se lança aussitôt dans l'exploration de cette fascinante caverne d'Ali Baba.

Les bijoux étaient tous d'inspiration celte. Façonnés dans de l'argent, du cuivre et de l'or polis, ils brillaient sous l'éclairage discret et tamisé diffusé par les appliques du magasin. Il y avait là des boucles d'oreilles, des colliers, des bagues, des pendentifs,

1. Les Grands Rois (rois légendaires qui auraient régné en Irlande jusqu'au début de l'époque médiévale).

des bracelets… Mélisande saisit une fibule[1] en bronze pour l'observer de plus près. Comme ses compagnes de présentoir, elle était finement ouvragée : un anneau plat de quelques millimètres de largeur était estampillé d'entrelacs typiques de l'art celte. Une partie du centre de l'anneau était comblée par un aplat en argent et en or. Tout aussi travaillé, il accueillait en plusieurs endroits des pierres semi-précieuses. Enfin, une minuscule aiguille en forme d'épée, aussi délicate que le reste, traversait le cercle de part en part pour que l'on puisse fixer la broche sur un vêtement.

— *The Tara Brooch*[2], fit une voix grave derrière elle.

Mélisande sursauta. Plongée dans sa contemplation, elle n'avait pas entendu le vieil homme s'approcher.

— Il s'agit d'une imitation, bien sûr, mais remarquablement fidèle.

Il avait ôté sa loupe, et ses yeux bleus perçants étaient fixés sur le bijou que la jeune fille tenait entre ses mains.

— L'original a été découvert à la fin du XIXe siècle, près de Dublin. Une merveille d'orfèvrerie datant du VIIIe siècle. On lui a donné ce nom pour honorer le travail de l'artiste qui l'a façonnée, car en réalité elle a été trouvée bien loin de la célèbre colline de Tara.

— Elle est très belle, murmura Mélisande.

Le vieil homme ne dit rien mais reprit la broche pour la replacer sur le présentoir. Il s'éloigna de quelques

1. Sorte de broche.
2. La broche de Tara.

pas en direction de sa table de travail pour saisir un objet qui reposait dans un écrin tendu de velours rouge. Il le déposa au creux de sa paume et l'observa comme s'il le découvrait pour la première fois.

— C'est celui-ci qu'il vous faut, articula-t-il sans détourner son regard du bijou. Puis il replia ses doigts.

Mélisande était troublée. L'homme lui parlait-il ou perdait-il un peu la tête ?

— Vos ancêtres irlandais l'ont porté bien longtemps.

À tout hasard, Mélisande tenta :

— Excusez-moi, je suis française, je n'ai pas d'ancêtres irlandais.

Le boutiquier ricana :

— Votre miroir, lui, ne raconte pas la même histoire.

— Je… heu…

Le vieil homme revint vers elle et ouvrit son poing.

— L'anneau de Claddagh est fait pour vous, dit-il en lui donnant le bijou.

La jeune fille le saisit entre son pouce et son index pour l'observer de plus près.

La bague était surmontée de deux mains tenant un cœur couronné.

— Le cœur représente l'amour… les mains, l'amitié… la couronne, la loyauté… Il parlera pour vous.

— Co… comment ça, il parlera pour moi ?

— Si vous portez cette bague à la main droite, la pointe du cœur dirigée vers l'extrémité du doigt, c'est que vous ne serez pas engagée dans une relation sérieuse. Mais si la pointe du cœur est dirigée vers vous, cela voudra dire que quelqu'un a capturé votre cœur…

Le vieil homme se tut puis se détourna. À pas lents, il regagna son coin atelier.

Mélisande se demanda si elle avait bien compris ce que lui avait dit cet étrange bijoutier. Elle aurait aimé lui poser des questions, mais une timidité inhabituelle l'envahit et l'en empêcha. Elle fit rouler l'anneau dans sa paume et jeta un regard au boutiquier. Il avait repris son activité et ne se souciait plus d'elle.

Elle secoua ses boucles comme si elle cherchait à s'éclaircir les idées et décida de ne pas se laisser impressionner. Nonchalamment, elle entreprit de faire le tour de la bijouterie.

Un peu plus tard, quand elle se retrouva sous les rayons de soleil qui éclairaient la ruelle, elle se demanda si le petit numéro du bijoutier n'était pas tout simplement le résultat d'une technique commerciale bien rodée. Si c'était le cas, elle devait cependant admettre que cela avait parfaitement fonctionné : dans son sac, bien à l'abri dans un écrin de velours couleur émeraude, l'anneau de Claddagh attendait le jour où elle le sortirait.

Après tout, un bijou aussi bavard pouvait indubitablement se révéler très pratique…

Tuesday, 22nd August, 2 h 15 p.m.

— Tu es prête, Chiara ? Tu as bien compris à quel moment tu dois commencer à chanter ?

La jeune comédienne adressa un sourire nerveux à Kieran et hocha la tête. Les paroles de la chanson entre les mains, elle était intensément concentrée. Depuis que Lily était arrivée, un peu plus tôt, les deux jeunes gens avaient travaillé avec succès la partie musicale et, pour la première fois, ils allaient maintenant tenter l'expérience à trois.

Tom prolongeait sa sieste à l'étage, tandis que Hannah était assise sur un fauteuil. Sage comme une image, elle assistait avec intérêt à la répétition. Ses grands yeux bleus étaient fixés sur sa baby-sitter, comme pour l'assurer de son soutien indéfectible. Chiara lui en était infiniment reconnaissante. Tout particulièrement après l'essai plutôt raté qu'elle avait fait quelques minutes auparavant. Il faut dire qu'elle ne chantait absolument jamais. Cette lubie qui l'avait prise dernièrement n'avait été motivée que par l'intérêt qu'elle portait à Kieran et par le désir d'amuser les enfants. Mais ceux-ci avaient, jusqu'à présent, été son seul et unique public. Chanter devant deux musiciens chevronnés comme Lily et Kieran, c'était autre chose ! Aussi, quand il avait fallu entonner a cappella les premières mesures de la ballade qu'ils avaient choisie, elle avait eu la gorge nouée. Résultat, elle avait croassé tel un vieux corbeau. Stoïques, ses deux compagnons n'avaient pas fait de commentaires. Seule Hannah avait marqué sa surprise en levant bien haut ses fins sourcils blonds. Cependant, avec la confiance de l'enfance, elle ne semblait pas douter une seconde qu'il s'agissait d'un incident bizarre mais passager.

Chiara écouta attentivement les premières mesures et, le moment venu, se lança en tremblant.

Kieran avait choisi une ballade lente et mélancolique pour cette première répétition. Le tempo en était plus facile à saisir que celui des gigues endiablées que les Irlandais prisaient tout autant.

Elle pâlit en s'entendant. C'était vraiment terrible. Elle faillit tout arrêter mais réalisa que les musiciens semblaient ne pas avoir remarqué sa voix affreuse et poursuivaient le morceau consciencieusement. Elle n'osa pas interrompre leur bel élan, et se força donc à continuer. Le chant parlait de la fille d'un chef de clan tombée amoureuse d'un guerrier d'un clan ennemi. On voulait la marier de force à un autre homme, et bien sûr les choses allaient de mal en pis. Même si son niveau d'anglais ne lui permettait pas d'apprécier pleinement toute la beauté du texte, Chiara n'en était pas moins sensible à cette tragique histoire. Au fur et à mesure que les couplets et les refrains s'enchaînaient, elle oubliait l'endroit où elle se trouvait pour se plonger dans le monde de la fière et malheureuse Alanna. Lorsque à la fin celle-ci se jetait du haut d'une falaise après la mort de son amant, Chiara avait presque des sanglots dans la voix.

Sans s'en rendre compte, elle tint la dernière note quelques secondes de plus que les deux instruments. Et quand sa voix mourut, un silence stupéfait envahit la pièce.

Lily fut la première à le briser.

— Chiara, c'était magnifique ! J'ai failli me mettre à pleurer sur mon *tin whistle* !

— C'est vrai, confirma Kieran, qui fixait la jeune fille avec des yeux débordants d'admiration, c'était fabuleux ! tout simplement fabuleux !

Posant son violon, il franchit les quelques mètres qui les séparaient et la serra dans ses bras.

— Tout est possible ! reprit-il. Maintenant, tout devient possible !

— Oui, insista Lily, au début, c'était… comment dire ?… pas vraiment génial. Mais quand tu as commencé à te plonger dans l'histoire, c'était comme si ta voix sortait enfin librement.

Encore plus étonnée qu'eux, Chiara les écoutait sans presque y croire.

La seule à ne pas être surprise était une petite fille aux longs cheveux couleur de lin. Satisfaite, bien installée dans son grand fauteuil, elle souriait avec bonheur.

29

Tu m'embrasses ?

Wednesday, 23rd August, 4 h 20 p.m.

Un coup de vent fit brusquement gonfler la voilure. Tel un étalon indompté, le catamaran bondit aussitôt. Maëlle se retint in extremis au bord du trampoline.

— *Are you OK ?* cria Mark.

— *Yes, no prob'!* hurla-t-elle en retour.

Elle lui tourna le dos pour rejoindre la coque où elle était censée se préparer à monter au trapèze. Un sourire un peu particulier étirait ses lèvres. Rusé, futé… un tantinet machiavélique. Elle en avait conscience, et était donc satisfaite qu'il ne puisse pas la voir. Elle remercia silencieusement la météo irlandaise de se faire sa complice. Dès le début de la matinée, la jeune fille avait senti que cette journée allait être *la* journée. En effet, le beau temps qui avait régné ces derniers jours n'était plus qu'un souvenir. En tirant les rideaux de la chambre, ce matin-là, la jeune athlète avait découvert un ciel gris et maussade. Un ciel idéal en ce qui la concernait. Et quand, à sa sortie de l'auberge de jeunesse pour se rendre à la piscine en compagnie de son coach personnel (la très pédagogue Mélisande), le vent avait en une seule bourrasque fait faire trois tours à sa queue-de-cheval, elle avait ri intérieurement.

Une nouvelle secousse la fit trébucher. Mark, qui de son côté faisait mille choses à la fois, arrivait encore à garder un œil sur elle car il s'inquiéta :

— *Careful !*

Elle leva un pouce pour dire que tout allait bien et fixa son harnais. Tout en laissant filer un cordage entre ses mains, le jeune navigateur la surveillait. Quand ils s'étaient rejoints en début d'après-midi pour leur entraînement quotidien, il avait hésité à sortir en mer. La peur qu'il avait eue la dernière fois que le vent s'était levé lui restait désagréablement en mémoire. Il savait cependant que, dans quatre jours, il ne pourrait pas choisir la météo ! Si le temps était le même lors de la régate, tout le travail accompli pendant cette sortie leur serait précieux. Or il aimait gagner. Ils s'étaient donc embarqués, après qu'il eut vérifié que le gilet de sauvetage enfilé par Maëlle était solidement attaché.

En un mouvement souple, Maëlle tendit les jambes pour se mettre en position de trapèze. Il était temps, le catamaran commençait à se soulever dangereusement.

Nez au vent, la jeune fille se laissa griser par les sensations. Elle ferma les yeux quelques secondes. À l'idée de ce qu'elle se préparait à faire, son cœur se mit à battre la chamade. Secouée par un changement de cap, elle rouvrit brusquement les paupières. Autour d'elle, l'océan était gris et impressionnant… presque menaçant. Brutalement rattrapée par la réalité, elle se traita de folle et changea tout à coup d'avis. Mark cria quelque chose qu'elle ne comprit pas, mais elle ne prit pas le temps de lui répondre. Son attention était maintenant focalisée sur le crochet de son harnais, qu'elle avait à dessein mal refermé et qu'elle cherchait désormais à enclencher correctement. Sauf que, les mains humides et le corps tendu à lutter contre les éléments pour qu'ils ne déstabilisent pas le bateau, la tâche s'avérait nettement plus compliquée qu'elle ne l'avait cru.

Du coin de l'œil, elle vit Mark qui se rapprochait d'elle. Il avait dû remarquer qu'il se passait quelque chose d'anormal.

Elle se débattait avec l'attache du mousqueton quand il arriva près d'elle.

— *What's up*[1] ?

Elle tournait la tête pour le rassurer, mais, à cet instant précis, le vent changea de direction et fit presque se cambrer le catamaran. Sous la violence de la secousse, le mousqueton finit de s'ouvrir, et Maëlle se sentit partir en arrière. À nouveau, les eaux tourmentées de l'Atlantique se refermèrent sur elle.

1. Qu'est-ce qui se passe ?

Cette fois, cependant, elle remonta immédiatement à la surface. Le gilet prouvait son efficacité. Elle fut également agréablement surprise de ne pas se retrouver assaillie par l'angoisse qui s'était emparée d'elle quelques jours plus tôt dans des circonstances semblables. Elle commençait à nager quand elle entendit le bruit d'une chute dans l'eau. Levant la tête, elle vit que Mark avait mis le catamaran en panne et qu'il se dirigeait vers elle en un crawl puissant. C'est alors que le sourire un tantinet machiavélique fit son retour sur le visage de la jeune athlète. Comme le garçon approchait, elle se mit à crier et à agiter les bras et les jambes de façon désordonnée. Dès qu'il fut près d'elle, Mark laissa échapper un chapelet de jurons colorés dont la petite Française ne comprit pas la moitié. Il essaya ensuite de la calmer en lui disant qu'elle n'avait rien à craindre, que le gilet de sauvetage la maintiendrait la tête hors de l'eau, mais il n'y avait rien à faire. Rien… sauf peut-être renouveler l'expérience qui s'était avérée si concluante la dernière fois.

L'instant d'après, Mark la saisissait fermement dans ses bras et l'embrassait avec une détermination mêlée de désespoir. L'effet fut immédiat et à la hauteur de ses espérances. Soudain apaisée, Maëlle s'accrocha à lui et se mit en devoir de tirer le meilleur parti possible de la situation. Comme le baiser s'éternisait et évoluait d'une manière surprenante au vu des circonstances, l'Irlandais se détacha de la jeune fille et demanda à nouveau d'un ton soucieux :

— *Are you OK ?*

Elle ouvrit les yeux à contrecœur et marmonna en français :

— J'aurais été plus OK si tu n'avais pas arrêté…

— *What ? I don't understand !*

— *Yes, yes !* Je suis OK ! répondit enfin Maëlle.

Le soulagement se peignit une seconde sur le visage du garçon, avant d'être remplacé par un voile d'incompréhension.

— Je croyais que tu apprenais à nager, que tu n'avais plus peur de l'eau…

— Je n'ai plus peur de l'eau ! s'exclama Maëlle, et je sais parfaitement nager, enfin, assez pour rester à la surface !

— Mais alors, pourquoi… ?

Mark ne finit pas sa phrase. Visiblement, la situation lui échappait totalement.

Avec un énorme soupir, Maëlle se résolut à lui mettre les points sur les *i*.

— Je voulais que tu m'embrasses *encore*.

Elle avait accentué le dernier mot pour être sûre de bien se faire comprendre. Elle ne voulait surtout pas qu'il recommence à s'excuser pour un baiser qu'elle avait apprécié au plus haut point.

— Oh ! fit Mark.

Et il se mit à tousser car, ayant gardé la bouche ouverte, il venait de boire la tasse.

Wednesday, 23rd August, 6 h 20 p.m.

Le portable était là, négligemment posé sur la housse de couette jaune du lit de Mélisande. À l'image de sa propriétaire, il était fin, élégant, racé. Et à ce look parfait il fallait ajouter la quasi-totalité des dernières avancées technologiques disponibles en la matière.

Quelques jours plus tôt, Mélisandre avait nonchalamment donné son mot de passe à Lily, et elle lui avait montré comment utiliser cette petite merveille pour qu'elle puisse appeler ses parents. Cela lui avait paru un peu compliqué, mais la douce Lily pensait pouvoir se souvenir de la démarche si elle devait la reproduire. Évidemment, il n'y avait aucune raison qu'elle ait à le faire en l'absence de Mélisande, la politesse exigeant qu'elle demande à son amie la permission d'utiliser à nouveau son téléphone. Cependant, Mélisande lui avait clairement dit qu'elle pourrait le lui emprunter chaque fois qu'elle en aurait envie. Elle n'avait imposé aucune restriction concernant les numéros appelés ou la quantité d'appels passés. Implicitement, cependant, Mélisande s'attendait à ce qu'elle l'utilise pour donner des nouvelles à sa famille. En effet, qui d'autre aurait-elle pu avoir besoin de contacter puisque toutes ses amies étaient avec elles ? Oui, qui d'autre puisqu'elle avait promis de ne plus chercher à *le* joindre ?

L'écran était large et constitué d'un nombre inimaginable de pixels. Mélisande avait expliqué que le rendu des images et des vidéos était supérieur à celui des Caméscope et appareils bas de gamme. Lily ne l'avait écoutée que d'une oreille lorsqu'elle avait vanté ces prouesses technologiques. Pourtant en cet instant, et bien qu'il soit éteint, il l'attirait irrésistiblement.

Car elle savait qu'il suffirait d'appuyer sur quelques touches pour que le visage d'Adrien y apparaisse.

Forfait illimité. Les deux mots tournaient en boucle dans sa tête. Ces deux mots qui signifiaient que nul ne serait pénalisé si elle décidait soudain d'appeler un numéro en Afrique. Après tout, la promesse que lui avaient arrachée ses amies avait presque été donnée sous la contrainte et visait principalement à la protéger. Mais elle était assez grande pour prendre soin d'elle. Assez grande pour savoir ce qui lui faisait du mal ou non. Et puis nul ne le saurait ! Mélisande n'était pas près de revenir : elle venait juste de sortir de la chambre avec Maëlle. Cette dernière, en effet, était une fois de plus rentrée trempée de la tête aux pieds et avait voulu prendre une douche tout de suite. Son professeur de natation l'avait suivie : elle se doutait bien qu'il y avait des détails croustillants à lui extorquer et s'était dit que, à chaud, Maëlle lui raconterait tout, sans prendre le temps de filtrer les informations les plus gênantes qui étaient souvent les plus intéressantes !

Lily se saisit soudain de l'appareil. Une fois qu'elle l'eut dans la main, elle sut qu'elle ne résisterait pas une seconde de plus.

Il lui fallut quelques essais pour parvenir à activer la fonction téléphone du mobile, mais ensuite tout fut facile. Son cœur battit plus vite quand le sourire d'Adrien s'afficha sur l'écran. Quelques secondes plus tard, une succession de bips lui indiqua que quelque part, au Burkina Faso, un téléphone sonnait.

Mercredi 23 août, 18 h 28, Ouagadougou

Malgré le bruit de la soufflerie de l'air conditionné de la chambre d'hôtel, Adrien entendit immédiatement le solo de guitare électrique annonçant que quelqu'un cherchait à le joindre. Personne ne l'appelait. Sauf Lily, bien sûr. Il songea que ce devait être elle. À nouveau. À cette pensée, des sentiments ambivalents l'envahirent. Il était heureux et en même temps terriblement gêné. Comment allait-il s'y prendre pour lui annoncer la nouvelle ?

Allongé à plat ventre sur le lit, où il lisait une bande dessinée, il se demanda que faire.

Le mieux n'était-il pas d'ignorer l'appel ? Il hésita. La sonnerie retentissait sans se lasser. C'était quand même drôle : elle l'appelait chaque fois que son père, qui devait assister à des réunions, l'emmenait à la capitale. Il voulut y voir un signe. Alors il se décida et roula sur le dos pour se saisir de son portable.

Mais au moment où il allait décrocher il vit que ce n'était pas le nom de Lily qui s'affichait sur son téléphone, mais celui de Mélisande. Aussitôt, il coupa la sonnerie. Il n'avait aucune envie de parler à cette chipie qui le regardait toujours de haut et le jugeait indigne de sortir avec son amie. Si elle avait quelque chose à lui dire, elle n'aurait qu'à laisser un message.

Wednesday, 23rd August, 6 h 29 p.m.

La messagerie du téléphone d'Adrien s'enclencha. Lily raccrocha aussitôt. Elle ne se sentait pas le courage de parler dans le vide.

Elle reposa soigneusement le petit appareil à la place exacte qu'il occupait quelques instants plus tôt.

Ce n'était pas grave, se dit-elle, elle aurait sûrement une occasion de retenter sa chance.

Bientôt. Très bientôt.

30

Super Nanny !

Thursday, 24th August, 5 h 30 p.m.

Lily se sentit immédiatement à l'aise lorsqu'elle entra au *Heaven's Corner*, le *tea shop* qu'elle avait repéré quelques jours auparavant en se promenant dans le centre de Galway. Un délicat placage de bois mouluré couleur crème couvrait la partie basse des murs, tandis que le reste de la pièce était tapissé d'un papier peint à larges rayures verticales vieux rose et pistache.

Le mobilier était tout aussi charmant et se déclinait dans les mêmes tons. Au fond du magasin, des gâteaux plus alléchants les uns que les autres étaient disposés dans un comptoir vitré et réfrigéré qui semblait avoir été fabriqué à une époque où l'Art déco inspirait les artistes.

Quand une serveuse coiffée d'un chignon et portant un tablier blanc bordé de dentelle s'approcha d'elle et de ses amies, Lily se dit que les Anglo-Saxons n'avaient pas leur pareil pour créer une ambiance *cosy*.

Une fois qu'elles eurent passé leur commande, elle se tourna vers ses amies.

— Bon, je propose que sur cette terre étrangère on adopte ce *tea shop* comme lieu de rencontre en remplacement du café des Anges !

— Motion approuvée, fit Mélisande en inclinant la tête.

— Maëlle n'est pas là, objecta Chiara. C'est le genre de décision qu'il faut prendre à l'unanimité.

— Mais elle nous rejoindra après son entraînement, rappela Lily. On lui demandera son avis à ce moment-là.

Chiara souffla. Elle était de mauvaise humeur et n'avait pas envie d'être d'accord.

— Je ne vois pas pourquoi on se casserait la tête, grogna-t-elle, de toute façon on sera parties dans moins d'une semaine.

— Eh bien, remarqua Mélisande, toi, on ne dirait pas que tu as rencontré le grand amour. Moi qui espérais que le jour où cela arriverait tu aurais enfin bon caractère, je me suis trompée !

Voyant que Chiara fronçait les sourcils, Lily intervint prudemment :

— Elle a des raisons de n'être… pas très contente. Kieran nous a annoncé cet après-midi que le patron d'un pub qu'il connaît, *The Limbed Duck*[1], nous avait invités à chanter ce soir…

— Ah ! là, je comprends beaucoup mieux, fit ironiquement la jolie rousse. Devenir une star, ce n'est pas toujours facile !

Puis elle changea d'attitude. Posant sa main sur son front et rejetant la tête en arrière d'une manière mélodramatique, elle continua :

— À moins que notre Sarah Bernhardt craigne d'être à nouveau assaillie par le trac…

Ignorant Lily, qui lui faisait signe de se taire, Mélisande se métamorphosa une nouvelle fois et prit un air digne de la Nelly Olson de *La Petite Maison dans la prairie* pour asséner :

— … et dans ce cas je la rassurerai en lui disant que là, il n'est plus question de théâtre mais de chanson, et que, pour avoir le trac, encore faudrait-il avoir du talent !

Chiara, dont le visage s'était dangereusement assombri, siffla :

— Tu sais que tes chances de mourir jeune sont en train d'augmenter à une allure vertigineuse ?

Mélisande éclata de rire.

— Ah, tu m'avais manqué, très chère ! C'est fou comme ces petits échanges sont stimulants !

Un peu déstabilisées par cette succession de changements, Lily et Chiara se regardèrent. La première finit par prendre la parole.

1. Le Canard Boiteux.

— En fait, si tu m'avais laissée finir, tu aurais appris que Eireen Clancy veut que Chiara garde les enfants ce soir.

— Et Kieran, qu'est-ce qu'il en dit ? demanda Mélisande enfin sérieuse. Je croyais que son frère tenait beaucoup à ce qu'il perce en tant que violoniste… Il n'a qu'à le faire intervenir !

— C'est là qu'est l'os, ronchonna Chiara. Alan assiste à une conférence jusqu'à dimanche, et sa femme se fiche pas mal de la carrière de son beau-frère.

— Et le téléphone ? Kieran n'a qu'à appeler son frère !

— Il ne veut pas créer de problèmes dans le couple, expliqua Lily. Du coup, on est coincés.

— Wahou ! Quel gentleman ! Chiara, on dirait que tu as trouvé la perle rare ! Dommage qu'il soit affublé d'une belle-sœur si égoïste !

Alors que la jeune fille brune se mettait à rougir, son amie déclara :

— Mais il ne sera pas dit qu'on en restera là. Souviens-toi que dans toutes les belles histoires il faut faire appel à la marraine la fée pour triompher !

Sans prêter attention à ses deux amies, qui la regardaient avec des yeux ronds de surprise, elle s'adossa à sa chaise et annonça :

— Et dans ton histoire, la marraine la fée, c'est moi !

Chiara cligna des yeux et se pencha en avant pour dire d'une voix hésitante :

— Tu… tu peux répéter ?

Avec une évidente bonne volonté, Mélisande obtempéra :

— Ta marraine la fée, c'est moi !

Chiara se redressa et murmura à l'intention de Lily :

— Là, je crois qu'il est temps d'appeler un docteur.

Mélisande leva les yeux au ciel et pesta :

— Ingrate ! Tu ne comprends pas que je te propose de prendre ta place ce soir ?

Horrifiée, Lily s'exclama :

— Tu veux chanter ? Tu m'as toujours dit que tu étais une vraie casserole !

La jolie rousse se prit la tête dans les mains.

— Mais non ! Quelle horreur ! Plutôt aller toute décoiffée et en pyjama au lycée ! J'offre juste de faire une soirée de baby-sitting !

Ses deux amies poussèrent un profond soupir de soulagement, et Lily s'enthousiasma aussitôt à cette idée.

— Mais oui ! C'est génial ! Comment n'y avons-nous pas pensé avant ?

— Peut-être parce que Mélisande, les enfants et les taches de chocolat qui vont inéluctablement avec, ça fait trois... suggéra Chiara, qui n'osait pas encore se réjouir.

— Tu n'as pas entièrement tort, reconnut l'élégante rouquine. Mais j'ai un jour assisté depuis les coulisses à un défilé de mode où les mannequins devaient se changer en quelques minutes. Ça ne devrait pas être pire... Et puis, que ne ferais-je pas pour permettre le lancement du groupe musical le plus improbable de la saison ?

Cette fois, Chiara y crut vraiment. Elle se leva d'un bond et, sans mot dire (mais ses yeux brillants étaient suffisamment expressifs), elle arracha Mélisande de sa chaise pour la serrer vigoureusement contre son cœur.

— Il ne fallait pas… grommela cette dernière lorsque son amie l'eut enfin lâchée.

Puis, comme elle réajustait ses boucles quelque peu malmenées, elle termina :

— J'aurais sans problème patienté quelques heures de plus pour avoir la joie de me retrouver tout échevelée !

Thursday, 24th August, 8 h 15 p.m.

Maëlle applaudit avec énergie. Elle fut heureuse de constater qu'elle n'était pas la seule dans ce cas. Les autres clients, un peu perplexes dans un premier temps, s'étaient très rapidement laissé séduire par le petit accent français de la chanteuse. Ce nouveau groupe avait été présenté par le patron du pub sous le nom de The French Touch. C'était un drôle de nom pour des Celtes, mais dès le premier morceau le public avait vite compris que, contrairement à la musique qu'ils jouaient, ses membres n'étaient pas tous irlandais.

Dans son enthousiasme, la jeune fille se pencha par-dessus la table et déposa un baiser léger sur les lèvres du garçon qui se trouvait en face d'elle.

— *Did you see ? They're great*[1] !

Son compagnon acquiesça, bien qu'avec moins d'entrain. Maëlle le remarqua et se mit à rire.

— Allez, ne fais pas cette tête ! Tu n'es pas si malheureux.

— Non, bien sûr que non. C'est juste que…

Il s'interrompit. Maëlle le regarda d'un air un peu moqueur et finit à sa place :

— Tu n'aimes pas que les filles prennent l'initiative.

Elle avait bien senti sa gêne quand, après leur baiser nautique, ils s'étaient enfin retrouvés sur la terre ferme. Une fois le catamaran arrimé, ils n'avaient plus eu d'excuses pour ne pas parler du sujet qui les préoccupait tous les deux. « Alors, on continue ? » avait lancé Maëlle d'un air crâne. « OK », avait-il répondu. Mais elle aurait apprécié qu'il n'ait pas la tête de quelqu'un qui vient de se mordre la langue en prononçant ces deux petites lettres !

— Non, ce n'est pas ça, se défendit Mark en fronçant les sourcils.

Comprenant qu'elle ne se contenterait pas de si peu, il expliqua :

— Tu vois, on sait que tu vas partir dans quelques jours.

— Mais c'est l'été ! Les vacances, c'est fait pour ça !

— Oui, mais moi, ce n'est pas vraiment mon style.

1. Tu as vu ? Ils sont super !

— Tu es trop sérieux. Il faut savoir s'amuser, dans la vie. Tu n'as jamais entendu l'expression *carpe diem* ?

— Bien sûr que si. Mais d'habitude, ce n'est pas mon style.

— Ah ! tu as dit « d'habitude ». Ça veut dire que tu es prêt à faire une exception ?

Elle lui sourit en gardant son air un peu moqueur. Il finit par rire.

— Oui, ça veut dire que je suis prêt à faire une exception !

Satisfaite, Maëlle déplaça son tabouret pour pouvoir se serrer contre lui. Il passa son bras autour d'elle et ce qui la réjouit. Elle aimait sa force, son odeur. Il sentait toujours le grand air, l'iode, l'écume marine. C'était terriblement agréable !

À quelques mètres d'elle, The French Touch attaqua une nouvelle ballade. La chanson parlait d'amour, et Maëlle surprit le regard échangé entre Kieran et Chiara. Même à distance, elle put sentir son intensité. Discrètement, elle lança un coup d'œil au garçon qui la tenait dans ses bras. Il était bien loin de la contempler de cette manière. Pourtant, Chiara et Kieran étaient eux aussi appelés à se séparer dans quelques jours. Leur relation n'avait pas davantage d'avenir que la sienne.

Elle se demanda soudain si Mark n'acceptait pas de sortir avec elle de crainte qu'elle ne l'abandonne juste avant la régate. Sachant à quel point il tenait à y participer, l'hypothèse n'avait rien d'aberrant. Elle hésita un instant à lui poser la question, et finalement y renonça. Elle-même n'avait pas toujours joué franc jeu avec lui. Elle ne pouvait lui en vouloir d'agir pareillement.

Et puis, elle était vraiment trop bien, serrée tout contre lui…

Carpe diem !

31

French kiss et French touch

Friday, 25th August, 4 h 15 p.m.

Lorsque Clément l'avait appelée pour lui fixer un rendez-vous, ce matin-là, Mélisande avait été tout d'abord soulagée, puis ravie. Soulagée qu'il ne l'ait pas oubliée (il ne répondait jamais à ses messages et était plus difficile à attraper qu'une anguille), ravie car il lui avait donné rendez-vous tout près de l'endroit où devait se dérouler le concours de musique folk. Nul doute qu'il comptait se préparer pour la soirée du lendemain et qu'il avait besoin d'elle. Et puis, il profiterait peut-être enfin du décor bucolique pour passer à l'action et lui donner ce qu'elle espérait depuis un certain temps : un baiser ! Mais un vrai de vrai cette fois, un *French kiss*, pas juste un baiser russe comme ceux qu'il déposait du bout des lèvres à la vitesse de l'éclair avant qu'ils se séparent. Car jusqu'à présent il avait eu beau lui lancer des regards suggestifs, il n'avait jamais été plus loin. Il faut dire que le décor du *Lion's Crown* ne se prêtait guère aux manifestations romantiques. Mais dans un autre lieu…

Sa déception fut donc immense quand elle arriva au rendez-vous : Clément n'était pas seul. Les deux frères au Borsalino l'entouraient et semblaient plongés avec lui dans une discussion animée. Discussion qui s'interrompit brusquement lorsqu'ils la virent apparaître.

— Bonjour, chère assistante, dit Clément d'une voix charmeuse.

Et toc, un baiser russe.

Mélisande, le nez froncé, le salua à son tour et lança :

— Tu ne me présentes pas ?

— Mais si, bien sûr. Mélisande, voici les frères O'Riley. Jack, Brian, voici Mélisande.

Les deux Irlandais la saluèrent d'un sourire et ôtèrent leur chapeau. Le plus âgé lui fit un clin d'œil que la jeune fille trouva un peu vulgaire. Il se souvenait parfaitement d'elle. Mélisande l'ignora. Elle leur en voulait à tous les deux de gâcher son rendez-vous. Heureusement, quelques minutes plus tard, ils prirent congé. Elle les regarda s'éloigner et monter à bord d'une très belle voiture, un modèle de collection comme on en voyait parfois dans les films. Ses pare-chocs rutilaient et les optiques de ses phares proéminents brillaient au moindre éclat de soleil.

— Tu les connais depuis longtemps ? demanda-t-elle en regrettant un peu de ne pas être invitée à faire un tour à bord de cette voiture.

— Pourquoi tu me demandes ça ?

— Parce que… parce que j'ai entendu dire qu'ils n'étaient pas très recommandables. Je ne voudrais pas que tu aies des problèmes.

— Comme c'est mignon ! Tu t'inquiètes pour moi ?

Il l'attira dans ses bras et croisa ses deux mains derrière son dos.

— Ne t'en fais pas. Je suis un grand garçon. Quant aux frères O'Riley, je ne sais pas qui t'a raconté ces bêtises, mais je peux te dire que c'est de la pure calomnie. Vois-tu, ils sont traders et ils gagnent très bien leur vie car ils sont doués dans leur partie. Sauf que se faire de l'argent en jouant celui des autres en Bourse, ça ne plaît pas beaucoup aux gens du coin. Ils préfèrent de loin les travailleurs qui gagnent (mal) leur pain à la sueur de leur front. Alors, les jaloux font courir des rumeurs… Je suis sûr que, belle comme tu es, tu as déjà dû rencontrer ce genre de comportement. Beaucoup de personnes ne supportent pas que d'autres sortent du lot. C'est mesquin, mais c'est la nature humaine. Tu ne peux rien y faire…

Et il lui déposa un baiser léger sur le nez.

On était encore très loin du *French kiss* dévastateur espéré par Mélisande, mais elle s'en contenta car elle avait été impressionnée par la maturité du discours de Clément. Il avait raison : elle s'était déjà retrouvée confrontée à ce type de situation, et elle admirait le détachement avec lequel il prenait les choses. Elle se dit alors qu'elle tenait peut-être là le secret de sa grande retenue. Il se comportait en gentleman et savait ne pas précipiter les événements.

Après tout, c'était plutôt une chance.

Saturday, 26th August, 8 h 15 p.m.

Les banderoles bleu, blanc et jaune, qui reprenaient les couleurs du blason de la ville de Galway, striaient le ciel. Le grand terrain sur lequel devait se dérouler le concours musical était bordé de guirlandes de lampions électriques, qui s'étaient allumées dès que la nuit avait commencé à tomber. Quant à l'estrade, érigée à l'extrémité sud du champ, elle brillait comme une étoile sous les derniers essais d'éclairage des techniciens. Le concours ne commençait qu'à 21 heures, mais il y avait déjà foule sur les lieux et l'ambiance était à la fête. Les stands de boissons étaient assaillis par un public assoiffé par le soleil généreux de la journée. Des notes de musique s'élevaient un peu partout et, spontanément, des groupes entonnaient des airs traditionnels connus de tous.

— Est-ce que quelqu'un peut me rappeler pourquoi je ne m'enfuis pas en courant ? demanda Chiara à Lily et Maëlle, qui se trouvaient près d'elle.

La première lui lança un regard inquiet. Elle-même avait le trac, mais, en voyant son amie plus pâle que la lune qui montait dans le ciel, elle commença à craindre le pire. Heureusement, Maëlle avait sa réponse :

— Parce qu'un garçon qui ne te quitte presque jamais des yeux s'attend à ce que tu restes. Ce concours est important pour lui, et tu l'aimes assez, du moins d'après ce qu'on a compris, pour te forcer à rester et à chanter !

— Oui, oui, c'est vrai, fit Chiara précipitamment, il faut que je le fasse.

Elle ferma les yeux, inspira tout l'air que pouvaient contenir ses poumons et expira très lentement.

Pendant qu'elle poursuivait ses exercices respiratoires pour se calmer, Maëlle se tourna vers Lily.

— Bon, je suis sûre que vous allez déchirer ! C'était énorme avant-hier, au pub. Je n'aurais jamais cru qu'en si peu de temps vous seriez capables d'atteindre ce niveau. Et la demoiselle, ajouta-t-elle plus bas en désignant Chiara d'un mouvement de tête, elle assure à mort quand elle se lâche.

Lily acquiesça, sans préciser que là résidait justement tout le risque. Oui, Chiara « assurait à mort »… quand elle se lâchait ! Dans le cas contraire, on filait droit à la catastrophe. C'était d'ailleurs ce qui était presque arrivé lors du concert donné au pub. Quelques minutes avant leur entrée en scène, alors qu'ils répétaient une dernière fois, Chiara avait été incapable de chanter juste. Sous l'effet du stress, sa gorge s'était serrée et, tandis que Kieran commençait à paniquer, il avait fallu toute la force de persuasion de Lily pour la calmer et lui redonner confiance.

Et il ne s'était agi là que d'un petit concert devant quelques dizaines de personnes ! Ce soir, ils seraient plusieurs centaines. Chiara tiendrait-elle le coup ?

Inconsciente des soucis qui préoccupaient son amie, Maëlle la laissa pour rejoindre Mark. Mélisande, qui les avait quittées un peu plus tôt, devait déjà se trouver en compagnie de Clément. Elles n'avaient pas vraiment compris en quoi la jolie rousse allait pouvoir l'aider à faire des photos, mais cette dernière paraissait si heureuse de voler à son secours qu'elles n'avaient pas cherché à en savoir davantage. D'autant que le sujet « Clément » restait sensible et que, d'un accord tacite, chacune évitait de l'aborder trop longuement.

Soudain, les enceintes grésillèrent et le présentateur du concours prit la parole. Il rappela le nom des différents groupes qui se succéderaient sur scène et les modalités de déroulement de la soirée : en vue de sélectionner les dix meilleurs groupes pour la finale, qui aurait lieu le lendemain, un classement serait établi en fonction d'une note donnée par un jury composé de trois professionnels – celle-ci compterait pour cinquante pour cent – et d'une autre qui serait rendue par le public – un applaudimètre sophistiqué permettrait de la déterminer.

— Rappelle-moi, on est combien à participer déjà ? gémit Chiara.

— Vingt-trois. Tu vois, cela fait presque une chance sur deux.

— Oh, j'ai mal au cœur…

— Chut ! fit Lily, Kieran revient avec notre ordre de passage. Il ne faut pas qu'il se rende compte que tu as le trac. Inutile de le stresser davantage.

Le jeune violoniste avançait dans leur direction en serrant le document contre lui. Son visage était tendu, mais il leur fit un bref sourire lorsqu'il les rejoignit.

— On a le numéro 23. C'est plutôt bon pour nous. L'ambiance sera à son maximum et les gens n'hésiteront pas à applaudir à fond s'ils aiment, puisqu'on sera les derniers.

Il fixa Chiara d'un air inquiet. Elle était toujours aussi pâle.

— Ça va, toi ?

La jeune fille se redressa et lui sourit en retour.

Mais elle n'eut pas le temps de lui mentir en lui assurant que tout allait pour le mieux dans le meilleur des mondes, car derrière elle une voix s'éleva.

— Alors, c'est elle.

Chiara se retourna vivement. Eva, la chanteuse des Celtic Celebration, l'observait avec circonspection.

— Eh bien, si tu as tout sacrifié pour elle, laisse-moi te dire qu'elle n'en vaut pas la peine. Tu vas le regretter.

Elle parlait à toute allure, et la jeune Française ne saisissait pas tout, mais son ton était suffisamment agressif pour que le message soit clair : elle ne l'aimait pas !

Kieran s'avança pour se placer entre les deux filles. Ses traits s'étaient durcis et sa voix était glaciale quand il articula :

— Ce que je regrette surtout, c'est de ne pas avoir découvert plus tôt qui tu étais vraiment. Maintenant, je te conseille de partir.

Il n'avait pas ajouté de menaces, mais on les devinait, à peine voilées, dans ses intonations.

Sans attendre qu'Eva obtempère, il lui tourna le dos et saisit Chiara pour l'embrasser passionnément.

Eva, bouche bée, les regarda un instant avant de tourner les talons, son teint diaphane virant au rouge brique.

Quand Kieran la relâcha enfin, Chiara mit quelques secondes à se souvenir de l'endroit où elle se trouvait. Et quand elle retrouva l'usage de la parole, ce fut pour murmurer rêveusement :

— Je n'ai pas tout compris à ce qui se passait, mais j'ai bien aimé la fin…

Saturday, 26th August, 10 h 15 p.m.

Mélisande soupira. La soirée ne se déroulait pas du tout comme elle l'avait espéré. Elle qui pensait jouer à l'apprenti reporter, elle en était pour ses frais. Dès le début du concert, après lui avoir fait mille et une recommandations au sujet de la sacoche de matériel photo qu'il lui confiait, Clément l'avait laissée seule dans un coin du champ avec la consigne de ne surtout pas bouger. Il revenait depuis ponctuellement pour changer d'objectif, faire des réglages, puis il lui rendait le sac et repartait aussitôt. Bref, elle qui était loin d'être fan de musique folk, elle s'ennuyait à périr et avait le plus grand mal à ne pas se ronger les ongles.

À un moment donné, n'en pouvant plus d'attendre et ayant très soif, elle avait abandonné son poste et était allée s'acheter un verre de soda à la buvette. Quand elle était revenue, un court instant plus tard, elle s'était fait recevoir plus que fraîchement par le beau Clément.

— Où étais-tu passée ?

— Je suis allée chercher un Coca, je…

— Je t'avais dit de ne pas bouger, l'avait-il interrompue sèchement. Je dois pouvoir te retrouver dès que j'en ai besoin.

— Eh ! doucement ! Je meurs déjà d'ennui, tu ne veux pas que je meure de soif en prime ! Tes objectifs peuvent attendre quelques secondes, non ?

Elle avait eu envie d'ajouter : « Sinon, récupère tes trucs et bye, bye ! » La veille, Clément avait été charmant. Ce soir, c'était un vrai porc-épic. Elle ne comprenait pas comment il pouvait être aussi lunatique, et son attitude commençait à la fatiguer. Sauf que Pauline venait de lui annoncer le matin même que Farouk avait été invité par une riche héritière à une sortie en bateau… Elle tremblait déjà à l'idée de toutes les histoires qu'il se ferait une joie de lui raconter à la rentrée !

Sentant que la patience de son assistante atteignait ses limites, Clément avait alors aussitôt changé d'attitude.

— Oui, oui, bien sûr, admit-il. C'est juste que j'ai mis toutes mes économies dans ce matériel ! Il vaut une fortune, je ne voudrais surtout pas qu'il disparaisse. Mais tu fais un boulot formidable et je sais que je peux te faire confiance. D'ailleurs, je ne m'en sortirais pas sans toi. Tu imagines, si je devais fendre la foule avec cette sacoche ? Je ne pourrais jamais m'approcher de l'estrade ! Promis, je te citerai dans mon article. Tu ne vas pas me laisser tomber ?

Mélisande, flattée de le sentir si inquiet, s'était alors adoucie.

— Non, bien sûr que non.

Souriant, il s'était avancé vers elle et avait posé ses deux mains sur ses épaules pour l'attirer à lui. Il avait approché son visage du sien, et cette fois, enfin, il l'avait embrassée d'une manière digne de ce nom.

Et cela avait été tout. Un baiser sans étincelles, sans feu d'artifice, qui l'avait laissée froide. Elle repensa soudain à Lisandro et se demanda si un jour elle retrouverait la magie de ce qu'elle avait éprouvé dans ses bras.

Puis Clément était reparti, et depuis elle luttait pour ne pas laisser ses pensées vagabonder du côté de l'Espagne.

— *Ladies and gentlemen, our last group, The French Touch !*

Mélisande se redressa, son attention soudain éveillée. Enfin cela devenait intéressant…

Deux minutes plus tôt, dans les coulisses

— Je ne peux pas. Non, je suis désolée, mais je ne peux pas…

Lily, vérifiant que Kieran était toujours occupé à accorder son violon, saisit les mains de Chiara, qui étaient glacées malgré la chaleur dégagée par les projecteurs tout près d'eux.

— Si, tu le feras. Et tu chanteras mieux que tu ne l'as jamais fait.

— Non, je n'y arriverai jamais. Tu as vu la foule qu'il y a là ? Je ne parle même pas anglais correctement !

— Ça tombe bien, personne ne te demande de parler. Il suffit que tu chantes !

— Mais tu ne comprends…

— Si, très bien. Tu as le trac. Sauf que ce soir tu n'as aucune raison de l'avoir.

Chiara, aussi surprise par ce ton autoritaire que par le contenu de ces propos, dévisagea Lily en silence. Cette dernière s'expliqua :

— Quand tu t'apprêtes à jouer une pièce de théâtre, c'est normal que tu aies le trac. Car c'est un peu comme si tu jouais ta vie… Mais ce soir, on en est bien loin. Au pire, on peut te dire que tu chantes mal. Et si c'est le cas, en quoi cela peut-il te toucher ? Est-ce que la musique a jamais eu une quelconque importance à tes yeux ?

Chiara fit non de la tête.

— Et une carrière de chanteuse encore moins ! asséna Lily. Alors tu vas monter sur cette scène pour

Kieran, mais aussi pour moi, et chanter comme si tu étais sous ta douche.

À ce moment-là, le présentateur remercia les candidats qui venaient de terminer leur prestation. Il y eut des applaudissements enthousiastes, puis le maître de cérémonie reprit le micro.

— *Ladies and gentlemen, our last group, The French Touch !*

32

Les points sur les i !

Sunday, 27th August, 2 p.m.

Le premier coup de canon avait retenti cinq minutes auparavant. Trois autres lui avaient succédé. Simultanément, des pavillons portant différents symboles et couleurs s'étaient élevés, confirmant que la phase préparatoire de départ était amorcée.

Au coup de canon suivant, on descendrait tous les pavillons, signal qu'attendaient impatiemment les dizaines de catamarans positionnés dans la zone de départ. La course serait lancée.

Mark jeta un dernier coup d'œil à Maëlle et fut rassuré de voir qu'elle se tenait exactement à l'endroit où il le fallait. Elle lui retourna son regard, sans sourire. Ils étaient tous deux concentrés. Le vent était fort, et les manœuvres seraient périlleuses. Mais « à vaincre sans péril, on triomphe sans gloire »[1]. Les deux jeunes sportifs savaient aussi que, pour triompher, il leur faudrait bien se placer dès les premiers instants. En effet, il est toujours plus aisé de conserver une avance que de devoir rattraper un retard.

Le dernier coup de canon retentit enfin. Comme un fauve bondissant de sa cage, le catamaran s'élança en avant dès que les voiles furent hissées.

Maëlle sentit l'adrénaline monter. Ce genre de défi était nouveau pour elle. Cette fois, il ne suffisait pas de se battre contre les concurrents. Les éléments aussi se révéleraient des adversaires redoutables.

Agile comme un chat, elle prenait instinctivement la bonne position. Les heures d'entraînement portaient leurs fruits. Cheveux au vent, elle ne se posait plus de questions. Peut-être que dans une heure elle se demanderait à nouveau si Mark ne sortait pas avec elle seulement pour ne pas perdre son équipière, mais en cet instant cela n'avait pas d'importance.

Ils virèrent en tête à la première balise, et elle entendit Mark pousser un cri guerrier. Les doigts tremblants d'excitation, elle tira un cordage, mais elle réalisa aussitôt son erreur. Le catamaran se cabra et eut un sursaut. Mark cria à nouveau, mais de frustration ce coup-là. Alors qu'elle luttait avec les poulies pour rattraper sa faute, deux autres bateaux virèrent plus court et les dépassèrent à la corde. Furieuse contre elle-même, Maëlle se déchaîna pour qu'ils puissent rattraper leur retard. Aux côtés de Mark,

---

1. Extrait du *Cid* (acte II, scène II), de Pierre Corneille.

elle monta à son tour au trapèze, et l'une des coques du catamaran décolla. Ils atteignirent bientôt une position d'équilibre fragile. Le visage fouetté par les bourrasques, la jeune athlète avait l'impression grisante d'être une funambule. Le moindre faux pas leur serait fatal, mais en attendant ils filaient à toute allure et le concurrent qui les précédait n'était plus qu'à quelques mètres. Dans une manœuvre plus qu'osée, ils le doublèrent à leur tour. Cette fois, lorsque leurs regards se croisèrent, ils ne purent s'empêcher de sourire.

Une heure plus tard, lorsqu'ils franchirent la ligne d'arrivée en deuxième position, ils étaient épuisés, un peu frustrés, mais conscients qu'ils venaient de réaliser une performance extraordinaire car inespérée : deux semaines plus tôt, la jeune Française n'avait en effet encore jamais mis les pieds sur un bateau !

Sunday, 27th August, 5 h 30 p.m.

Maëlle et Mark étaient sur le podium, rayonnants, en train de recevoir leur médaille, lorsque Chiara entendit son téléphone sonner. Comme Mélisande et Lily, elle n'aurait manqué pour rien au monde la régate à laquelle participait l'infatigable quatrième membre de leur quatuor. Afin d'assister à cet événement quasi historique, elle avait à son grand regret refusé d'accompagner Kieran, chargé de régler les derniers détails techniques de la finale qui devait avoir lieu le soir même. Car à son immense surprise,

The French Touch avait été qualifié pour cette finale ! Certes, leur prestation avait été très applaudie, mais elle n'y avait vraiment cru que lorsque Kieran l'avait soulevée dans ses bras, à l'annonce des résultats par le jury. Il faut dire qu'elle ne gardait qu'un souvenir assez confus du temps passé sur scène. Les yeux fermés, perdue dans le monde poétique et mélancolique des ballades qu'elle interprétait, elle avait oublié public et juges et elle avait chanté sans plus se poser de questions. Son émotion sincère, le charme « exotique » de son petit accent et le talent de ses musiciens avaient fait le reste.

Persuadée que c'était Kieran, elle s'empressa de répondre.

— Allô ?

— *Chiara ? Eireen Clancy speaking.*

La jeune fille sentit son enthousiasme retomber. Simultanément, une vague inquiétude l'envahit. C'était son jour de congé. Son employeuse n'avait aucune raison de la contacter.

— *Oh, hello.*

— *Chiara, I'm terribly sorry, but I've received an emergency call. I need you to mind the children tonight*[1].

Chiara sentit son cœur sombrer.

— Ce soir, dit-elle en anglais, ce n'est pas possible. Il y a le concours.

---

1. Chiara, je suis terriblement désolée, mais j'ai reçu un appel d'urgence. J'ai besoin que vous vous occupiez des enfants ce soir.

— Comme je t'ai dit, je suis désolée. Mais Alan m'a téléphoné pour me dire que son avion était en retard et qu'il ne pourrait pas assister à une soirée extrêmement importante pour notre cabinet. Je dois le remplacer. Bien sûr, je vous dédommagerai largement.

Pour la première fois de sa vie, Chiara resta de marbre face à cette proposition. Pour la première fois de sa vie, elle comprenait que l'argent n'était pas toujours la clé du bonheur. Puisant dans ses réserves de courage, car elle craignait Eireen Clancy et tout ce qu'elle incarnait, elle tenta :

— Mais Kieran…

— Kieran comprendra. Revenez immédiatement, je dois me préparer et les enfants sont surexcités. Ne traînez pas, je vous attends.

Un petit clic indiqua à Chiara que la conversation était terminée.

Pendant quelques instants, elle fut tentée de la rappeler pour lui dire que non, elle ne garderait pas les enfants ce soir. Mais elle n'en eut pas le courage. Eireen Clancy faisait partie de ces personnes importantes ayant un métier encore plus important. Toute sa vie, la jeune fille avait entendu son père admirer des gens comme cette femme. Elle avait réussi. Elle avait une carrière brillante. Elle était éminemment respectable. Qui donc était-elle, elle, Chiara, pour lui mettre des bâtons dans les roues ?

Alors elle composa le numéro de Kieran pour le mettre au courant, mais elle n'obtint que sa messagerie. Elle lui expliqua en quelques mots qu'elle ne pourrait pas chanter ce soir. Puis elle tapota sur l'épaule de chacune de ses amies, qui, ignorant le drame qui se jouait, applaudissaient à tout rompre Maëlle et Mark.

Lily fut catastrophée en apprenant la nouvelle, mais Mélisande ne montra guère d'émotion.

— Je ne pourrai pas te remplacer ce soir, annonça-t-elle, j'ai promis à Clément de l'aider. Mais si cela ne t'ennuie pas, je serais ravie de t'accompagner jusqu'à la maison.

— Heu... non, bien sûr que ça ne m'ennuie pas, mais...

— Bon, alors on y va ! Qu'est-ce que tu fais, Lily ? Tu viens ou tu restes ?

Lily hésita un instant car elle ne voyait pas comment résoudre le problème. Elle regarda ses amies et fut saisie par l'expression de Mélisande. Cette dernière cachait adroitement sa colère, mais Lily la connaissait trop bien pour ne pas la déceler derrière son masque d'indifférencc. Avec ses cheveux roux cascadant sur les épaules et ses traits durcis, elle lui trouvait même des airs de déesse guerrière. Cela annonçait des rebondissements... inattendus et intéressants. Cependant, Lily avait également d'autres préoccupations, et elle se dit que l'occasion était trop belle pour la laisser passer.

— Finalement, je pense que je vais rester. Ce ne serait pas sympa que Maëlle croie qu'on l'a abandonnée. Mais si tu voulais bien me passer ton portable, Mélisande, j'en profiterais pour appeler mes parents. Et puis comme ça, en cas de besoin, vous pourrez me joindre...

Sans un mot, son amie lui tendit son téléphone. Elle avait la tête ailleurs.

Une seconde plus tard, la brune et la rousse s'éloignaient en direction du centre-ville.

Sunday, 27th August, 5 h 55 p.m.

Alors que Chiara s'était lamentée durant tout le trajet, sa compagne n'avait pas prononcé un mot. Au point que la brune commença à se sentir vexée par tant d'indifférence.

Quand elles arrivèrent devant la porte, Chiara se tourna donc vers Mélisande et lui dit d'un ton un peu acide :

— Je te remercie pour ton soutien, je ne sais vraiment pas ce que j'aurais fait sans toi, mais je pense que maintenant je peux me débrouiller toute seule…

Pour toute réponse, son amie articula :

— Sonne.

— Sonner ? Mais pourquoi ? J'ai mon trousseau…

— Sonne, je te dis !

Il y avait tant d'autorité dans sa voix que Chiara se surprit à obtempérer.

Quelques instants plus tard, la porte s'ouvrait sur une Eireen Clancy très élégante dans sa robe de cocktail.

— *At last*[1] ! commença-t-elle.

— Vous faites une grossière erreur, l'interrompit Mélisande en anglais. Vous aviez promis à vos enfants

1. Enfin !

de jouer avec eux ce soir, je le sais, ils me l'ont dit quand je les ai gardés, ils attendaient ça comme on attend la pluie au Sahara. Cela fait des mois que vous leur faites faux bond. Soit vous êtes trop fatiguée ou trop bien habillée, soit vous n'êtes pas là, soit vous n'êtes pas d'humeur, soit…

— Mais comment osez-vous ? Qui…

— … ils ont été trop bruyants, poursuivit Mélisande, ignorant son intervention. Je pourrais continuer longtemps comme ça, vous savez. Mais comme vous et moi sommes pressées, je m'arrêterai là. Je vous poserai juste une question : aimez-vous vos enfants ?

— Enfin, bien sûr que oui. Cependant, je ne vois pas en quoi…

— Alors vous feriez bien de réaliser que ce ne sont pas des bibelots juste bons à être sortis de temps à autre pour vous faire valoir. Ils ont des besoins. Et pas seulement des besoins matériels. *Love is spelt t-i-m-e*[1], dit-on en anglais. C'est votre propre langue, ne me dites pas que cela vous a échappé.

Depuis le début, la jeune Française parlait d'une voix monocorde, comme si elle récitait une leçon apprise par cœur mais qui ne la touchait absolument pas. Pourtant, sa voix se brisa quand Tom et Hannah, attirés par la discussion, apparurent derrière leur mère. Des traces de larmes maculaient les joues du petit garçon. Par contraste, les traits dénués d'expression de sa sœur aînée n'en étaient que plus frappants.

1. Amour s'épelle t-e-m-p-s.

— Si vous ne changez pas, ils finiront par vous détester. Ils ne vous croiront plus, n'attendront plus rien de vous. Pour Hannah, c'est déjà presque le cas.

Cette fois, la mère des enfants n'essaya pas de la faire taire. Elle venait de croiser le regard de sa fille et avait tressailli. Il y eut un moment de silence puis, sans un mot, Mrs Clancy fit un pas en arrière et repoussa le battant.

Les deux filles se retrouvèrent face à une porte fermée. Chiara était abasourdie :

— Ça… ça alors ! balbutia-t-elle. Qu'est-ce… qu'est-ce que ça veut dire, tu crois ?

— Ça veut dire que tu peux disposer de ta soirée.

— Tu en es sûre ?

— Oui.

Chiara se mordit la lèvre pour retenir un cri de joie.

Elle le laissa exploser dès qu'elles se furent suffisamment éloignées de la maison.

— Je te remercie pour ton soutien, je ne sais vraiment pas ce que j'aurais fait sans toi…

— Tu l'as déjà dit quand on est arrivées, fit remarquer Mélisande ironiquement.

Chiara éclata de rire.

— C'est vrai, sauf que là je suis vraiment sincère ! C'est incroyable comme tu as retourné la situation. Jamais je n'aurais cru ça possible ! Et je n'en reviens pas que les enfants t'aient confié tout ça. Moi, il m'a fallu des jours et des jours pour qu'ils commencent à me parler un peu et à me faire confiance.

Mélisande ne répondit pas immédiatement. Quand son amie, surprise de son silence, se tourna vers elle, elle finit par répondre :

— Ils ne m'ont rien dit. Tom a été insupportable, et Hannah aussi bavarde qu'une carpe à qui on aurait arraché la langue.

Chiara resta un instant bouche bée avant de demander :

— Mais alors… ?

Elle n'alla pas plus loin. Elle venait de comprendre. Mélisande avait parlé en son nom. Sa propre expérience lui avait dicté chacun de ses mots.

Le cœur de Chiara se serra. Sans rien dire, elle passa son bras sous celui de sa si élégante et indépendante amie.

Quand, un peu plus tard, elles arrivèrent au champ où allait se dérouler la finale du concours, elles n'avaient jamais été aussi proches l'une de l'autre.

33

L'enlèvement !

Sunday, 27th August, 8 h 30 p.m.

D'un coup de pinceau, Lily déposa un nuage de blush sur les pommettes de Chiara. Même si cette dernière, avec sa peau mate de fille du Sud, avait la chance de ne pas paraître blafarde sous la lumière des projecteurs, la poudre couleur terre de Sienne sculptait harmonieusement son visage typé. L'apprentie maquilleuse passa une main dans ses bouclettes et contempla son œuvre.

— Alors ? demanda impatiemment l'« œuvre » en question.

— Alors, je pense que c'est encore mieux réussi qu'hier. Dès que tu apparaîtras sur la scène, tu vas tous les séduire, ces Latins du Nord !

— Si ça pouvait être vrai ! Ce serait trop bien ! Je n'aurais même plus besoin de chanter.

— Pourquoi ? Tu n'aimes vraiment pas ça ?

— Oui et non. J'aime bien quand on répète tous les trois. Mais devant cette foule, non. J'ai l'impression d'être une trapéziste amateur qui fait son numéro sans filet…

Lily éclata de rire.

— N'exagère pas ! En cas de chute, ça fait quand même moins mal !

— Je n'en suis pas convaincue… Et puis t'imagines si je me plante ? Kieran verra tous ses espoirs tomber à l'eau !

Lily fit la grimace.

— Ne pense pas à ça. Sinon, tu vas te mettre trop de pression et tu vas vraiment te planter.

— Eh bien merci. Ce n'est donc même plus la peine qu'on monte sur scène, parce que vois-tu, je ne fais que penser à ça ! C'est quand même à cause de moi que Kieran s'est fait virer de son groupe. Avec eux, il aurait gagné. Tu as vu comme ils assurent ? Ce sont des pros, eux ! Et le public le sait ! Tu as entendu le tonnerre d'applaudissements ?

— Oui, et aussi après notre prestation.

Chiara haussa les épaules.

— C'est vrai que pour le coup je n'ai pas tout compris…

— *It's because the Irish people love the French accent !* répondit Lily en forçant son accent français. *It's so sexy*[1] *!*

---

1. C'est parce que les Irlandais adorent l'accent français. C'est si sexy !

— *Not sexy enough to win, though*[1] !

Chiara et Lily sursautèrent. Eva, la chanteuse des Celtic Celebration, s'était approchée sans qu'elles s'en rendent compte. Vêtue d'un legging à paillettes et d'une robe verte moulante ultracourte, elle avait visiblement sorti ses propres armes pour ne pas laisser à Chiara l'avantage de la carte « séduction ».

— Je vais parler lentement, car il semblerait que vous ayez du mal à comprendre, articula-t-elle soigneusement en anglais, comme si elle parlait à un enfant de trois ans. Vous allez perdre ce soir. Cette fois, vous ne bénéficierez plus de l'effet de surprise car les gens vous ont déjà entendus hier. Et puis, il n'est plus question de ne chanter qu'une ballade bien lente et bien facile. On doit aussi présenter un morceau rapide en gaélique et là, je suis sûre que toi, tu seras bien incapable d'aller jusqu'au bout.

L'Irlandaise avait tendu un doigt vers Chiara en prononçant ces derniers mots. Mais la jeune Française accusa vraiment le coup quand Eva asséna tranquillement :

— Et ça, Kieran ne te le pardonnera jamais.

Sur ce, elle tourna les talons, car justement le violoniste arrivait.

— Ça va ? demanda-t-il, soucieux. Vous faites une drôle de tête. J'ai aperçu Eva. Elle vous a parlé ? Que voulait-elle ?

Lily s'apprêtait à lui expliquer quand Chiara la devança.

1. Pas assez sexy pour gagner, cependant !

— Oh, rien d'important.

Du regard, elle imposa le silence à son amie. Elle ne voulait pas voir l'expression de Kieran quand elle évoquerait les doutes d'Eva quant à sa capacité d'aller jusqu'au bout d'une chanson rapide. Elle savait trop bien qu'elle se trompait effectivement une fois sur deux. Et même si la jeune Irlandaise avait tort, même si Kieran trouvait en lui la générosité de lui pardonner en cas d'échec, elle savait parfaitement que ce serait la fin de leur relation.

Car elle, elle ne se le pardonnerait jamais.

Sunday, 27th August, 9 h 39 p.m.

La veille, le groupe The French Touch avait remporté un joli succès avec sa ballade triste et mélancolique à souhait. Le timbre naturellement rauque et voilé de la chanteuse avait su toucher une nouvelle fois le public.

Pendant tout le chant, Chiara avait gardé les yeux fermés. Cela lui permettait de s'isoler et de limiter le trac. Mais un membre du jury le lui avait reproché et lui avait demandé, lors de la prochaine chanson, de garder les yeux ouverts afin de « mieux communiquer avec le public ». Et, malgré le soutien de Kieran et de Lily, elle paniquait à l'idée de devoir affronter cette foule sans la fragile protection de ses paupières closes.

Eva était bien loin de partager ses soucis. Les Celtic Celebration avaient débuté avec une gigue au rythme effréné, que la jeune chanteuse avait parfaitement maîtrisée. En sortant de scène, elle avait lancé un regard victorieux à Chiara. Ayant brillamment assuré le morceau le plus difficile, son groupe se mettait pratiquement hors d'atteinte des autres concurrents de cette finale.

Chiara écouta d'une oreille distraite les groupes qui suivirent, puis vint le moment qu'elle redoutait tant. Alors qu'elle n'était pas loin d'être tétanisée, Kieran l'embrassa frénétiquement et lui murmura à l'oreille :

— *You're the best*[1] !

La jeune fille ne le crut pas un instant mais se souvint que c'était sur ce morceau qu'il allait pouvoir montrer toute l'étendue de son talent. Alors elle lui sourit, se leva et, avec une assurance qui devait tout à ses talents de comédienne, entra sur la scène illuminée par le feu des projecteurs.

Dès qu'elle atteignit le micro, elle rechercha avidement Maëlle et Mélisande du regard. Elles étaient là, devant elle, quelque part dans la foule. Si elle devait garder les yeux ouverts, elles seraient ses bouées de sauvetage… Voilà, elle avait repéré Maëlle. Il faut dire que la jeune athlète lui avait grandement facilité la tâche en se perchant sur les épaules de Mark et en faisant de grands signes. Maëlle semblait déborder d'énergie ! À croire que la régate, au lieu de l'épuiser, avait décuplé ses forces. Le sourire de Chiara se fit plus sincère. Puis son regard se remit à balayer le

1. Tu es la meilleure !

public. Pendant un instant, elle crut qu'elle ne trouverait pas Mélisande. C'est alors qu'elle se souvint de ce que son amie lui avait confié sur le trajet : Clément l'avait affectée à une extrémité du champ, un peu en retrait de la foule, avec la demande expresse de ne pas en bouger. Chiara s'était d'ailleurs étonnée qu'elle accepte ces directives contraignantes, mais la jolie rousse avait juste répondu « J'ai mes raisons » et refusé d'en dire davantage. Les premières notes du *tin whistle* résonnaient quand elle aperçut enfin la remarquable chevelure de Mélisande. Ses boucles cuivrées accrochaient la lumière des lampions suspendus à la périphérie du terrain. Malgré la distance qui les séparait, Chiara aurait juré qu'elle venait de lui faire un clin d'œil. La seconde suivante, l'apprentie chanteuse ouvrait la bouche et enchaînait avec une facilité déconcertante les premières syllabes, en gaélique, de la chanson.

À la fin du premier couplet, chacun des membres du groupe The French Touch pensait déjà que la victoire était à leur portée. Jamais Chiara n'avait aussi bien chanté, et Lily et Kieran, la sentant en confiance, se risquaient à leur tour à des fantaisies et des prouesses impressionnantes. Le public ne s'y trompait pas. Comme un seul homme, il tapait des mains et du pied en mesure. C'est alors que les yeux de Chiara, qui se promenaient de Maëlle à Mélisande, remarquèrent des mouvements dans la foule. Elle faillit manquer une note aiguë lorsqu'elle réalisa que ceux-ci étaient provoqués par de nombreux policiers qui tentaient de se faufiler à travers les rangs serrés des spectateurs.

« Qu'est-ce qu'ils font là ? » se demanda la jeune fille. La veille, ils n'avaient été que quelques membres de la *guarda*[1] à surveiller les festivités.

De justesse, elle se rattrapa, mais l'instant de grâce était passé. Elle avait beau faire, son attention ne pouvait se détacher de ce qui était en train de se passer dans le public. Eva avait raison, débiter du gaélique à la vitesse d'une mitrailleuse était un exercice de haute voltige qui requérait toute sa concentration. Chiara ne se demandait désormais plus *si* mais *quand* elle allait se tromper. La réponse vint plus tôt qu'elle ne s'y attendait.

Elle venait de poser les yeux sur Mélisande quand ce qu'elle vit la figea d'horreur : son amie était en train de se débattre avec quelqu'un qui, d'après ce qu'elle pouvait deviner à cette distance, ressemblait beaucoup à Clément. La lutte de la jeune fille ne dura guère, cependant, car deux acolytes étaient venus prêter main-forte au jeune homme. Désespérée d'être impuissante à venir en aide à son amie, Chiara vit qu'on la faisait monter de force dans une voiture garée non loin, qui démarra aussitôt sur les chapeaux de roue.

Alors que le véhicule disparaissait dans la nuit, Chiara prit soudain conscience du silence qui l'entourait. Elle avait cessé de chanter depuis plusieurs secondes, et Lily et Kieran, à leur tour, venaient de

1. Police irlandaise.

s'arrêter de jouer. Quand elle se retourna, elle découvrit qu'ils la regardaient, médusés. Bien sûr, penchés sur leurs instruments, ils n'avaient rien remarqué. Alors, le micro encore en main, elle articula sans encore parvenir à y croire :

— Ils… ils ont kidnappé Mélisande…

34

Quand Dr Jekyll devient Mr Hyde

Sunday, 27th August, 10 h 01 p.m.

— Mais enfin, lâche-moi ! Qu'est-ce qui te prend ? hurla Mélisande hors d'elle. *And you !* continua-t-elle en anglais, *don't touch me !*

L'Irlandais au Borsalino eut un sourire sardonique et ne desserra pas d'un pouce sa prise. Comprenant qu'il était inutile de s'adresser à lui, la jeune fille se tourna à nouveau vers Clément, qui avait, lui, obtempéré.

— Il ne comprend même pas l'anglais, ton copain ? Il est débile ou quoi ? Il me fait mal !

Clément s'adressa alors à Jack O'Riley.

— *Leave her, there's nothing she can do*[1] *!*

---

1. Laisse-la, elle ne peut rien faire.

À contrecœur, son acolyte obéit. Il fit tout de même une allusion qui fit frémir Mélisande, mais le Français rétorqua sèchement :

— C'est pas le moment, imbécile.

À la fois soulagée et angoissée, Mélisande regarda autour d'elle : elle se trouvait dans le véhicule qu'elle avait admiré le jour où Clément lui avait donné rendez-vous sur le lieu du concours. Les sièges étaient en cuir, et les portes plaquées de bois verni. Son œil expert en matière de luxe lui disait que le véhicule devait valoir une petite fortune. En temps normal, elle aurait grandement apprécié une petite virée à son bord. Mais, en l'occurrence, la situation était tout sauf normale.

— Mais enfin qu'est-ce qui se passe ? demanda-t-elle encore. Je n'y comprends rien !

— Tant mieux, répliqua Clément. Moins tu en sauras, mieux ça vaudra pour toi.

— Tu crois que je vais me contenter de cette explication ? Vous m'avez carrément enlevée ! Je veux savoir pourquoi !

Clément ricana :

— Se faire enlever par un beau jeune homme, n'est-ce pas le rêve de toutes les filles ?

— Arrête de te moquer de moi ! Vous m'avez fait mal ! Et puis, où on va comme ça ? Et pourquoi il conduit comme un malade, l'autre maniaque ? Il va tous nous tuer !

— *Shut her mouth*[1] *!* hurla le chauffeur d'un ton vulgaire, elle me saoule !

---

1. Fais-la taire !

— Tu poses trop de questions, dit Clément, ferme-la !

Ulcérée, Mélisande s'apprêtait à lui dire sa façon de penser quand, brutalement, elle prit conscience de sa situation. Elle se trouvait seule, enfermée dans une voiture avec trois hommes qu'à l'évidence elle connaissait très mal et qui ne semblaient pas vraiment bien intentionnés. Cette pensée la calma d'un coup. Elle ne comprenait absolument pas ce qui se passait, mais elle commençait à soupçonner qu'il s'agissait de quelque chose de grave.

Comme si la météo tenait à confirmer ses doutes, il y eut un éclair dans le ciel et un coup de tonnerre éclata juste quelques secondes avant que les premières gouttes de pluie ne viennent s'écraser sur le pare-brise.

— *Shit !* jura Brian O'Riley, *it's starting to rain*[1].

Il donna un brusque coup de volant pour bifurquer sur la droite et quitter la route principale. Mélisande poussa un cri et fut projetée contre Clément.

Elle se redressa aussi vite que possible, répugnant à tout contact avec le jeune homme. Mais elle comprit que la situation allait être bientôt pire encore, quand Jack O'Riley éructa sur un ton lourd d'insinuation :

— Vivement le prochain virage à gauche.

Alors Mélisande se recroquevilla et posa une main sur chacun des sièges avant, afin de limiter les contacts au minimum. C'est à ce moment-là exactement que son regard se posa sur le sol du véhicule.

---

1. Merde ! il commence à pleuvoir.

La sacoche photo qu'elle avait docilement portée au cours des deux soirées se trouvait à ses pieds, à moitié ouverte. Lorsque Clément et les frères O'Riley l'avaient forcée à monter dans la voiture, le sac lui avait échappé et elle l'avait oublié. Mais là, elle découvrait tout d'un coup qu'il ne contenait pas que des objectifs photographiques. Sous les accessoires perfectionnés, elle apercevait des petits sachets transparents. Des petits sachets transparents contenant une poudre blanche qui n'était certainement pas du sucre en poudre ! Bien que sa vie protégée l'ait tenue éloignée de certains milieux, Mélisande avait vu suffisamment de films pour savoir de quoi il s'agissait. Tout s'expliquait enfin ! Son rôle de potiche dans un coin du terrain, la bousculade, son enlèvement et cette fuite. Elle se trouvait au beau milieu d'un trafic de drogue ! Comme la plus parfaite des idiotes, elle s'était fait manipuler par Clément et ses complices. Pendant qu'ils écoulaient la marchandise en petites quantités au cours des concerts, elle tenait tout le stock à leur disposition. Ainsi, s'ils se faisaient prendre, ils n'avaient presque rien dans les poches tandis qu'elle en détenait la plus grosse partie ! Ce soir, ils avaient dû voir la police arriver et, de crainte qu'elle ne parle si elle se faisait prendre, ils avaient préféré la kidnapper. Elle eut un haut-le-cœur. Qu'allait-il donc advenir d'elle ? Elle en savait déjà beaucoup trop pour qu'ils la laissent repartir tranquillement. Elle lutta pour refouler ses larmes et ne pas se laisser submerger par l'angoisse. Ce n'était pas le moment de craquer.

Sous une pluie devenue battante, la voiture roulait à très vive allure sur la petite route de campagne qu'ils avaient empruntée. Ses occupants étaient secoués en tous sens. Quand Mélisande sentit une vague nausée l'envahir, elle eut soudain une idée. Peut-être que… Oui, si elle savait bien jouer son rôle, cela devrait marcher. Même les trafiquants de drogue ne devaient guère apprécier ce genre de situation… Lorsque le virage suivant la fit chavirer à nouveau, elle mit une de ses mains devant sa bouche et, sans avoir à beaucoup forcer son écœurement, elle gémit :

— Je vais vomir.

Elle mima quelques spasmes suffisamment réussis pour que Clément s'affole.

— Doucement ! cria-t-il en anglais au conducteur. Elle va être malade.

— Trop tard, articula-t-elle, je…

La jeune fille émit quelques borborygmes expressifs et inquiétants qui poussèrent le jeune Français à crier :

— *Stop the car ! Now !*

Brian O'Riley jura copieusement mais finit par écraser la pédale du frein. Comme un diable qui jaillit hors de sa boîte, Clément bondit hors de la voiture, tirant Mélisande derrière lui. Pliée en deux et la main toujours pressée contre ses lèvres, elle se précipita en direction de la forêt. La pluie tombait à verse, et elle fut trempée avant d'atteindre la lisière du bois, mais elle n'en avait cure. Au contraire, le mauvais temps ne pouvait que servir son plan. Elle fit encore quelques pas en titubant, puis, quand elle estima que l'obscurité et les premiers arbres la dissimulaient suffisamment, elle s'élança en courant droit devant elle.

Il fallut quelques secondes à Clément pour comprendre ce qui se passait réellement. Au début, il crut qu'elle s'éloignait par pudeur. Il la croyait trop malade ou effrayée pour avoir l'idée de prendre la fuite. Mais quand il entendit des bruits de branches cassées et comme il ne la voyait plus, il prit brutalement conscience que la biche était en train de s'échapper.

— *Jack ! Brian !* hurla-t-il à ses complices, qui s'étaient bien gardés de sortir sous la pluie. *She's running away*[1] *!*

Sans les attendre, il s'élança à la poursuite de la jeune Française. Deux portières claquèrent. Ils étaient maintenant trois sur sa piste.

Clément serra les mâchoires. La chasse était ouverte.

---

1. Jack ! Brian ! Elle s'enfuit !

35

La peur aux trousses

Sunday, 27th August, 11 h 08 p.m.

Son cœur cognait à grands coups sourds dans sa poitrine. Il lui semblait qu'elle courait depuis des heures. Cette forêt n'en finissait pas, mais elle n'osait pas se retourner. *Ils* ne devaient pas être loin derrière. Elle dérapa et se rattrapa in extremis à la branche basse d'un arbre. Elle ne voyait rien ! Si seulement la lune pouvait crever les nuages ! Si seulement cette maudite pluie pouvait cesser ! Si seulement… Il y avait tant de choses qu'elle aurait voulu changer, tant d'erreurs à rattraper, tant de stupidités à éviter ! Ses mèches se prirent soudain dans les ronces acérées d'un buisson. Sous l'effet de la douleur, elle laissa échapper un cri. Incapable de faire un pas de plus, elle recula pour se dégager.

À cause du martellement des trombes d'eau, il lui était impossible de distinguer la progression de ses poursuivants. S'exhortant au calme, elle se dit que la réciproque était forcément vraie. Mais elle perdit vite patience en réalisant que plus elle tentait de se dégager, plus sa chevelure se mêlait aux rameaux épineux. Excédée, elle tira violemment et se mordit la lèvre pour ne pas hurler à nouveau. Malgré la souffrance, elle se sentit soulagée : elle avait peut-être perdu quelques cheveux dans le duel, mais au moins elle était libre. Sans compter que cette pause involontaire lui avait permis de jeter un coup d'œil par-dessus son épaule et que, malgré la quasi-obscurité qui régnait, elle pensait bien *les* avoir semés. Elle refoula cependant le soulagement qui commençait à l'envahir : elle était loin d'être sauvée ! Le souffle court, elle regarda autour d'elle, essayant de percer l'épais rideau de pluie qui l'entourait. Au-delà de un mètre, la forêt se noyait dans la nuit. Dans quelle direction se diriger pour en sortir ? Alors qu'elle se sentait gagnée par le découragement, il lui sembla distinguer un bruit de moteur. Oui, c'était bien ça ! Il se rapprochait, maintenant. Elle devait donc être tout près de la route. Son hypothèse se confirma quand elle aperçut la lueur de phares à travers une rangée d'arbres. Le véhicule approchait, mais si elle se dépêchait elle était sûre d'arriver à temps. Oubliant sa fatigue, elle s'élança en avant. Tout en courant, elle se mit à appeler à l'aide, certaine cependant qu'on ne l'entendrait pas, toujours à cause de cette fichue pluie.

Encore un mètre et elle atteindrait la chaussée ! C'est alors que sa sandale glissa sur le talus en pente légère. Incapable de retrouver son équilibre, elle s'affala de tout son long. Elle tenta à plusieurs reprises de se relever, mais l'herbe détrempée était une véritable patinoire pour ses semelles lisses. Au prix d'un ultime effort, elle se redressa à moitié quand la voiture arriva à sa hauteur. Elle levait déjà un bras pour tenter de faire signe à ses sauveteurs inespérés, quand elle remarqua soudain la forme bien particulière des phares. Aussitôt, elle s'aplatit sur le sol. Le véhicule passa à vive allure sans que personne ne la voie. Mais *elle* l'avait reconnu ! C'était le *leur*, assurément, et sans ses fan-tas-ti-ques sandales elle se serait jetée comme une idiote dans leurs bras ! À cette idée, son cœur se mit à battre à un rythme effréné. Paralysée par une peur rétroactive, elle resta de longues minutes allongée sur le ventre. Elle pensait ne plus jamais trouver la force de se relever, quand elle prit soudain conscience qu'un objet dur lui rentrait dans la cuisse. Son téléphone portable ! Tout n'était pas perdu... Dans un sursaut d'énergie, elle se traîna jusqu'au tronc d'un arbre pour s'y adosser avant de le sortir de sa poche. Incroyable ! elle parvenait même à capter un réseau dans ce trou perdu ! Elle se mit à taper fiévreusement sur quelques touches puis attendit impatiemment que la liaison s'établisse. Une première sonnerie retentit à son oreille, une deuxième, puis une troisième avant que son amie décroche. Le soulagement l'envahit lorsqu'elle entendit sa voix. Elle était sauvée ! Elle était sauvée ! Elle était… Un petit bip pathétique se fit entendre. L'instant d'après, l'écran s'éteignait.

— Ce n'est pas possible ! J'ai rechargé la batterie hier !

Poussant un cri de frustration, elle tambourina furieusement sur le sol avant de céder au découragement. Elle n'avait aucune idée de l'endroit où elle se trouvait, mais ce dont elle était sûre, c'est qu'elle était à des kilomètres de toute vie civilisée. Et les seules personnes qui avaient une chance de la retrouver ne lui réserveraient certainement pas un sort très enviable. Cette fois, elle ne put retenir ses larmes. Le sort s'acharnait contre elle. Il n'y avait plus d'espoir…

Combien de temps resta-t-elle ainsi prostrée ? dix minutes ? une heure ? Elle aurait été bien incapable de le dire. La pluie se déversait sur elle et annihilait toute velléité de mouvement. De toute façon, elle était émotionnellement et physiquement épuisée. Au point que lorsqu'elle entendit une sorte de pétarade elle ne réagit pas immédiatement. Ce n'est que lorsque le bruit s'intensifia qu'elle se fit violence pour se redresser. À travers les arbres, elle distingua alors une faible lumière. Mélisande se mit à genoux, puis debout. C'était un scooter. Un scooter en mauvais état, à entendre le bruit affreux qu'il produisait, mais en cet instant aucun son n'aurait semblé plus harmonieux à ses oreilles.

Cette fois, la jeune fille s'accrocha aux hautes herbes pour se hisser au sommet du talus. Et quand le deux-roues surgit du virage, elle se trouvait au milieu de la route, en train de crier et de faire de grands signes. Le conducteur freina brusquement, dérapa sur la route mouillée et, après avoir zigzagué sur quelques mètres, finit sa course dans le bas-côté. Par miracle, le conducteur n'était pas tombé.

Mélisande se précipita vers lui. Elle le rejoignit au moment où il enlevait son casque.

— Aïe ! ce truc, ça fait super mal avec une queue-de-cheval !

— *Maëlle ?!*

— Ben oui, Maëlle. Qui d'autre pourrait se précipiter comme une dingue pour voler à ton secours ?

À court de mots, Mélisande serra son amie à l'étouffer.

— Outch ! Dis donc, tu as une poigne d'enfer, toi ! Tu devrais te mettre au catch !

— Tu as raison ! Douée comme je suis pour me mettre dans des situations pourries, cela me serait plus utile que le modern jazz !

Et puis elle se mit à sangloter comme une enfant. Maëlle ouvrit de grands yeux effrayés.

— S'il te plaît, arrête ! Prendre en chasse des kidnappeurs, ça, y a pas de problème, mais gérer une crise de larmes, là, je panique ! Attends juste un tout petit peu : je te ramène, et dès que Lily est là, tu peux reprendre, OK ?

Mélisande se mit à hoqueter de rire et finit par acquiescer.

— Super, alors monte derrière et fais gaffe au pot d'échappement. Je l'ai déjà pas mal amoché en coupant à travers champs. Mark ne va certainement pas être ravi, ravi… Mais bon, ce n'est pas vraiment de ma faute, hein ? Qu'est-ce que j'y peux si, la nuit, les ornières, on ne les voit pas si bien que ça…

36

Une mule pas gourde

Monday, 28th August, 1 h 08 p.m.

Ce sont des coups frappés à la porte de leur chambre qui réveillèrent les trois filles. La nuit avait été tellement longue et mouvementée qu'elles n'avaient réussi à s'endormir qu'aux premières heures du jour. Maëlle fut la première à s'extirper de son lit. Elle enfila un peignoir sur son pyjama et ouvrit la porte. Deux policiers en tenue attendaient sur le seuil.

— Nous sommes venus chercher Mélisande de Saint-Sevrin, annoncèrent-ils directement.

La jeune fille concernée, bien qu'ayant à peine reconnu son nom à cause de leur terrible accent, ouvrit un œil, le referma aussitôt et se tourna de l'autre côté en marmonnant :

— J'ai déjà tout raconté à vos collègues hier soir. Vous n'avez qu'à leur demander.

— Nous sommes au courant du trafic de drogue lors du concours de musique. Mais, grâce à vos informations, nous venons d'arrêter les frères O'Riley et leur complice français. Et celui-ci vous accuse d'avoir fait vous-même entrer des produits illicites sur le territoire irlandais.

Cette fois, Mélisande se redressa brutalement.

— Quoi ?! Mais c'est faux !

— C'est ridicule, souligna Lily, qui était elle aussi, maintenant, bien réveillée.

— Nous devons procéder à une confrontation. Nous vous laissons un quart d'heure. Après, si vous voulez bien nous suivre…

Monday, 28th August, 3 h 10 p.m.

Mélisande mordilla nerveusement le peu d'ongle qu'il lui restait au pouce gauche. Cela faisait des années qu'elle ne s'était pas laissée aller ainsi. Mais, depuis que les policiers l'avaient fait asseoir dans cette affreuse pièce aux murs verdâtres en lui disant d'attendre, ses réserves de patience et de retenue, déjà sérieusement écornées par les péripéties de la veille, avaient atteint le niveau zéro, et ses ongles, les pauvres, en faisaient les frais. Heureusement, la pensée que non loin de là, dans le hall d'accueil du poste de police, Lily et Maëlle l'attendaient la réconfortait un peu. Beaucoup, même. Le soutien indéfectible de ses amies était pour elle une source d'émerveillement. Personne n'avait jamais fait de telles choses pour elle !

Elle sourit presque lorsqu'elle songea à la manière dont Maëlle était venue la sauver. La jeune athlète, perchée sur les épaules de Mark, avait été aux premières loges pour voir ce qui se passait. Lorsque Chiara avait lâché sa bombe du haut de son podium en annonçant l'enlèvement, elle s'était retournée et avait immédiatement compris qu'il ne s'agissait pas d'une plaisanterie. Avant que le jeune Irlandais ait eu le temps de dire « ouf », elle lui avait emprunté ses clés, son casque et son scooter. Se faufilant avec souplesse et détermination entre les spectateurs, elle avait rejoint le parking des deux-roues en un rien de temps. Coupant à travers champs, elle avait réussi à suivre pendant quelque temps la voiture des frères O'Riley, avant que la supériorité de leur moteur à douze cylindres ne fasse la différence. Semée, Maëlle n'avait pas abandonné pour autant. Certaine d'être dans la bonne direction, elle avait sillonné les routes au hasard, en espérant que ce dernier lui donnerait un petit coup de pouce. Le hasard faisant bien les choses, son vœu avait été exaucé.

En rentrant, Maëlle l'avait immédiatement conduite au poste de police. Les deux filles avaient donné le maximum d'informations aux forces de l'ordre au sujet du véhicule et de la direction que les trafiquants avaient empruntée pour fuir. C'était donc grâce à elles qu'ils avaient été arrêtés, et voilà que maintenant on l'accusait d'avoir participé au trafic !

Au moment où l'inquiétude refaisait surface, la porte de la pièce s'ouvrit. Un policier lui demanda de le suivre et ils se rendirent dans une autre salle. Clément se trouvait là, assis devant une table. Une chaise vide lui faisait face. On ordonna à Mélisande de s'y asseoir et elle obéit. Avec sa barbe non rasée et ses habits froissés, le jeune Français avait beaucoup moins d'allure, mais il n'avait rien perdu de sa morgue.

— Oui, c'est elle qui a fait entrer la drogue en Irlande, déclara-t-il aussitôt. Si vous regardez les vidéos de l'aéroport de Dublin, vous verrez qu'elle me remet une boîte de chocolats. Les sachets se trouvaient à l'intérieur.

Mélisande ouvrit la bouche et resta un instant ainsi, incapable de parler.

— Alors c'était ça ! s'exclama-t-elle quand elle retrouva l'usage de la parole. Puis soudain, elle explosa en se relevant :

— Espèce de sale menteur ! Salaud ! Salaud ! Sa…

Un policier la força à se rasseoir pendant que Clément ricanait :

— Vous voyez qu'elle peut être violente !

— Je croyais que tu l'avais oubliée à Lyon ! Je voulais juste te rendre service !

— Oh là ! On croirait entendre mère Teresa, fit le jeune homme ironiquement.

Ces paroles firent à Mélisande l'effet d'un électrochoc. Soudain calmée, elle baissa la tête comme si elle avait honte. Un des policiers demanda :

— Mademoiselle, avez-vous quelque chose à dire ?

Mélisande sortit un mouchoir de son sac et se tapota délicatement les yeux avant de déclarer doucement :

— Il a raison.

Une vague de surprise se répandit dans la pièce. Clément, le premier, paraissait ébranlé. Il tenta un « Vous voyez, je vous l'avais dit… » sans conviction, mais la jeune fille releva la tête et, le regard mouillé, reprit :

— Je ne voulais pas te rendre service. Je croyais que tu étais timide, que tu avais flashé sur moi et que c'était un moyen de me draguer.

— Te draguer ? Toi ? Mais tu rêves ! Tu n'es pas du tout mon genre ! Sous tes airs précieux et sophistiqués, tu n'es qu'une petite gourde prête à gober n'importe quoi. C'est même pour ça que je t'ai choisie à l'aéroport !

Le jeune homme se tut brusquement.

— Vous l'avez choisie pour quoi exactement ? intervint alors un policier.

— Je… Ce n'est pas ce que je voulais dire…

— Qu'est-ce que vous ne vouliez pas dire ? Qu'étant déjà fiché par les services de police, il vous fallait trouver une mule[1] ?

Clément ne chercha même plus à nier. Il s'était fait piéger, il valait mieux se taire maintenant. Il décocha à Mélisande un regard assassin. Les yeux parfaitement secs, elle le soutint sans faiblir, se permettant même un petit sourire en coin.

L'enquêteur pivota alors vers Mélisande.

— Je crois que nous n'avons plus besoin de vous garder, miss… Mais merci d'être venue, la confrontation a été édifiante.

---

1. Passeur de stupéfiants qui traverse les frontières sans toujours être au courant de ce qu'il transporte.

La jolie jeune fille rousse sourit et inclina légèrement la tête. Elle était très satisfaite de la tournure qu'avaient pris les événements.

— Profite bien de tes vacances irlandaises, soufflat-elle à Clément par-dessus la table, je sens qu'elles vont être très longues.

Puis elle se leva, lissa sa tunique et se dirigea vers la porte. Au moment où elle en abaissait la poignée, elle se retourna et, avec son ton le plus sophistiqué, elle laissa tomber :

— La gourde te salue bien !

Épilogue

Wednesday, 30th August, 10 h 45 a.m.

Avec ses grandes baies vitrées et sa structure métallique, l'aéroport de Galway n'était pas pire que n'importe quel autre. Pourtant, aux yeux de Chiara, il semblait en cet instant tout simplement abominable. Elle détestait ses écrans lumineux qui changeaient toutes les minutes pour signaler les nouveaux départs et arrivées, elle détestait la voix doucereuse de ses hôtesses qui demandaient aux passagers de se rendre à leur porte d'embarquement, elle détestait son ciel bleu et uni qui ne laissait présager aucun retard, et surtout elle se détestait, elle, pour avoir condamné The French Touch à se retrouver à la dernière place du concours. À cause d'elle, les espoirs de Kieran étaient passés à la trappe. À cause d'elle, il n'enregistrerait pas son disque. À cause d'elle, il venait de passer à côté de la chance de sa vie. Et en plus, il ne le lui reprochait même pas ! C'était tout bonnement insupportable. Elle aurait tellement préféré qu'il l'accable de reproches. Mais non, au lieu de ça, il ne cessait de lui répéter qu'elle avait bien fait, que l'important était que son amie soit tirée d'affaire et complètement blanchie. Absolument insupportable.

— Ne fais pas cette tête. La France n'est pas si loin. Il y a le téléphone, Skype, les mails, et même l'avion ! Je ne t'oublierai pas.

Chiara évita le regard de Kieran mais resserra ses bras autour de sa taille. En ce moment, c'était une attitude typique chez elle. Elle voulait le fuir et en même temps ne jamais le quitter. Était-elle folle ? Oui, sûrement ! Folle d'amour en tout cas.

La voix mielleuse et insupportable fit une nouvelle annonce. Chiara aurait voulu être sourde. Eh bien, quitte à être folle, autant que cela serve une bonne cause : voilà, elle n'avait rien entendu. Ni cette hôtesse qui déblatérait des informations et qui aurait mieux fait de se taire ni ses trois amies qui l'appelaient avec de plus en plus d'insistance.

— Il faut y aller, dit Kieran doucement en se détachant de la jeune fille.

— Non, murmura Chiara pour elle-même en français, ce n'est que le chant du rossignol.

Kieran lui lança un regard perplexe, et elle renonça à lui expliquer. Comment, en quelques mots pressés et maladroits, lui raconter la scène où Juliette essaie de convaincre Roméo de rester encore un peu auprès d'elle en prétendant que les trilles qu'ils viennent d'entendre sont ceux du rossignol, oiseau de la nuit, et non ceux de l'alouette annonçant que le jour se lève ?

Mais il y avait mieux que les mots. D'un élan irrépressible, elle noua ses bras autour de son cou, et leurs lèvres se rencontrèrent dans un baiser d'anthologie.

Un baiser à faire pâlir d'envie Roméo et Juliette.

Wednesday, 30th August, 11 h 10 a.m.

— Ah quand même ! tu te décides à nous rejoindre ! s'exclama Maëlle. Heureusement que j'ai été plus rapide avec Mark !

— C'est surtout lui qui a été rapide, grogna Chiara qui plissait les yeux pour retenir ses larmes. Il n'a même pas voulu t'accompagner jusqu'à l'aéroport. Un petit baiser du bout des lèvres à l'arrêt de bus et ciao ! C'est vrai que ça ne prend pas beaucoup de temps…

Tout occupée à lutter contre la détresse qui l'envahissait au fur et à mesure que Kieran s'éloignait, Chiara n'avait pas conscience de la sécheresse de ses paroles. Voilà, sur un dernier baiser envoyé du bout des doigts, il avait disparu dans les couloirs de l'aéoroport. Il lui sembla que son cœur cessait soudain de battre. Quand donc le reverrait-elle à nouveau ? Le reverrait-elle même un jour ? Malgré son envie de laisser couler ses larmes, elle les refoula par orgueil. Elle ne voulait pas qu'on la plaigne. Elle ne voulait plus être la « pauvre Chiara » qui collectionnait les malheurs.

De son côté, Lily, craignant que Maëlle ne se sente blessée par la remarque de la brunette, intervint :

— C'est parce qu'il devait apporter son scooter chez le garagiste.

À la surprise des trois autres filles, la jeune athlète éclata de rire.

— OK, c'est vrai, il s'est presque enfui au moment de nous séparer. Il devait avoir peur que je le kidnappe et que je l'emmène en France. Il faut dire que je lui ai forcé la main une ou deux fois et que j'ai aussi un peu, oh ! juste un tout petit peu, massacré son scooter ! Il a dû avoir hâte de mettre la plus grande distance possible entre lui et moi !

— Eh bien, je suis soulagée que tu le prennes aussi bien, commenta Lily. Je croyais que tu avais vraiment flashé sur lui.

— Mais *j'ai* flashé sur lui ! Et j'adorais quand il m'embrassait ! Mais bon, dès le départ je savais qu'il ne s'agirait que d'un amour de vacances, et je n'en attendais rien d'autre. C'était… comment dire ?… très rafraîchissant.

— Oui, surtout après quelques plongeons dans l'Atlantique, rappela Mélisande.

Maëlle rit à nouveau.

— C'est pas faux ! Mais quelle expérience, mes amies ! Et puis, en dehors des sensations fortes, cela m'a beaucoup appris : d'abord me voilà enfin débarrassée de ma phobie de l'eau, et rien que pour ça

Mark aura droit à ma reconnaissance éternelle… et toi aussi, Mélisande. Inutile de me faire cette grimace pour que je n'oublie pas le rôle essentiel et ô combien subtil que tu as joué dans ma capacité à barboter comme un petit canard, je sais ce que je te dois…

Elle sourit à son amie, qui affichait un air satisfait, avant de poursuivre :

— Et ensuite, grâce à lui, et là, Mélisande, j'ai le regret de t'annoncer que tu n'as aucun mérite, je sais que je peux craquer pour un autre garçon que Maxime. Vous savez, je me suis posé pas mal de questions après notre rupture : avais-je eu raison ? tort ? Je ne trouvais aucun garçon intéressant, et cela devenait inquiétant. Mais maintenant, je me sens complètement rassurée !

— Super nouvelle ! intervint Mélisande. Et si on se dirigeait vers la douane avant de rater notre vol ?

Ses amies acquiescèrent. Les valises avaient déjà été enregistrées, il était temps de gagner la salle d'embarquement. Au moment où elles s'approchaient des policiers, Mélisande, qui menait la bande, s'arrêta brusquement.

— Dites-moi, les filles, vous pouvez m'assurer que je ne porte rien de suspect ?

— Tu veux dire quelque chose dans le style boîte de chocolat pour tata ? demanda Maëlle avec ironie.

— Oui, gémit très sérieusement Mélisande, quelque chose de ce style-là ! Moi, je ne me fais plus confiance !

— Ne t'inquiète pas, la rassura Lily, tu n'as que ton sac à main.

— Pas même un petit paquet de bonbons ? Vous êtes bien sûres ?

— Même pas un chewing-gum, affirma Chiara qui avait décidé de faire contre mauvaise fortune, bon cœur.

— Bon… alors je crois que ça va… répondit Mélisande, la voix tremblante.

Ses amies ne sourirent pas. En la voyant toujours aussi élégante et sûre d'elle le matin même, elles avaient pensé que les événements de la veille ne l'avaient peut-être pas affectée, mais il apparaissait que Mlle de Saint-Sevrin avait une fois de plus bien su cacher sa vulnérabilité.

À peine les contrôles passés, Mélisande redevint elle-même. Généreuse, elle offrit son portable à Lily, qui désirait prévenir ses parents que le vol était bien à l'heure. Celle-ci la remercia, puis, une fois son appel passé, elle raccrocha et rendit le téléphone à sa propriétaire.

— Oups ! fit cette dernière, tu ne l'as pas éteint correctement. Regarde, la 3G reste en veille, ça use toute la batterie…

Comme elle prononçait ces mots, elle leva soudain un sourcil :

— Oh, mais je comprends, c'est ce qui a dû arriver quand j'étais dans les bois : la batterie était à plat parce que tu avais mal éteint mon portable après avoir appelé tes parents !

Lily, en entendant ces paroles, devint blanche comme la neige. Mélisande s'en rendit compte et chercha à la rassurer.

— Ce n'est pas grave. Maintenant je suis là, c'est l'essentiel !

Mais Lily était toujours aussi pâle. Comme ses amies l'entouraient, elle les repoussa et alla s'asseoir sur une chaise de la salle d'embarquement.

Plongeant son visage dans ses mains, elle avoua enfin :

— Je n'appelais pas mes parents. J'appelais Adrien !

Et, écrasée par la culpabilité, elle se mit à pleurer. Quand enfin elle se calma, elle fut bien obligée de tout expliquer à ses amies.

— Et en plus, tout ça pour rien car je n'ai plus jamais réussi à le joindre ! Dire qu'à cause de mes mensonges et de mes cachotteries Mélisande aurait pu mourir !

— Eh ! du calme ! intervint Maëlle. Elle n'est pas morte et je ne pense pas que ses jours aient jamais été en danger ! C'était juste une petite balade mouvementée en forêt !

Ignorant la jolie rousse qui fronçait les sourcils de voir ainsi sa course-poursuite nocturne minimisée, Maëlle continua à consoler Lily. Au prix de gros efforts, elle y parvint, mais la douce jeune fille déclara quand même :

— En tout cas, je ne mentirai plus *jamais* de ma vie !

Tout en prononçant ces mots, Lily frissonna. Bien sûr, en cet instant, elle était sincère. Cependant, une partie d'elle-même lui soufflait que ce n'était pas si évident. Que pour tirer au clair la situation avec Adrien, elle était prête à sacrifier beaucoup. « Même ton intégrité ? » murmura une petite voix. La jeune fille repoussa la question dans un coin de sa tête. Bientôt, très bientôt, Adrien rentrerait d'Afrique et alors tout serait plus simple. Elle se faisait certainement une montagne de trois fois rien !

Alors que ces pensées tourmentaient Lily, Mélisande fit légèrement :

— C'est ça, c'est ça, l'essentiel c'est que tout est bien qui finit bien.

Elle avait horreur du mélodrame et, pressée d'en finir avec cette situation embarrassante, elle proposa :

— Et si on allait faire un tour dans cette attrayante boutique que je vois là-bas ? Rien de tel qu'un peu de shopping pour se remettre de ses émotions !

Lily renifla encore un peu, mais elle accepta, n'ayant pas envie de répondre aux questions que ses amies ne manqueraient pas de lui poser. En cet instant, elle aurait d'ailleurs accédé à tous les désirs de Mélisande, tant elle se sentait coupable.

Finalement, les instants passés à faire du lèche-vitrines et les derniers achats furent bénéfiques à chacune. Respirer les parfums, goûter des chocolats, regarder une dernière fois les photos de ces paysages qu'elles connaissaient désormais prolongeait agréablement le sentiment d'être en vacances.

L'une après l'autre, elles payèrent leurs acquisitions car l'heure du départ approchait. Mélisande, les bras chargés, fut comme d'habitude la dernière à passer à la caisse. Avec un sourire d'excuse à ses amies, qui l'attendaient, elle tendit sa carte bancaire à la caissière. Celle-ci la lui rendit au bout de quelques instants.

— Désolée, mademoiselle, elle ne fonctionne pas.

Mélisande lui demanda d'insister. La caissière obtempéra, mais lui fit de nouveau la même réponse.

— Quoi ! Une Master Card Gold !

— Désolée, mademoiselle, fit la femme, qui commençait à s'impatienter.

— Paye en liquide, lui conseilla Chiara.

— Mais j'ai dépensé tout ce qu'il me restait pour régler mon supplément bagage, répliqua Mélisande.

— Si vous ne pouvez pas régler, allez reposer les produits en rayon, fit la caissière d'un ton de moins en moins aimable.

Offusquée qu'on puisse s'adresser à elle ainsi, Mélisande la fusilla du regard et s'apprêtait à répliquer vertement quand Chiara, rieuse, sortit son porte-monnaie, régla sa note et la tira hors du magasin en déclarant :

— C'est pour le soir où tu m'as remplacée. Comme tu n'as pas voulu être payée par les Clancy, ils ont tout mis sur mon compte. Eireen Clancy était parfois un peu lourde, mais elle a été très généreuse pour mon salaire !

— Non, non, non, refusa Mélisande avec hauteur. J'en ai pour une grosse somme, je vais te rembourser. Je suis sûre que c'est leur machine qui fonctionne de travers ! Tiens, il y a un distributeur là-bas ! je vais retirer de l'argent.

D'un pas rapide, elle s'éloigna. En souriant, ses amies la regardèrent faire. Elles la virent ainsi insérer sa carte, taper son code puis taper du pied, reprendre sa carte, l'insérer à nouveau, retaper son code, puis taper du poing sur le distributeur. Après sa cinquième tentative, elle finit par revenir vers elles.

Maëlle, Chiara et Lily, qui avaient tout d'abord trouvé la situation plutôt amusante, l'observaient désormais d'un air inquiet.

— Un message me dit que je n'ai plus d'argent sur mon compte.

Elle avait prononcé ces mots avec autant d'incrédulité que si elle avait parlé de sa rencontre avec un extraterrestre.

— Bah, c'est sûrement un oubli. Ton père était en vacances, il n'a pas dû penser à alimenter ton compte.

— Impossible, c'est un virement automatique à partir de son compte dès que le mien descend en dessous de trois cents euros.

— Il y a sûrement une explication, dit Maëlle. Peut-être que ça fonctionne différemment quand tu es à l'étranger…

Mais Mélisande continuait de secouer la tête, incrédule.

« Les passagers à destination de Lyon-Saint-Exupéry, embarquement porte G. »

— Bon, on y va ? lança Chiara.

— Oui, embarquons ! dit Lily. L'Irlande, c'était génial, mais peut-être un peu trop mouvementé sur la fin. J'ai hâte de retrouver ma maison et le calme de ma petite vie.

Lily et Chiara, sans même se concerter, prirent chacune un bras de Mélisande pour l'entraîner. Maëlle les regarda s'éloigner un instant avant de se décider à les suivre.

Malgré les propos qu'elle avait tenus à sa rousse amie, elle doutait elle-même d'avoir raison.

Aussi, alors qu'elle se dirigeait vers la porte G, elle ne put s'empêcher de grommeler à voix basse :

— Retrouver la maison, d'accord, mais pour ce qui est du calme, mon petit doigt me dit que c'est encore loin d'être gagné !

PAPIER À BASE DE FIBRES CERTIFIÉES

Le Livre de Poche s'engage pour l'environnement en réduisant l'empreinte carbone de ses livres. Celle de cet exemplaire est de :
300 g éq. CO_2
Rendez-vous sur
www.livredepoche-durable.fr

« Pour l'éditeur, le principe est d'utiliser des papiers composés de fibres naturelles, renouvelables, recyclables et fabriquées à partir de bois issus de forêts qui adoptent un système d'aménagement durable. En outre, l'éditeur attend de ses fournisseurs de papier qu'ils s'inscrivent dans une démarche de certification environnementale reconnue. »

Édité par la Librairie Générale Française – LPJ
(58, rue Jean-Bleuzen, 92170 Vanves)

Composition PCA
Achevé d'imprimer en Espagne par Liberdúplex
Dépôt légal 1re publication : juin 2019
17.7903.4 / 01 – ISBN : 978-2-01-708041-1
Loi n° 49-956 du 16 juillet 1949 sur les publications destinées à la jeunesse
Dépôt légal : juin 2019